비뢰도

飛雷刀

비뢰도 14
검류혼 新무협 판타지 소설

2판 1쇄 찍은 날 § 2005년 12월 9일
2판 1쇄 펴낸 날 § 2005년 12월 19일

지은이 § 검류혼
펴낸이 § 서경석

편집장 § 문혜영
편집책임 § 장상수

펴낸곳 § 도서출판 청어람
등록번호 § 제1081-1-89호
등록일자 § 1999. 5. 31
어람번호 § 제2-0775호

주소 § 경기도 부천시 원미구 심곡1동 350-1 남성B/D 3F (우) 420-011
전화 § 032-656-4452 팩스 § 032-656-4453
http://www.chungeoram.com
E-mail § eoram99@chollian.net

ⓒ 검류혼, 2005

ISBN 89-5831-869-4 04810
ISBN 89-5831-855-4 (세트)

※ 파본은 본사나 구입하신 서점에서 교환하여 드립니다.
※ 저자와 협의하여 인지를 붙이지 않습니다.

비뢰도

飛雷刀

FANTASTIC ORIENTAL HEROES

검류혼 장편 신무협 판타지 소설

14

개회! 화산규약지회

도서출판 청어람

대봉의 눈을 가지기 위해서는 무엇이 필요한지 아느냐?

·

소년은 또다시 고개를 가로저었다.

·

높이 날아야만 멀리 볼 수 있다. 그렇기 때문에 대봉의 날개가 필요하다!

·

내가 너에게 그 날개를 주겠다. 날아올라라!
가로막힌 산을 넘지 못하면 그 다음 세상을 볼 수 없고,
구름 위를 뚫고 날아오를 날개가 없으면 그 위의 세상을 볼 수 없다.
대봉의 날개로 날갯짓해 세상 만물을 꿰뚫어보고 포용하는 눈을 가져라.
그것이 홀황경으로 가는 길목이자 지름길이다!

목차

헤매는 자 _9
시야(視野) _22
심안(心眼) _46
눈을 뜨다 _55
두 노인의 술판! _61
한계시간(限界時間) _74
이 세상에서 가장 무서운 두 가지 재앙! _86
잿더미 _99
대공자의 신위 _111
깨어난 은설란 _123
두 번째 충돌 _140

마천칠걸(摩天七傑) _149
마천칠걸의 신상 _183
절대의 명령 _196
화산규약지회의 개회 선언! _202
화산지회 일정 _215
태양관 월음관 _224
문제 발생 _236
조 추첨 _251

비류연과 그 일당들의 좌담회 _260
비류연과 그 일당들의 지금까지 행적 _267

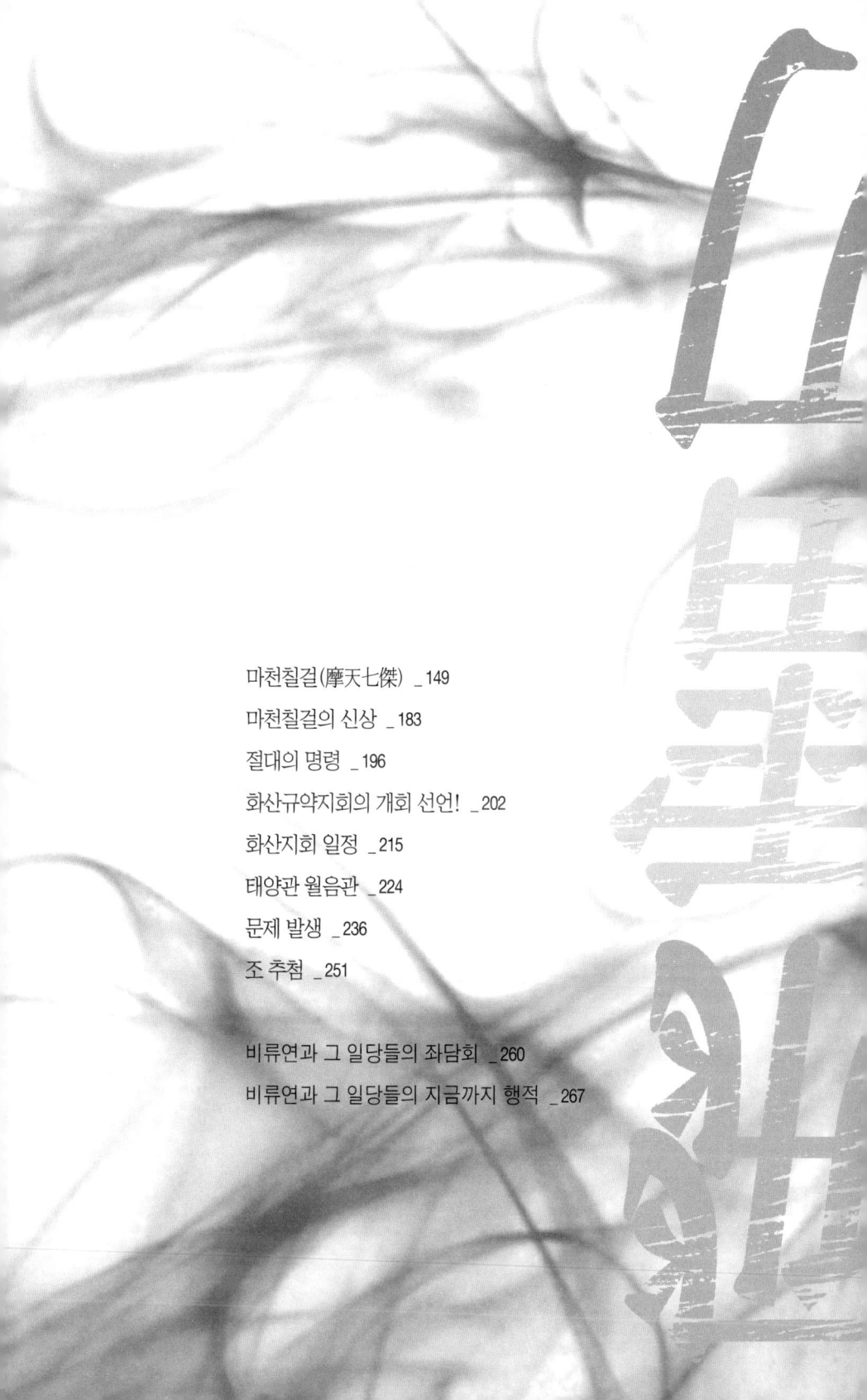

헤매는 자
- 수색(搜索)

심야(深夜)!
사람이라면 누구나 자고 있는 게 당연한 시각.

깨어 있을 사람은 침입자에 대비해 성벽을 경계하는 초병(哨兵)이나 남의 집 값나가는 보물들에 눈독 들이는 양상군자(梁上君子) 도둑님들, 그리고 어떻게 하면 목표물의 목숨을 쉽고 간단하게 감쪽같이 가져갈 수 있을까 진지하게 고민하는 살수 나부랭이들뿐일 것이다. 아마도…….

깊은 밤, 퇴적되는 시간의 경과에 따라 갈수록 짙어지는 칠흑의 어둠 속에서 적막 또한 점점 더 무게를 더해간다. 들리는 것은 오직 귓가를 울리는 나뭇잎 밟히는 바스락 소리뿐. 그것만이 지금 이 순간, 이 밤의 한가운데서 자신이 존재한다는 것을 증명해주고 있었다.

먹물 같은 어둠에 물든 구름이 달을 희롱하는 가운데 사내는 걸었다. 컴컴한 암흑 속에서도 은은히 빛나는 은청색 무복과 눈이 내리고 얼음이 언 듯한 청은색 머리카락, 그리고 그 밑에 자리한 차갑게 빛나는 한성(寒星) 같은 두 개의 눈동자. 귀신이라 해도 쉬이 믿을 만한 그런 모습이었다.

사내가 지금 발을 디디고 있는 곳은 이미 길이라고 차마 말할 수 없는 험로. 산세는 칼로 깎아놓기라도 한 듯 험하기 그지없다. 더도 말고 덜도 말고 딱 한 발자국만 잘못 디디면 이 밤이 가기도 전에 염라대왕님을 배알할 수 있을 것이다. 야생동물이라 할지라도 이 길을 걸을라치면 상당한 노력을 기울여야 할 것이 분명했다.

"끌……."

찬 서리가 내린 것처럼 차갑게 얼어붙어 있던 입술이 천천히 벌어지며 나직한 뇌까림이 새어나온다.

"…사납군!"

자조와 불만과 비아냥이 한데 뒤엉킨 목소리. 청은발의 사내는 저절로 낯이 뜨거워지는 것 같았다. 갑자기 자신이 한심해져서 견딜 수 없다.

"정말 빌어먹을 일이로군! 어찌하여 내가 이런 일을 하지 않으면 안 된단 말인가? 그것도 이렇게 야심한 시각에, 이런 얼토당토않은 곳에서!"

달빛 탓인지 사내의 머리카락이 어둠 속에서 푸르스름한 차가운 빛을 발했다. 동시에 얼음 결정 같은 두 개의 눈동자에도 살의가 일렁였다. 서늘하게 느껴지는 달빛 탓인지 그의 얼굴이 한층 더 냉막해 보였다.

그는 강호의 추앙받는 검호(劍豪)로서 '천하오검수'의 일인이자 천무학관의 존경받는 총노사라는 영예로운 신분을 동시에 소유한 강호의 명숙(名宿)이지만, 안타깝게도 염도(焰刀)라는 성질머리가 지랄 맞은 '웬수'의 숙적이자 비류연이라는 출신 성분도 제대로 알지 못하는 약관 애송이의 제자이기도 했다. 그가 지닌 여러 개의 직함과 신분은 물과 기름처럼 무척이나 상충되는 것이었지만, 더욱 비통한 사실은 그것이 모두 진실이라는 점이었다. 이 특이한 신분의 소유자는 바로 빙검(氷劍)이었다.

빙검은 미약한 신월을 등불 삼아 야심한 산길을 뒤지듯 걷고 있었다. 횃불은 위치가 들통 날 가능성이 충분한 관계로 사용이 불가능하다. 이곳은 전 무림의 요지(要地)인만큼 항상 주위 사방을 지키는 파수(把守)들이 곳곳에 배치되어 있었던 것이다.

보통 사람이라면 한치 앞도 분간할 수 없는 암흑의 한복판이었지만, 검과 함께 단련된 그의 안력은 하늘에 걸린 미약한 등불만으로도 두터운 어둠의 장막을 꿰뚫어볼 수 있었다. 물론 얼마간의 불편은 어쩔 수 없이 감수해야 했지만…….

염도가 '사부'와 함께 가고 그는 남겨졌다. 하지만 좋아하긴 일렀다. 대신 그에게는 맡겨진 일이 있었던 것이다.

"후우……."

의도하지 않았음에도 한숨이 절로 나온다. 자신의 신세가 끈 떨어진 연처럼 처량하기만 했다.

"천하오검수의 일좌라는 자가 하는 일이 겨우 이렇게 야심한 시각에 이런 험산을 이 잡듯 뒤지는 것이라니……."

한탄하고 탄식하지만 한 걸음 한 걸음에 신경을 곤두세우는 것을 잊지는 않는다. 이곳은 천무봉. 예전에 낙안봉(落雁峯)이라 불렸던 이 봉우리는 지세가 험하고 깎아지른 듯한 절벽이 많기로 유명한 만큼 도처에 위험이 도사리고 있었다. 조금이라도 방심하면 눈 깜짝할 새다.

그는 기괴하게 뻗은 나뭇가지의 그림자 사이로 희미한 빛을 뿌리고 있는 달을 다시 한번 올려다본다. 작고 희미하고 미약하다.

"이런 야밤에 저렇게 불성실한 등불만을 의지해 과연 그것을 찾을 수 있을까?"

그야말로 백사장에서 바늘 찾기요, 소림사에서 까까머리 찾기가 아닌가. 확률은 지극히 희박했다.

'혹시나 어떻게 될지 모르니 찾아봐주세요!'

도대체 무슨 꿍꿍이를 품고 있는 걸까? 그자의 마음은 예측불허의 혼돈 그 자체여서 도무지 짐작조차 가지 않았다.

"아! 그것 말씀이지요!"

빙검은 조금 전 있었던 한 인물과의 대화를 다시 떠올려보았다. 그 인물은 바로 이 산에서 지난 100년 동안 대회의 운영 및 관리를 맡아온 '율령집행자(律令執行者)', 통칭 '율령자' 라 불리는 화산규약지회의 관리운영자들 중 하나였다.

'없다고 해! 제발 없다고 해!'

빙검은 껄끄러운 마음으로 질문하면서도 몇 번이나 이 말을 되뇌었는지 모른다. 하지만 그의 염원은 하늘에 닿지 않은 모양이었다.

"아! 확실히 있긴 있답니다. 이 정도로 험한 봉우리쯤 되면 한둘은 있게 마련이지요."

빙검은 크게 낙담했다. 그러고는 크게 책망했다. 그 말이 나오기 전에 살인멸구하지 못한 자신의 나약한 마음을! 모른다면 모르되 이미 알게 되었으니 스스로의 신의를 배반할 수 없었다. 그는 그 정도로 고지식한 인간이었던 것이다.

"제가 그것을 본 지도 벌써 서른 해가 넘었군요."

갑자기 아련한 과거가 떠오르는지 노인의 시간이 30년 전으로 급작스레 역행했다. 몇몇 노친네들이 발생시키는 저 시간의 역류에 휘말리면 한동안 헤어나올 수 없다. 빙검은 그 급류에서 탈출하기 위해 무척 애를 써야만 했다.

이 늙은 관리인이 삼십 년 전, 나름대로 젊었을 때 직무를 유기하고 술을 마시기 위해 몰래 산을 빠져나가기로 결심한 것과 지금 그의 용건과는 수백만 광년의 거리 차가 있었던 것이다. 게다가 본론이 나오려면 그는 한참이나 이곳에 우두커니 붙박인 채 저 지루한 이야기를 들어야만 할 게 너무나도 분명했다.

더구나 그는 맞장구가 좀체 몸에 맞지 않는 사내였다. 무뚝뚝하기로 따지자면 따를 자가 드물다는 평을 괜히 얻었겠는가.

이 역행하는 시간의 급류를 한시바삐 탈출해 본론으로 들어가고 싶었지만 수월치 않은 일이었다. 근 십 년 만에 만난 청중을 노인은 놓치고 싶지 않았던 것이다.

이제 이야기는 노인이 산을 빠져나가 형형색색으로 빛나는 밤의 거리를 지나 현내 제일의 주루인 아무개 주루로 들어가 그곳에서 제일 비싼 아무개 술을 가장 비싼 안주인 아무개와 함께 시켜먹는 대목에 이르고 있었다. 빙검은 마침내 급류 탈출을 포기하고 석상처럼 묵묵히 서서 이야기의 물결 속으로 가라앉기 시작했다. 하지만 청중의 무성의한 태도에도 아랑곳하지 않고 노인의 이야기는 끝없이 계속해서 이어졌다.

"그리고 제가 그것과 만난 것은 고주망태가 된 채 비칠비칠 겁도 없이 야밤의 천무봉을 올라가고 있을 때였지요. 제정신 멀쩡히 박힌 상태에서도 야간산행은 자살행위나 다름없는데 만취한 상태라면 그 무모함이야 따로 설명할 필요도 없는 것이지요. 아마 분명히 길을 잃고 헤맸을 겁니다. 그리고 그때 그것이 제 눈앞에 나타났지요."

마침내 본론이 나오기 시작한 것은 빙검이 슬슬 지겨워져서 딴 생각에 골몰해 있을 무렵이었다. 멀쩡하던 초도 벌써 한 뼘이나 녹아내린 뒤였다.

그곳이 어딘지 물어볼 필요조차 없었.

그 관리인이 부탁치도 않은 지형지리를 바닥에 그림까지 그려가며 시시콜콜 자세하게 들려준 것은 뜻하지 않은 행운이었다. 게다가 흥이 돋았는지 돌부리 하나까지 세세히도 들려준다. 그도 밤새 익숙하지 않은 산속에서 헤매다가 미아로 전락하고 싶은 바람은 전혀 없기 때문에 자연히 망막에 새겨넣을 듯 자세히 눈여겨보았다.

"확실히 이 부근이 틀림없을 겁니다. 그런데 왜 갑자기 그런 걸?"

손가락으로 자신이 그려놓은 지형의 한 지점을 짚으며 물어오는 질문에 빙검은 대답할 말이 궁했다.

"아… 아! 벼, 별일 아닙니다. 그냥 궁금해서요. 혹시나 위험이 될지 모를 요소들은 미리미리 점검해두는 게 편하지 않겠습니까! 관도들도 방심하면 안 되니깐 말입니다. 유비무환(有備無患)이지요!"

진실하고는 하등의 상관도 없는 변명거리를 내뱉고 있자니 스스로가 그자처럼 가증스럽고 한심하게 느껴진다.

"아아, 그러셨군요! 참으로 그렇습니다. 그렇고말고요. 무사에게 방심은 용납할 수 없는 죄지요."

상대가 쉽게 납득해준 게 천만다행이었다.

벌써 수십 년째 이곳에서 생활하고 있던 사람이다. 이 험준한 천무봉도 그에게 있어서는 제집 앞마당에 불과할 뿐. 그러니 그런 그가 있다고 하면 확실히 있을 것이다. 지금 빙검에게는 그것만이 지금은 유일한 희망이었다.

'무사에게 방심은 용납할 수 없는 죄지요!'

노인의 마지막 말이 현혹의 메아리처럼 귓가를 떠나지 않고 반복적으로 울려댄다. 떠올리기조차 치욕스런 과거가 심연의 밑바닥에서 다시 기어올라와 그 음습한 자태를 드러냈다. 빙검의 얼굴이 소태를 씹은 것마냥 찌푸려졌다.

'하하하, 내가 이겼죠? 그럼 첫 번째 조건을 말하겠어요! 불만 없죠?'

앞머리를 가린 한 인간의 미소 짓는 얼굴이 떠오른다. 무척 얄밉게 생긴 얼굴이다. 빙검의 당겨진 안면 근육이 더욱더 괴로움에 꿈틀거린다. 달빛에 반사된 청은빛 머리카락이 은은한 빛을 발한다.

'무사에게 있어 방심은 곧 죄!'

그걸 알고 있었으면서도 나는 왜 그때 방심했던 걸까? 유죄(有

罪)…였다! 변명의 여지없는! 그리고 그에 대한 대가는 뼈아픈 것이었다. 지금 이 자리에 서 있는 것도 그 죗값의 일환…….

정말 지금 다시 돌이켜봐도 이해가 가지 않는다. 사실 빙검은 그때의 그 일을 여태껏 수십 번이나 돌이켜보았다. 매번 그를 괴롭히는 수치와 모멸을 참으며!

그러나 납득이 갔던 적은 한번도 없다. 하지만 한 가지만은 분명히 기억하고 있었다. 한순간 그가 자신의 인지(認知)를 벗어났다는 사실을. 지각할 수 없다면 그에 대한 영향력을 행사할 수도 없다. 다시 그가 자신의 인지 속에 등장했을 때 자신은 속수무책이었다.

무력(無力)…했다.

'그때의 그 기분 나쁜 위화감이란…….'

어떻게 그런 일이 가능했을까? 그것은 아직까지도 풀리지 않는 의문으로 남아 있었다.

"후우…, 누굴 탓하리요! 무인에게 있어 방심은 중죄! 모든 것은 나의 방심이 부른 화!"

또다시 마음이 착잡해지고 만다.

"젠장, 이젠 아무것도 안 보이는군!"

달도 오늘은 얇고 가는데다 치사하리만큼 쪼잔한 빛을 뿌리고 있어 험난한 지형 위에 펼쳐진 울창한 산림을 헤치며 걷는 데는 그다지 도움이 되지 않았다. 쓸모없는 달빛을 욕하며 그는 뚜벅뚜벅 다시 산길을 헤쳐나가기 시작한다.

'차라리 염도에게 이 일을 떠맡기고 내가 따라갈걸.'

그 편이 훨씬 편했을 거라는 생각이 들자 지금쯤 별 할 일 없이 빈

둥거리고 있을 게 틀림없는―빙검은 확신하고 있었다― 염도가 더욱 괘씸히 여겨졌다.

"불꽃덩이, 그 자식은 지금쯤 아이들이랑 편하게 밤나들이나 하고 있는 중이겠군!"

그 생각을 하니 갑자기 차갑게 얼어붙어 있던 가슴속에서 불꽃이 솟아오른다. 항상 빙정(氷情) 같은 마음으로 평정심을 유지하고 있다고 생각해왔고 실제로도 그러했지만, 피를 뒤집어쓴 것 같은 붉은 머리카락이 촘촘히 박힌 그 화상만 떠올리면 그동안 쌓아놓았던 마음의 수련이 어디론가 날아가버리고 짜증과 분통이 얼음을 깨고 터져 나오는 것이다.

바스락!

그때 어둠으로 채색된 수풀 너머에서 기척이 느껴졌다. 기민한 귀가 움찔 반응한다. 빙검은 눈을 빛내며 그 소리의 발원지를 향해 신형을 날렸다. 만일 그곳에 있는 것이 그가 찾는 것이라며 그는 더 이상 찬 이슬을 맞으며 산을 뒤집고 다닐 필요 없이, 금방 끝내고 쉴 수 있기에 움직이는 속도는 어느 때보다 빨랐다.

밤의 묵빛에 동화된 가지가 그의 은청색 무복을 할퀴고 지나갔지만 그는 신경조차 쓰지 않았다.

"씨앙! 이건 또 뭐야!"

이때 염도는 빙검에게 책망 받을 만큼 퍽이나 좋은 상황에 처해 있는 중은 결코 아니었다.

호목(虎目)처럼 부리부리한 염도의 눈동자가 사방을 매섭게 훑고 지나갔다. 삼십여 명의 칼잡이들이 염도와 그가 이끄는 일행들을 둥글게 에워싸고 있었다. 경보가 울리자 여기저기에서 벌컥벌컥 문이 열리며 우르르 뛰쳐나온 놈들이었다. 개중에는 꽤나 요란스레 담벼락을 획획 넘어온 자들도 있었다.

포위망이 완성되는 것은 순식간이었다.

'이놈들…, 단단히 훈련된 자들이다!'

어지간한 훈련으로는 돌발 상황이 발생했을 때 이 정도까지 신속하고 정연한 대응이 가능할 리 없다. 문자 그대로 뼈를 깎는 반복훈련이 몸에 배어 있지 않는 한 말이다.

'이 정도면 기강과 군율이 엄정한 군대의 병사들 같지 않은가! 누가 있어 이런 자들을 소리 소문도 없이 훈련시켰단 말인가?'

사방을 둘러싼 적들이 그물에 걸린 고기를 몰 듯 주위를 옥죄어 왔다.

뭐, 포위압박이라는 것이었다. 게다가 덤으로 사면초가까지. 정말 친절하기 짝이 없는 운명이 아닌가. 그러나 막간을 이용해 이런 빌어먹을 정도로 희귀한 체험을 선사해주신 천지신명께 감사의 인사를 드릴 짬도 없었다.

염도의 생각은 더 이상 길게 이어지지 못했다. 이들은 잘 훈련된 자들답게 가장 이상적인 형태로 포위망이 좁혀지자 이유를 불문곡직하고 덤벼들었던 것이다. 문답무용이란 건가?

"망할!"

홍염을 움켜쥐며 염도는 입안 가득 씹고 있던 욕지거리를 요란스레 내뱉었다.

"그놈의 얼음땡이는 지금쯤 산 위에서 두 다리 뻗고 편히 쉬고 있겠지! 망할 놈!"

언제나 고생은 자신의 몫인 것만 같아 분하다.

아드득!

어금니를 으스러지게 깨문다.

절대 자신들은 닮은꼴이 아님은 물론이요, 얼음과 불처럼 섞일 수 없다고 주장하는 그들이었지만 역시 동문은 동문. 의외의 곳에서 비슷한 사고방식이 엿보인다. 하지만 이들은 목매다는 한이 있더라도 결코 이 점을 인정하지 않으리라. 이 점을 인정하는 건 그들의 눈에 흙이 들어가는 그날까지도 아마 없을 것이다.

"돌파해라!"

염도의 일성에 구출대 전원이 포위망의 정면을 향해 일제히 돌진했다. 이 일제돌격의 누구보다 선두에 선 자는 바로 다름 아닌 염도였다.

"비이~켜!"

열불 나는데 때마침 잘됐다! 이 화강암처럼 거친 빨강머리 아저씨는 그렇게 생각했는지도 모른다. 그러니 손속에 사정 따위가 들어갈 리 만무했다.

진홍십칠염(眞紅十七炎) 검염기(劍焰氣)
염격(炎擊) 삼극련화(三極練火)

일도가 대지를 가르자 동시에 세 명의 적이 불꽃에 휩싸였다. 끓어

오르는 분노가 불꽃과 함께 장렬히 폭발한다.

"이 얼음땡이 자식아! 네놈이 그러고도 두 다리 쭉 펴고 잘 수 있을 것 같으냐아아!"

두드려라! 그러면 열릴 것이요, 구하라! 그러면 얻을 것이다.

염도의 소원은 이루어졌다. 자신도 모르는 사이에 자신도 인식하지 못한 방식으로. 그는 기뻐하고 찬양해야 마땅했다.

"미안하지만 내가 찾는 건 너희들이 아니다! 안타깝구나."

빙검이 조용한 목소리로 부드럽게 말했다. 그는 정말 진심으로 좋게좋게 넘어가고 싶었던 것이다. 그러나 돌아온 대답은 사납기 그지없는 야성의 그것이었다.

크르르르르!

빙검의 좋은 말에도 그를 포위한 늑대들의 무리는 물러날 기미를 보이지 않았다.

재수가 없었다. 뭔가의 기척을 느끼고 달려왔는데 그곳에 기다리고 있는 것은 수십 마리는 족히 되는 군집을 이루고 있는 늑대의 아가리였다.

"이런이런, 얌전히 돌려보내주지 않을 참인가?"

야생에 물든 눈은 먹이를 놓치지 않겠다는 일념으로 가득 차 있었다. 빙검은 그 사실을 충분히 느낄 수 있었지만 그렇다고 해서 얌전히 야식거리가 되어주고 싶은 마음은 추호도 없었다.

스르릉!

빙검은 조금도 두려워하지 않고 검집에서 빙루를 뽑아들었다. 달빛이 검신을 타고 부서지며 서릿발같이 푸르스름한 빛을 내뿜는다. 달무리처럼 하얀 안개가 검극으로부터 피어올라 어두운 산자락 위에 깔린다. 그를 포위하고 있는 늑대들도 본능적으로 위협을 감지하고는 움찔거렸다.

"무익한 살생은 좋아하지 않는다. 물러나라!"

차가운 한기가 한밤중 가을 산에 겨울을 불러왔다.

크르르르르르! 크아앙!

그러나 상대도 머릿수를 믿는지 쉽게 물러설 생각이 없어 보였다. 자야 할 시간에 자지 못하고 강제로 깨게 된 이후로 계속 요 모양 요 꼴이다. 다른 건 다 참아도 숙면을 방해받는 것만은 참을 수 없었다. 자야 할 시간에 자지 못한다니 이 얼마나 터무니없는 일인가!

'누가 나 몰래 내 불행이라도 빌고 있는 건가?'

자신도 모르는 사이에 정답을 내놓는 빙검이었다.

시야(視野)
- 대공자 비 대 비류연

"높이 나는 새가 멀리 본다. 넌 이 말이 뜻하는 바를 알고 있느냐?"
사부가 말했다.
"모든 것의 시작은 보는 것이다! 너의 시야는 무엇을 보고 어떤 것을 담으며 어느 것을 간파할 수 있느냐?"

그때는 사부의 말에 막상 대답할 말이 떠오르지 않았다.
"대붕(大鵬)의 눈을 가져라!"
사부가 그렇게 말했던 것만은 지금도 확실히 기억하고 있다.

"선수교체를 해도 될까요?"
상대의 의향을 떠보는 아주 예의바른 말과 함께 비류연은 산책이라도 하는 듯한 가벼운 발걸음으로 모용휘 앞으로 걸어왔다. 의향을 떠본 것까지는 좋으나 그 대답을 듣기 전에 움직인 것이 조금 예의에 어긋난 행동이었다. 하지만 지금 이 자리에서 그것을 문제 삼을 사람은 아무도 없었다.
"류연…, 자네……."

팔목을 타고 떨어지는 핏방울에도 아랑곳하지 않은 채 모용휘는 멍한 눈으로 자신의 기숙사 동거인을 쳐다보았다. 절박함과 초조함에 심장이 비틀어질 것만 같은 자신과는 다르게 비류연은 차분한 태도로 미소 짓고 있었다. 아무런 문제도 없다는 듯이.

순간 모용휘는 안도의 한숨을 내쉬었다. 물론 비류연이 저 어둠 속의 괴인을 물리쳐줄 것이라 생각지는 않았다. 비록 자신을 과대평가하는 취미는 없지만 자신을 이 정도 궁지까지 몰아붙일 수 있는 압도적인 무력을 지닌 정체불명의 괴고수를 '그' 비류연이 감당해낼 수 있으리라고는 여겨지지 않았던 것이다.

"자네가 감당할 상대가 아니네!"

모용휘가 다급한 목소리로 외쳤다.

"그건 자네의 판단이지!"

비류연의 대답은 간결했다.

물론 모용휘도 비류연이 주변의 싸늘하고 냉소적인 평가처럼 단지 운만으로 여기까지 온 것이 아니라는 사실쯤은 익히 알고 있었다. 눈과 귀가 있다면 결코 그렇게 단순하고 간단하게 판단할 수는 없으리라. 물론 출신성분도 알 수 없는 비천한(그들이 주장하기로는) 자에게 순번이 밀려났으니 그런 식으로 비하하고 폄하하고 비아냥거리기라도 하지 않으면 견딜 수 없었을 터였다. 그러나 눈을 가리고 귀를 틀어막고 입을 다문다 해서 있었던 일이 없어지는 건 아니다.

하지만 아무리 알 수 없는 잠재력을 지닌 이 친구라 해도 이번 일만큼은 감당하기 불가능하리라는 것이 그의 이성적이고 합리적인 판단이었다. 왜냐하면 그는 지금 죽음을 각오하고 괴인을 막을 작정이었던 것이다. 하지만 그런다 해도 과연 얼마만큼의 시간을 벌 수 있을지는 장담하지 못하고 있는 터였다.
 그동안 피땀 어린 훈련과 뼈를 깎는 수련의 결과가 겨우 이 정도였나 생각하니 후회가 물밀듯 밀려왔다.
 '모용휘야! 모용휘야! 그동안 너는 너무 자만했구나!'
 뭐가 백 년에 한 번 나올까 말까 한 무재요, 검성(劍聖)의 후계자란 말인가? 칠절신검(七絕神劍)이란 별호가 낯부끄러워졌다. 오늘 해가 뜨기 전에 육신이 남아 있으리라고 보장하지는 못하는 처지였지만 말이다.

 "죽을 목숨이 하나 더 늘었군!"
 밤을 은은히 비추는 별빛마저 얼려버릴 만한 기세가 담긴 지독한 냉기. 차가운 어둠의 결정 같은 그림자 속의 그림자는 '냉정 침착' 이란 언어를 형태로 빚어놓은 존재처럼 동요를 모르는 듯했다.
 "사람 같지 않은 놈이시군요!"
 비류연이 이내 이죽거렸다.
 "흐흠…, 흐흠…, 흠…, 헤에……."
 그는 지금 무엇을 보고 있는 것일까? 모용휘는 어리둥절한 눈으로 자신의 동거인을 바라보았다. 자신의 앞을 가로막은 비류연은 문제의 괴인이 있는 곳을 향해 시선을 이리저리 옮기며 뚫어지게 쳐다보는 것이었다. 그러고는 느닷없이 묻는 것이 아닌가.
 "이봐! 휘! 자네는 상대에게 영향력을 행사하기 위해서는 어떻게 해야 되는지 아나?"

느닷없는 질문에 모용휘는 어안이 벙벙했다. 금세라도 피와 살이 튈 듯한 격전장의 한복판에서 나올 질문이 아니었던 것이다. 하지만 비류연은 태평하기만 했다.

"모르네."

할 수 없이 모용휘가 대답한다. 이런 한담이나 나눌 때가 아님에도 불구하고.

"우선은 상대를 봐야만 해. 자신의 시야에 상대방을 포착해야 하는 거지. 상대를 인식할 수 있어야만 비로소 그에 대한 힘도 행사할 수 있거든!"

비류연의 목소리는 무척이나 가볍고 생기발랄한 것이었다. 그럴 때가 아님에도.

"그…, 그건……."

"당연한 이야기라고 말하고 싶은 건가?"

모용휘의 반문에 비류연이 선수를 쳤다. 갑자기 말이 끊긴 그는 할 수 없이 입을 다문 채 불만스런 표정으로 고개를 끄덕였다.

"하지만 사람들은 보통 이런 간단한 사실조차 전혀 모르는 듯 행동한다네. 아마 진짜 모르겠지. 이런 간·단·한 기본 중의 기본조차 말이야."

"……."

이 친구가 하고 싶은 이야기는 과연 뭘까? 그리고 이런 긴장감 없는 대화를 계속 나눠도 되는 걸까? 다행히 어둠의 건너편에서는 별다른 반응이 없다.

"그럼 역(逆)으로 상대의 영향력에서 벗어나려면 어떻게 해야 되는

지 알아?"

 잠시 생각하던 모용휘가 그 답을 내놓았다.

"상대의 시야 밖으로 나가면 되겠군."

 그러자 비류연이 느닷없이 박수를 쳤다.

"바로 그렇다네. 역시 2년차 관도 중 최우수 성적을 자랑하는 나의 동거인답구먼. 난 그걸 '시야 벗어나기' 혹은 '인지회피(認知回避)'라고 부르지. 미안하지만 이번 답안은 점수에 반영되지 않는다네. 그 점에 대해서는 날 원망 말게!"

"상관없네."

 지금 그런 사소한 것에 신경 쓸 여유는 쥐꼬리만큼도 없었다. 그럼에도 그걸 모르는 건지, 아니면 알고도 일부러 그러는 건지 비류연은 계속해서 말을 이었다.

"자네의 대답대로 상대의 인지와 지각에서 자신의 몸을 빼내는 일이 바로 상대의 실력행사에서 자신의 몸을 지키고 피하는 길이라네. 그렇다면 상대를 이기기 위해서는 어떻게 해야 되겠나?"

 비류연은 이런 문답이 무척이나 재미있는 듯했다.

"그렇다면……."

 모용휘는 어느새 싸움에 대한 강론을 처음 듣는 초심자의 마음으로 돌아가 있었다.

"결론은 이미 나와 있지! 그래, 상대를 이기려면 자신은 상대의 인지영역에서 몸을 빼고 상대를 자신의 인지영역 안에 들여놓으면 되는 거라네. 이것이 바로 '인지(認知)의 간격(間隔)'이라는 녀석이지. 그리고 적을 이기기 위한 일 단계이기도 하고!"

모용휘는 벼락이라도 맞은 것처럼 몸을 부르르 떨었다. 이것은 그가 알아오던 거리의 개념을 송두리째 바꾸는 이야기였던 것이다. 매일같이 실없이 놀기만 하던 저 친구의 머리에 이런 통찰력이 있었다는 것이 믿어지지 않았다. 우주의 신비도 이보다 더 경이롭지는 못하리라.

하지만 이제 더 들어줄 시간은 없었다. 기다리기가 지겨워졌는지 어둠 저편에서 풍겨나오는 살기가 더욱더 증폭되었던 것이다.

"이곳은 내가 책임지겠네! 류연, 자네는 어서 은 소저를 모시고 이 자리를 피하게!"

어둠을 향해 애검 성휘(星輝)를 겨누며 모용휘가 외쳤다. 비장하고 장중(?)해야 마땅할 장면이었지만 비류연의 입가에서 피식 웃음이 터져나왔다. 그렇게 자세하게 설명해줬는데도 모르다니…….

"억지 부리기는! 지금이 알량한 자존심이나 내세울 때인가, 바른생활 청년?"

"뭐, 뭐라고!"

그는 분노로 이글거리는 매서운 눈빛으로 비류연을 바라보았다. 이 사나운 눈빛에도 긴 앞머리 청년은 미동조차 하지 않는다.

"자네는 왜 아직까지도 여기에 서 있는 건가?"

갑자기 비류연이 어이없다는 투로 물었다.

"무슨 말인가? 느닷없이?"

비류연이 주먹으로 가슴을 치는 시늉을 했다.

"참 답답한 친구로구먼. 내가 그렇게까지 자세하고 친절하게 설명해줬는데 아직까지도 이해를 못했나?"
"난 자네가 해준 말을 충분히 이해했다네!"
그러자 딱하다는 투로 비류연이 말했다.
"쯧쯧, 자네 정말 이해력이 떨어지는군그래. 그렇게 머리 나쁜 녀석으로 보이지는 않았는데 말이야."
자랑은 아니지만 여태껏 머리가 나쁘다거나 이해력이 나쁘다는 이야기를 들은 역사가 없었다. 반면 지나치게 머리가 좋고 이해력이 뛰어난 바람에 주위의 시샘을 받은 적은 수도 없이 많았지만 말이다. 하지만 비류연에게는 그의 그런 과거 전적 따위는 전혀 고려대상이 아니었다. 모용휘가 약간 화가 잔뜩 난 표정으로 서 있자 비류연은 한심스럽다는 듯 혀를 찼다.
"자네, 지금 저기 저 어둠 속에 틀어박혀 있는 상대를 볼 수 있나?"
비류연이 말하는 '본다'가 단순히 사물을 보는 것만을 의미하는 것이 아니라는 건 모용휘도 이제 잘 알고 있었다.
"없…네!"
정직하게 모용휘는 고개를 가로저었다.
"그렇다면 자네도 저자의 시야를 벗어나 있나?"
순간 모용휘의 표정이 급속도로 경직되며 안색 또한 시커멓게 변했다.
"것 보라고! 전혀 이해를 못했잖아! 내 이야기는 왜 자네는 상대를 자신의 인지영역 안에 확보하지 못하면서 자신은 상대의 인지영역에 완전히 사로잡혔는데도 아직까지 여기 이 자리에 서 있냐는 뜻이었어!"

심장을 잘 갈린 비수로 도려내는 듯한 느낌이었다. 후두부가 둔기로 얻어맞은 듯 얼얼했다.
"쯧쯧, 지금 자네의 꼬락서니를 보라고! 좋게 봐줘도 서 있는 게 고작, 나쁘게 보면 겉도 속도 사이좋게 엉망진창 와장창이라구!"
배려심이라곤 눈곱만큼도 없는 혹평. 하지만 한 사람의 입을 다물게 하는 데는 충분한 위력이 담겨 있었다. 이날 받은 모욕과 이날 느낀 부끄러움은 모용휘의 심장 속 깊숙이 보이지 않는 언어로 새겨졌다. 그는 이때의 감각을 후일까지도 결코 잊지 못했다.
"……."
비류연의 지적은 비록 폭언에 가까웠지만 너무도 정확했기에 이 바른생활 청년은 수치심으로 얼굴을 붉히면서도 감히 반박할 수 없었다.
"귀여운 녀석! 이런 데서 친구 목숨 따위(?)를 내던져서 살아나봤자 나중에 꿈자리만 뒤숭숭하고 남는 것도 없다고."
손해 보는 짓은 '죽여도' 안 한다! 그것은 비류연의 심장에 새겨져 있는 만고불변의 의지 강인하고 초절한 신념이었다.
"가라!"
베어진 자상 사이에서 연신 흐르는 피로 백의를 붉게 물들이며 서 있는 모용휘를 쳐다보며 비류연이 말했다. 담담한 어조. 하지만 그 안에는 강인한 힘이 서려 있었다.
"하지만……."
자신의 싸움을 남에게 맡긴다는 게 여전히 못마땅한 모양이었다.
"걱정 말라고! 이 빚은 추후에 이자까지 쳐서 듬뿍 받아낼 테니깐!"

나중에 발뺌하지나 말라고!"
 여유만만한 미소.
 잠시 자신의 의지와 쓰러진 은설란 사이에서 고민하던 모용휘가 마침내 고개를 끄덕였다. 그러고는 정신을 잃고 있는 그녀를 부서질세라 조심스레 안아들어 등뒤에 업었다.
 비류연의 시선은 모용휘와 은설란 두 사람을 향하고 있었지만 어둠 속에 잠긴 존재에 대한 경계를 한시도 늦추지 않고 있었다.
"미안하네!"
 은설란을 업은 직후 잠시 머뭇거리던 모용휘가 고개를 가볍게 숙이며 사과했다. 자신의 피에 부끄럽지 않게 모든 일에 완벽을 기하기 위해 전심전력으로 달려온 이 청년에게 진심어린 사과를 받은 이는 극히 드물다 할 수 있었다.
 모든 것은 자신의 약함이 불러온 죄! 지금 이 순간 청년은 그 어떤 때보다 극심하게, 그리고 맹렬하게 가시 돋친 채찍으로 자신을 세차게 매질하듯 스스로를 책망하고 있는 것이다.
"사과보다는 금전이지! 나중에 결산할 때 도주하지나 말라구!"
 역시나 태연한 목소리로 내뱉는다.
"돈에 대한 자네의 집착에 대항할 허튼 생각 따위는 품고 있지 않으니 걱정 붙들어매게나! 아무리 나라고 해도 그런 무모한 행동은 취할 생각이 없으니 말일세. 왜냐하면 나도 목숨이 아깝다는 것쯤은 알거든!"
 모용휘에게는 어울리지 않는 농담이지만 그 나름대로의 마음 씀씀이라 할 수 있었다.

"농담을 할 때는 좀더 얼굴을 펴고 웃으라고!"

비류연이 그 미숙한 표현에 피식 웃으며 대꾸했다.

하지만 실질적으로도 금전문제에 관해서라면 그가 얼마나 철저한지 모용휘도 잘 알고 있었다.

"그럼 가!"

비류연의 외침과 동시에 은설란을 등에 업은 그가 반대편으로 신형을 날렸다. 부상당한 몸이고 한 사람분의 무게를 더 얹고 있는 그였지만 그 움직임은 한 마리의 표범처럼 날렵했다.

"주인의 허락도 없이 돌아가는 것은 예의가 아니지."

어둠 속에서 흘러나온 저음의 말이 끝나기도 전에 날카로운 살기가 뻗어나왔다.

하지만…, 그 행동은 계속해서 이어지지 못했다.

모용휘는 달렸다. 등뒤에 은설란을 업고.

부드러운 가슴의 감촉이 그의 등을 압박했지만 그 감촉을 천천히 음미할 여유조차 없었다. 그는 담을 넘고 또 넘으며 진로를 가로막는 적을 베면서 달렸다. 친구들이 있는 곳을 향해…….

다행히 그곳을 찾기란 어렵지 않았다. 왜냐하면 무척이나 화려하고 소란스럽고 요란했던 것이다.

콰쾅! 쾅!

챙챙! 채채챙!

으아아아악! 으악! 악악! 으아악! 크헉! 켁! 꾸웨에에엑!

장원의 한쪽에서 야밤의 하늘을 요란스레 뒤흔드는 검격음과 함께 비명이 울리며 불꽃이 치솟아오르고 있었던 것이다.
'정말 길 찾기 쉽게 해주는군!'
눈과 귀가 있는 자라면 절대 길을 잃을 수 없도록 확실한 길잡이가 그의 몸을 이끌어주고 있었다.
슈욱! 슉! 슉슉슉슉슉!
그러나 방향은 확실하다 해서 그 길 사정까지 편한 것은 아닌 듯했다. 어디서 나타났는지 열두 명의 흑의복면인들이 그의 앞길을 가로막았다.

십이수라쇄성진(十二修羅碎星陣)

열둘의 수라가 별을 부순다는 거창한 이름을 지닌 진법이 순식간에 모용휘의 앞에 펼쳐졌다. 그들의 임무는 단 하나. 수단과 방법을 가리지 않고 여자를 산 채로 회수해오는 것이었다.
발동된 진법으로부터 거센 힘이 뿜어져나와 모용휘의 전신을 압박했다.
"여자를 내놔라!"
선두에 선 흑의복면인이 외쳤다. 그의 무기는 수백 명의 피를 머금은 듯 살기 넘치는 거치도(鋸齒刀)였다.
챠랑!
모용휘는 달리는 신형을 멈추지 않은 채 말없이 '성휘(별이 빛남)'라는 이름을 지닌 애검을 뽑아들었다.
'휘야! 검이란 지키고자 하는 소중한 것이 있을 때 더욱더 밝고 찬

란한 빛을 뿜어낸단다. 너도 언젠가 너만의 소중한 것을 찾았으면 좋겠구나. 너의 검이 더욱 찬란하게 빛나기 위해서 말이다!'

어릴 적 할아버지의 무릎 위에서 들었던 이야기가 갑자기 뇌리 속에 떠오른다.

'그녀의 마음속에 들어 있는 그림자는 내가 아니어도 좋다. 그녀의 시선이 나를 바라보고 있지 않아도 상관없다. 그래도…, 그래도…, 나는 그녀를 지킨다!'

순간 모든 망설임과 번뇌가 그의 마음속에서 씻은 듯 사라졌다. 그리고 마침내 지극한 평온이 찾아들었다.

"비켜라! 앞을 막는 자는 모두 죽는다!"

문답무용!

백색 투명한 모용휘의 검끝에서 별빛 같은 검기가 빗살처럼 뿜어져나왔다.

은하유성검법(銀河流星劍法)

검기(劍技) 오의(奧義)

성광만리(星光萬里)

파바바바밧!

유성우의 소나기가 적들을 휩쓸고 지나가며 길을 열었다. 그것은 지금까지 그가 선보였던 검기보다 한층 더 밝고 강한 빛을 지닌 검광이었다.

쇄성진은 그 이름값을 못한 채 밤의 어둠 속으로 산산이 부서져 먼지가 되어 흩어져버렸다.

"괜찮겠어요?"

흠칫 어둠 속의 존재가 손을 멈추었다. 비류연은 모용휘에게 향했던 살기가 걷히는 대신 또 다른 살기의 다발이 얼음송곳 같은 시선과 함께 자신을 향하는 것을 느꼈다.

"…자네인가? 나의 움직임을 끊은 자가?"

그는 도주하는 먹잇감을 공격하지 않은 게 아니라 공격하지 못했다. 그의 사냥은 저지당했다. 그것도 이름도 알려지지 않은 애송이의 손에 의해.

그림자는 애당초 두 사람의 도피를 손놓고 두고 볼 생각이 없었다. 모용휘는 어찌 되든 은설란만은 절대 놓아줄 수 없었다. 아직 '처치(處置)'가 제대로 되었는지 확인도 하지 못한 상태였던 것이다. 하지만 그럼에도 불구하고 그러지 않았다. 아니, 그럴 수가 없었던 것이다.

'이럴 수가…….'

그림자 속의 괴인, 대공자 비는 믿을 수가 없었다.

'어떻게?'

지옥의 불길 속에서 수천 수만 번의 담금질을 견디며 단련된 그의 본능이 두 사람을 공격하기를 거부하고 있었다.

뇌리를 강렬하게 울리는 경고. 그 경고의 실체를 파악하기까지는 약간의 시간이 필요했다. 차갑게 식은 한광(寒光) 어린 두 눈이 비류연을 향한다.

비류연? 분명히 최근에야 겨우 보고서를 통해 들어본 이름이었다. 특이하다고 잠시 생각했지만 요주의 인물이라고 생각해본 적은 없었다. 재미있고 특이할지는 모르지만 그저 어디에나 있는 그렇고 그런 별종 중 한 명일 뿐, 그가 자신의 행보에 걸림돌로 작용할 날이 오리라고는 미처 생각하지 못했었다.

'설마 내가 저 두 사람을 공격하면서 생기는 빈틈을 경계하는 것인가? 그렇다면 저자가 그 순간의 경계를 뚫고 들어올 만큼의 고수란 말인가?'

분명 인정하고 싶지는 않지만 그의 본능이 그렇게 느끼고 있는 것이다. 본능은 정직하다. 자신의 주관적이고 왜곡된 판단이 듬뿍 가미될 수 있는 상념의 파편보다 때로는 육감(六感)에 의해 발동되는 본능이 훨씬 더 정확할 때가 종종 있다.

'저 인간이?'

어둠과 밤의 저편에서 한 남자가 여전히 미소를 잃지 않은 채 유유히 서 있다. 하지만 그 얼굴은 긴 앞머리에 가려 자세히 확인할 수 없었다.

'그렇다면 시험해주지!'

과연 자신을 놀라게 할 만한 자격이 있는지 없는지!

그 결심을 대변하듯 기광이 어둠 속에서 빛을 발했다.

모용휘는 그곳에 도착하기 위해 뇌탄에 의해 요란스레 날아간 듯한 세 개의 그을려진 문과 두 개의 무너진 담장을 지나가야 했다. 그리고 그가 도착한 곳에는 수십 명의 흑의인들이 무척이나 뜨거웠을 순간들을 지난 채 시꺼먼 숯덩이가 되어 사방으로 나뒹굴고 있었다.
"설란 언니!"
그와 그녀를 가장 먼저 발견한 사람은 석류하(石榴霞)였다. 그녀는 잠시 이 요란스럽고 황당한 사건에 휘말려 정신을 못 차리고 있던 중이었다. 석류하는 방금 전 자신이 목격했던 굉폭(轟暴)한 광경을 평생 잊지 못할 것이라는 확신을 하고 있던 참이었다. 마치 지옥의 나찰(羅刹)과도 같은 광폭포악(狂暴暴惡)함을 보여준 사람이 자신과 같은 붉은색을 좋아한다는 게 믿어지지 않았다.
'이런 사람에게 직접 가르침을 받는 사람들은 얼마나 불행할까?'
이런 의문을 품으면서도 지금 자신이 불행의 별들에 감싸여 있다는 사실을 조금도 알 리가 없는 그녀였다.
"언니는 괜찮은가요?"
모용휘의 상처가 눈에 들어오지 않은 것은 아니지만 그녀에게는 오늘 만난 잘생긴 미장부보다 오래전부터 알고 지내던 언니의 안부가 더 중요했다.
"아직 정신이 들지 않았을 뿐 괜찮습니다."
근심어린 시선을 받은 모용휘가 고개를 끄덕이며 확인해주었다. 그제야 석류하는 안심한 듯 가슴을 쓸어내렸다.
"이런 미녀에게 참혹한 일이 생기는 것은 전 무림의 손실이라 할 수 있지."
괜스레 끼어든 장홍이 옆에서 고개를 끄덕이며 아는 체한다.
"악!"
무의식중에 고개를 끄덕이며 그에 동조하던 남궁상은 진령에게 호된 꼬집힘을 당하고 말았다.
 자업자득(自業自得)!
"그 자식은?"
 물론 모용휘는 염도가 말한 '그 자식'이 누군지 잘 알고 있었다. 비류연이 만일 여기 있었다면 '사부 보고 그 자식이라니! 참으로 건방이 하늘을 찌르는 제자로구만!' 하며 한탄했을 것이다.
"아직 뒤에 남아 있습니다!"
 나예린의 얼굴에 순간 동요가 떠올랐다가 빛보다 빠른 속도로 사라졌다. 입을 굳게 다문 그녀에게서 봉오리를 꼭 닫은 얼음꽃 같은 차가운 한기가 풍겨나왔다. 섬섬옥수가 조심스럽게 이변을 느끼고 있는 가슴 부위로 다가간다.
 두근두근!
 표정은 이성이 바라는 방향대로 움직여도 심장은 그렇게 잘 조절되지 않는 모양이다. 불꽃 위에 얼음을 덮어놓는다 해서 그 불꽃이 완전히 사그라지지는 않는다.
 염도의 시선이 모용휘의 전신을 단숨에 훑고 지나갔다. 피를 머금은 예리한 상처들이 그의 부리부리한 눈에 들어온다. 하나하나가 모두 범상치 않은 작품들이었다.
"상대는 강하냐?"
"강합니다."
 모용휘는 망설이지 않고 대답했다.
"하긴 널 그 정도까지 곤란하게 만든 상대일 테니깐!"
"죄송합니다!"

그것은 동료를 두고 온 비겁함에 대한 사죄였다.
"괜찮다! '그 괴·물·자·식'이라면!"
염도가 단언했다.

"다시 한번 묻겠다. 자네인가?"
그림자가 물었다.
"음…, 그럴 수도 있겠네요. 이곳에 나 이외의 다른 자가 없다면요."
마치 자기하고는 전혀 관계없는 일을 언급하는 듯한 말투. 딴청을 피우는 것이다.
"혹시 모르잖아요? 이곳에 나 이외에 또 다른 사람이 있을지도?"
그 위에 조금만 의심의 조미료를 쳐서 들으면 나 이외의 다른 이가 몸을 숨기고 있을지도 모른다는 미묘한 울림을 지닌 말이기도 했다. 애매모호한, 어찌 보면 깔보고 농락하는 듯한 어투였다.
그러나 대공자 비는 불쾌감을 나타내지 않았다. 동요를 모르는 한기 어린 시선은 여전히 비류연의 볼을 스멀스멀 기어다니고 있었다.
"너 말고 다른 자는 이곳에 없다!"
단호한 대답. 그의 낮고 차가운 말투는 확신에 가득 차 있었다.
'모용휘가 공격당하지 않은 게 아쉽군!'
비류연은 속으로 혀를 끌끌 찼다. 그건 정말 안타까운 일이 아닐 수 없었다.

"왜 내 친구 놈을 향한 살기를 거두었죠? 충분히 출초할 수 있었을 텐데."

무척이나 안타깝다는 몸짓을 하며 비류연이 애석하다는 듯 혀를 찼다. 그 이유를 몰라서 묻는 건지 아니면 알면서도 모르는 척하는 것인지 알 수 없는 애매모호한 태도였다.

"불만…인가?"

높낮이 없는 나직한 저음이 어둠 저편으로부터 흘러나왔다.

"저래 봬도 강호에서 아주아주 잘나가는 녀석이라구요. 좀 믿음직스럽지 못하고, 융통성은 한참이나 부족한 데다가 먼지 한 올, 터럭 한 가닥 용서치 않는 결벽증까지 달고 살지만 말이에요. 미리미리 제거해뒀으면 나중에 행사하는 데 이득이 될 수 있었을 텐데 말이죠, 안 그런가요?"

마치 모용휘가 그의 손에 공격당하지 않은 게 불만인 듯한 모습이다.

"……."

대공자 비는 어이가 없는지 잠시 침묵했다.

"…그렇게 아쉽나, 내가 그를 공격하지 않은 것이?"

"뭐, 쪼끔."

다시 한번 잠시 잠깐의 침묵이 이어졌다. 그러나 침묵은 금세 깨어지고 대공자의 입에서 여전히 낮고 차갑고 냉철한 목소리가 흘러나왔다.

"…대단한 자신감이군!"

그러자 이번엔 비류연이 놀란 표정을 짓는다.

"어? 알아챘어요? 제법인데요!"

이런 식의 어린애들에게나 쓰는 입 발린 칭찬은 여태껏 들어본 적이 없는지라 대공자에게는 나름대로 신선한 감탄이었다. 속을 사정

없이 굵고 분노를 자아낸다는 소소한 점만 뺀다면 말이다.
"내가 만약 출수했으면 그 간격을 틈타 충분히 날 죽일 수 있었다는 건가?"
"수고는 훨~씬 덜 수 있었겠죠."
 지금이라고 해서 죽이지 못할 건 없다는 자신감의 표출인지 비류연의 얼굴은 여전히 생글생글한 미소를 머금고 있었다.
"…재미있군!"
 처음으로 그림자의 목소리에서 감정이라고 부를 만한 것이 미약하나마 떠올랐다.
"너의 실력이 과연 너의 자신감을 뒷받침해줄 만큼 대단한지 궁금하군."
"아, 내가 좀 겸손하긴 하죠."
 비는 비류연에 대한 가장 현명한 행동을 취했다. 그것은 바로 그의 말을 무시해버리는 것이었다. 그러고는 강렬한 힘이 담긴 목소리로 말을 이었다
"난 약속했다! 나의 일초를 피한다면 살려주겠다고!"
"오만한 약속을 내뱉는 사람을 난 꽤 좋아하죠."
"그 약속은 아직도 유효하다!"
 그가 선언하듯 말했다.
"호오?"
 굉장한 자기과신에 소심한(?) 비류연은 놀라버리고 말았다. 갑자기 그는 상대방이 매우 염려되기 시작했다. 그래서 친절해지는 것을 선택했다.

"재미있군요! 그러나 금방 후회할 약속은 하지 않는 게 상책일 텐데요?"

"난 여태껏 일구이언을 한 적이 없다."

순간 대공자의 그림자가 묻혀 있는 공간으로부터 무시무시한 기운이 뿜어져나왔다. 그것은 마을도 도시도 단번에 삼켜버리는 해일과도 같은 기세의 순도 높은 살의였다.

"자, 받아봐라! 그럼 살려주마."

동일한 조건, 동일한 약속, 그 변치 않는 절대적인 자신감. 그 말은 한 청년의 입가에 그린 듯한 미소가 일게 만들었다.

"점점 더 재미있어지는군요."

'이거 장난이 아니잖아?'

농담과 진담을 구분 못하고 적당적당을 모르는 사람들은 혐오스럽다며 비류연은 궁시렁거렸다.

죽음을 향한 길을 열 것만 같은 어둡고 무거운 기세는 점점 더 중첩되고 있었다. 어두운 기운이 하늘까지 미쳤는지 검은 구름이 밤하늘에 떠 있는 북두칠성과 그 중심인 북극성의 휘광을 잠식해나가고 있었다.

'이거, 이거……. 나도 좀 진지해져야겠는걸!'

보통이 아닌 존재가 지금 자신의 눈앞을 가로막고 있다는 사실을 비류연도 인정해야만 했다.

이젠 잠에서 깨어나야 할 시간일지 모른다는 생각이 문득 뇌리를 스치고 지나갔다.

"슬슬 눈을 뜰 때인가……."
여전히 느긋한 목소리로 비류연이 뇌까렸다.

미소저 구출대들과 함께 과격한 돌파를 서슴지 않던 염도의 질풍신뢰(疾風神雷) 같은 발걸음이 순간 멈추었다. 그의 시선이 별이 뿌려진 묵빛 비단포로 향했다. 이미 몇 개의 대문과 얼마만큼의 적들이 그의 도파(刀波) 아래 분쇄되었는지 기억도 나지 않는다.
이글거리던 시선이 차갑게 식으며 한 곳을 향한다. 그곳은 그들이 있는 곳과는 한참이나 멀리 떨어져 있었다.
"밤이 동요하고 있다!"
불길한 기운이 염도의 전신을 엄습했다.
"노사님!"
약간 다급한 목소리 하나가 그를 부른다. 장홍이었다. 그는 지금 자신과 같은 방향을 바라보고 있었다. 염도는 약간 놀란 시선으로 장홍을 바라보았다.
'지금 이 녀석이 나랑 같은 걸 느꼈다는 건가?'
뭔가 하나쯤 속에 숨기고 있는 능구렁이라는 건 알고 있었지만……. 여하튼 예감이 별로 좋지 않았다. 그의 시선이 다시 정면을 향했다.
"단기간에 돌파한다!"
차갑게 식었던 그의 눈동자가 그의 애도 홍염과 함께 또다시 세차게 불타올랐다.

나예린은 계속해서 침묵을 유지한 채 앞만을 바라보며 달렸다. 도저히 말을 걸 분위기가 아니었기에 그녀를 수호하듯 뒤따르는 그녀의 사저이자 보호자 격인 독고령으로서도 감히 말 한마디 붙일 수가 없었다.

"왜 저렇게 화가 난 거지?"

검을 쉬지 않고 휘두르며 달려가던 독안(獨眼)의 여인은 어리둥절한 표정을 숨기지 않으며 뇌까렸다.

"저거 화난 거예요?"

자신은 아무리 훑어봐도 알 수가 없었기에 이진설은 아직도 눈물 자국이 채 마르지 않은 두 눈동자를 데구루루 굴리며 반문했다. 그녀가 보기에 나예린의 얼굴은 여느 때와 마찬가지로 차가운 달처럼 고아했으며 그 위에는 그 어떤 감정의 편린도 보이지 않았던 것이다.

"응, 저건 분명 화내고 있는 거야. 틀림없어! 저런 표정을 지을 때 옆에 있다면 너도 충분히 조심하도록 해라!"

어디가 어떻기에 화내고 있다고 하는 걸까? 이진설로서는 여전히 이해가 가지 않았다. 역시 천무제일화(天武第一花)의 수호역을 자처하는 이의 시각은 보통 사람과는 한참이나 다른 모양이었다.

"사매…, 화났니?"

마침내 참지 못하고 독고령이 물었다. 흠칫 나예린의 몸이 순간 굳어지는 것을 그녀는 놓치지 않았다.

"아니요! 화나지 않았습니다!"

돌아온 대답은 싸늘하기 그지없었다. 하지만······.

나예린이 성큼 무리에서 벗어나 앞으로 나섰다. 말릴 새도 없었다.

이미 그녀의 애검 '한상 옥령'에는 차가운 서리가 구름처럼 감돌고 있었다.

차갑게 얼어붙은 한기가 나선이 되어 춤추듯이 검을 타고 뿜어져 나왔다.

한상옥령신검(寒霜玉靈神劍)
비전(秘傳) 오의(奧義)
빙접난몽(氷蝶亂夢)

허공에서 얼음으로 된 수백 마리의 나비들이 무리를 지어 화려하면서도 싸늘한 춤을 추었다. 마치 순백의 나비들로 세상이 가득 채워진 꿈의 한 부분을 잘라놓은 듯한 몽환적인 광경〔夢幻境〕이었다. 믿을 수 없을 만큼 아름답지만 한 마리 한 마리가 치명적인 위력을 품고 있었다.

천상선녀의 섬섬옥수 끝에서 펼쳐지는 오채극광(五彩極光)에 휩싸인 신기루 같은 나비들의 춤에 혼백이 홀린 적들이 가차없이 나가떨어졌다.

그녀가 뿜어낸 검파의 여파로 주위에 자욱한 안개가 감돌았다. 운무가 그녀의 전신을 백색 비단처럼 휘감는 가운데 그녀는 밤하늘 같은 눈동자를 반개한 채 조용히 말했다.

"전…, 화나지 않았어요!"

이진설은 그 환상 같은 광경을 넋 놓은 채 바라보았다. 무슨 생각을 하고 있는지 알 수 없는 게 더 무섭다는 생각이 문득 들었다. 나예린에게서 무섭다는 감정을 느끼기는 그녀로서도 이번이 처음이었다.

"걱정마라!"

다가가기조차 힘든 그녀의 장벽을 허물고 말을 건 이는 염도였다.

'걱정……? 얼굴에 감정이 드러난다?'

무의식중에 손을 들어 뺨과 입가를 만져보지만 아무런 변화도 느껴지지 않는다.

'그런데 어떻게?'

그런 종류(타인에 대한 '염려'라는 것)의 감정을 느꼈다는 것조차도 놀라운데 그것이 마음속에서 떠올라 표면으로 나타나기까지 했다니……. 나예린으로서는 충분히 경악해도 손해 보지 않을 만큼 희귀한 체험이었다.

그런 그녀의 반응에 신경 쓰지 않은 채 염도가 계속해서 말을 이었다.

"쓸데없는 걱정일랑 접어둬라! 헛수고다. 고작 이 정도로 죽을 녀석이었으면 내가 이 모양 이 꼴로 고생하지도 않았어!"

정말 그 말대로였다. 염도에게는 오히려 너무 끈질기다는 게 문제였다.

'그곳에서 뒈지길 원한다고 해도 그래 주지는 않겠지?'

찝찝한 얼굴로 적발의 도객은 그렇게 생각했다.

지금 그의 이런 복잡미묘 뒤숭숭한 생각들을 이해해줄 만한 유일한 존재가 웬수이자 견원지간인 빙검이라는 게 그에게 있어서는 자신의 여린(?) 가슴을 가장 참혹하게 난도질하는 슬픔과 절망의 쌍검합벽이었다.

심안(心眼)

"대붕의 눈을 가지기 위해서는 무엇이 필요한지 아느냐?"
소년은 또다시 고개를 가로저었다.
"높이 날아야만 멀리 볼 수 있다. 그렇기 때문에 대붕의 날개가 필요하다!"

기억이 쉬지 않고 떠오른다. 다시 사부가 말한다.
"내가 너에게 그 날개를 주겠다. 날아올라라! 가로막힌 산을 넘지 못하면 그 다음 세상을 볼 수 없고, 구름 위를 뚫고 날아오를 굳센 날개가 없으면 그 위의 세상을 볼 수 없다. 대붕의 날개로 날갯짓해 세상 만물을 꿰뚫어보고 포용하는 눈을 가져라. 그것이 홀황경(惚恍境)으로 가는 길목이자 지름길이다!"

그 뒤에 또 다음 단계가 있다는 것을 알고 살의를 느꼈지만 능력이 미치지 않으므로 포기하기로 했다. 자기 자신에 대한 정당한 평가를 내리기란 무척 힘든 일이다. 하지만 남을 보기 위해서는 먼저 자신을 바라보고 파악할 줄 알아야 한다. 자신을 살펴보는 눈을 가져야 하는 것이다.

자신은 처음부터 잘 배워나가고 있었다. 시작부터 나쁘지 않은, 뛰어난 학생이었다. 아마도.

"자냐?"
"아, 아뇨. 그럴 리가요."
스읍! 소년이 소매로 입가를 훔치며 대답했다. 아주 자연스런 동작이었다.
"흐음…, 류연아!"
"네?"
"존말할 때 귓구멍 후비고 똑바로 들어라!"
사부가 살기 품은 눈웃음을 지으며 자상하게 말했다.
"보는 것에도 단계가 있다."
절대 잊지 말라고 신신당부까지 했다.

일 단계 정안(正眼).
바르게 본다.
세속의 때에 찌들어 장님이나 다름없던 눈이 비로소 뜨이는 첫 단계다. 잘못 조성된 여론에 휘둘림 없이 사물을 올바르게 바라볼 수 있게 된다. 자신의 가치판단을 남에게 위탁하지 않게 되고 자기 자신만의 선입견 없는 잣대를 지니는 단계. 상대와 자신을 바르게 평가하는 공정한 시선을 지니게 된다.

이 단계 광안(廣眼).

넓게 본다.

잘못 고정된 상식이나 관념에 흔들리지 않는 넓은 시야를 지니게 된다. 또한 넓어진 시야를 통해 한꺼번에 많은 정보들을 수용, 정리할 수 있다. 자신의 시야 안에 많은 것을 담아낼 수 있게 되는 것이다.

다양성을 존중하게 되고 세상이 넓은 것을 잘 알기에 성급하게 단정하거나 함부로 판단하지 않는다.

삼 단계 심안(深眼).

깊게 본다.

사물의 본질을 그 정점 깊숙이까지 살펴보는 단계. 미세한 부분까지도 놓치지 않는다. 또한 의식하지 않는데도 상대방이 무의식적으로 내보이는 세밀한 움직임까지도 그 뜻하는 바를 놓치지 않고 알아챌 수 있게 된다. 생각보다 느낌이 더 중요한 정보라는 것을 제대로 인식하기 시작한다. 통찰력이 싹을 틔우기 시작하는 것이다.

이 삼 단계까지는 거쳐야 비로소 심안(心眼)의 초입에 들어섰다고 할 만한 자격이 생긴다.

사 단계 투안(透眼).

꿰뚫어본다.

사물의 본질을 순식간에 꿰뚫어보는 단계. 통찰안(通察眼)이라고도 부른다. 많은 정보를 한순간에 정리, 해결한다. 보석결정(寶石結晶) 같은 핵심정보를 순식간에 손에 넣는다.

생각보다 느낌이 더 중요한 정보라는 것을 확신한다. 정확하게 느낄 수 있고 그것이 언제나 틀림이 없다는 것을 알게 되기 때문이다. 이때 가장 어려운 과정은 순수한 느낌과 모조(模造)의 느낌을 명확히 구분하는 것이다.

범인의 눈에는 보이지 않는 것이 보이기 시작하는 단계이기도 하다.

삼과 사 단계 사이에 이르면 기(氣)의 흐름을 대략적으로 읽을 수 있게 된다(완전히는 아니지만). 그리고 사 단계 투안의 단계에 완전히 진입하면 우주를 감싸고 있는 세상 만물에 내재된 기의 흐름마저 읽을 수 있게 된다. 이 엄청난 비전(秘傳)을 접하게 되면 이를 응용하여 상대의 움직임을 예측하는 게 가능하다!

그러나 그릇이 작으면 이 정보들을 조금 받아들인 것만으로도 인간은 폭발해버린다. 이렇게 그릇이 깨진 상태를 보통 '미쳤다'고 칭한다. 세상의 기운과 동화돼 자신을 잊어버리게 되는 것이다. 때문에 자신의 그릇을 먼저 대기(大器)로 키우는 것이 매우 중요하다.

오 단계 월공안(越空眼).
공간을 뛰어넘는다.
자신의 시선이 미치는 범위 내의 모든 것을 완전히 파악하게 된다. 이것은 곧 공간을 지배하는 첫 단계이기도 하다.

육 단계 시월안(時越眼).
시간을 뛰어넘는다.
말 그대로 시간을 뛰어넘는 단계. 예지안(豫知眼)을 얻을 수 있는 단계라고 한다. 비의(秘意)상으로만 전해지는 단계다.

오류 단계를 합쳐 시공안(時空眼)이라고도 한다. 하지만 진정한 시공안이 아닌 사물의 속도를 늦추는 경지는 삼 단계와 사 단계 사이에서도 일어난다. 보통 무인들이 궁극의 단계로 여기는 것은 이 사 단계까지다. 그러나 소수지만 이 시공안의 경지까지 접근한 이들이 있다고도 한다.

육 단계와 칠 단계 사이에 이른 이는 생사를 초월하게 되고, 우주의 섭리에 간섭할 수 있는 능력을 갖추게 된다고 한다.

칠 단계 궁극(窮極)의 단계 신안(神眼).
신을 본다.
자신 안에 내재된 신을 만나는 단계. 내우주(內宇宙)와 외우주(外宇宙)가 합일되고, 기(己 : 부분)가 전(全 : 전체)이 되고 전이 기가 되는 단계. 만물일체(萬物一體)의 비의를 통해 세상 모든 것에 분리란 것이 존재하지 않는 단계이다.
이 단계에 이르면 이 세상의 모든 것을 보고 모든 것의 본질을 파악할 수 있으며, 모든 질문에 대한 해답을 얻을 수 있다고 한다. 그래서 진리안(眞理眼)이라고 부르기도 한다.
궁극의 깨달음을 얻어야만 도달할 수 있는 최후의 단계. 자신이 곧 신이 되는 신인합일의 경지에 이르는 신화경(神化境)의 단계다. 도(道)를 깨우치는 것이 아니라 도와 하나가 되는 경지기도 하다. 이 눈을 얻으면 곧 세상 만물의 윤회에서 벗어나 해탈과 열반의 경지에 들

수 있다고 한다. 그리고 궁극에 이르러 신(神)이 된다.

"…이것이 바로 네가 단순히 '본다' 고 지칭한 행위 뒤에 도사리고 있는 무한히 심오한 세계이다."

제자의 이해 정도에 대해서는 아랑곳하지 않고 사부는 계속해서 말을 이었다.

"간단해 보이지만 일 단계가 사실 무척이나 어렵다. 바르게 보는 것은 주위의 상식이나 여론, 의견, 의식, 관념에 좌우되지 않고 그냥 그 본질에 가까이 다가가는 행위이기 때문이다. 정심정안(正心正眼)이라 하여 바른 마음을 지니지 못하면 바르게 볼 수도 없다고 했다. 오랜 시간 동안 끊임없이 환경의 영향을 받으며 살아가야 하는 인간에게는 무척이나 어려운 경지지. 기본적으로 사람들이 맞다고 우르르 외치면 자신의 마음이 뭐라고 생각하든 말든 상관치 않고 덩달아 맞다고 고개를 끄덕이는 사람은 아직 기본이 안 돼 있는 사람이다. 자신의 사고판단 잣대를 남의 기준에서 찾는다는 게 말이나 될 법한 소리냐? 그런다고 남들이 너 밥 먹여주냐? 하긴 가끔 남들이 주는 거라면 똥인지 된장인지 구분도 안 하고 넙죽넙죽 받아먹는 족속들이 있지. 그런 놈들은 인생을 자면서 걸어가듯 사는 족속들이다. 너도 그런 족속이 되고 싶냐?"

"아뇨! 미쳤어요?"

비류연이 솔직하게 대답했다. 그런 진부한 인간이 된다는 것은 소름끼치도록 끔찍한 일이었다.

사부가 고개를 끄덕였다.

"놀라운 사실은 속세에 나가보면 의외로 그런 족속들이 천지사방에 널려 있다는 점이지. 자신의 판단이 우연히 남들과 같을 수는 있다. 이건 상관없다. 하지만 남의 판단을 아무런 사고의 여과과정 없이 자기 판단으로 삼는 것과는 차원이 다른 문제다. 가끔 뒤의 것을 해놓고 앞의 것을 했다고 주장하는 인간들도 있긴 있지. 이런 인간들의 특징이 뭔 줄 아느냐?"

비류연은 고개를 도리도리 저었다.

"권위에 아주 약해."

"권위요?"

"그래, 권위! 그런 족속들은 권위 앞에서 설설 기지. 좀 정도가 심해지면 권위가 있다는 사람의 뒷구녕이라도 기쁘게 핥아줄 기세로 갖은 아양을 떠는 인간들도 있어. 이 족속들은 권위를 가진 인간이 맞다고 하면 무조건 다 맞는 줄 알아! 그리고 그 권위에 반항하는 자가 있으면 화형시키려 들지! 왜냐하면 그들은 그 권위 있는 자들이 자신들 대신 생각해주길 바라거든. 자신들 대신 생각해주고 판단해주는 편한 존재를 남들이 모욕했으니 어찌 가만히 있을 수 있겠냐! 우국충정에 불타오른 그들은 '자신'의 권위―이런 착각까지 종종하지―에 도전한 악적들을 처단하기 위해 혈안이 되어 날뛰지."

"그거 바보놀음 아닌가요?"

비류연이 어이가 없다는 표정으로 한마디 했다.

"그렇지. 바보놀음이지!"

사부가 동의했다.

"그런 꼭두각시놀음에 동참할 바에야 차라리 자기 자신의 마음속에 바른 기준을 세우기 위해 노력하겠다. 그편이 훨씬 이익이지."

사부의 말은 인정사정이 없었다.

"이 세상에 정말 그런 어리석은 사람들이 널려 있을까요? 조금만 생각해보면 금방 알 수 있잖아요?"

그의 사고방식으로는 도무지 이해가 가지 않는 일이었던 것이다.

"쯧쯧쯧, 아까 내가 하던 얘기는 뒷동산에 암매장했냐? 그런 족속들은 조금의 생각도 할 필요가 없다고 하지 않았느냐. 대신 생각해주는 이들이 있어서!"

"아참, 그랬었죠."

이제야 기억이 떠오른 모양이었다.

"기억났냐?"

"네, 기억났어요!"

"오냐, 그럼 다음으로 넘어가자!"

일 단계가 어렵기 때문에 심안을 얻기가 힘든 것이라고 사부가 부연 설명했다.

"무엇보다 중요한 것은 자신이 그동안 지니고 있던 선입관을 깨뜨릴 용기와 진실로써 보고자 하는 자세란다. 하지만 우리 비뢰문에서 인간구실을 하기 위해서는 적어도 삼 단계까지는 이루어놓고 시작해야 한다. 그렇지 않으면 복잡현묘한 비뢰도의 움직임을 따라갈 수가 없기 때문이다."

여전히 무리한 것만 잘도 요구하는 사부였다. 사부가 귀신처럼 자신의 속마음을 읽는 데는 다 저런 곡절이 있었던 탓인 모양이었다.

사부가 비류연의 눈을 똑바로 쳐다보았다. 마치 사부의 시선이 빛의 창이 되어 그의 정신을 꿰뚫는 것만 같았다. 그러고는 진지한 목소리로 물었다.

"너는 과연 어느 단계까지 다다를 수 있겠느냐?"

눈을 뜨다
- 개안(開眼)

눈이 떠졌다.
눈앞을 가로막고 있던 꺼풀이 떨어져나가기라도 한 것처럼 시야가 밝아진다. 그리고 하늘의 끝을 향해 비상하는 대붕의 시야처럼 점점 더 확장되어간다. 그것을 말로 설명하기란 무척이나 지난한 일이다.

타인이 직접 체험해보지 못한 경험이나 느낌, 그리고 감각을 조악한 언어를 빌려 전달하고자 하는 데는 한계라는 것이 엄연히 존재하기 때문이다. 왜냐하면 언어란 가장 불성실한 진리 전달자이기 때문이다. 하지만 말로 설명하고 이해시키기는 어려워도 그런 경지와 그런 사실이 있다는 진실에는 변함이 없다.

그리고 지금 비류연이 체험하고 있는 세계도 바로 그런 '불형용(不形容)'의 세계다. 일부의 선택된 자들만이 진입을 허락받는 초인의 경지. 바로 그 경지에 지금 비류연은 발을 들여놓고 있는 것이다. 그의 눈은 지금 그런 세계를 바라보고 있었다.

시야가 점점 더 광활해지고 심원해진다. 넓고 깊어진 시야를 통해 엄청난 양의 정보가 비류연을 향해 밀려든다. 눈이 먼저 열려 이 과도한 정보를 수용하지 못해 미쳐버리는 사람들도 종종 있다. 그러나 그는 아무렇지도 않게 이 정보들을 수용하고, 분류하고, 정리하고, 통찰한다.

고개를 들면 하늘을 넘어 우주로 뛰어들 것 같고, 고개를 숙이면 무릎 아래로 날아가는 밤 벌레의 날갯짓 횟수까지 보이는 듯하다. 마치 눈앞에 있는 모든 것들이 손에 잡힐 듯하고, 그 본질을 이해하지 못할 이유는 아무 데도 없을 것만 같은 신비로운 느낌이 그를 감싸안았다.

상대의 손이 천천히 올라가는 게 보인다. 모든 것이 정지화상처럼 보이는 것은 그의 시선이 시간을 초월했기 때문이다.

그 손끝으로부터 펼쳐질 초식의 투로가 마치 빛나는 별의 궤적처럼 선명하게 빛난다. 미세하게 빛나는 하얀 거미줄의 군무(群舞)가 정지된 세계를 가득 메운다. 상대의 몸속에 내재된 힘이 뻗어나가고자 하는 방향들이 한데 어우러져 화려한 만다라(曼茶羅)를 그린다. 이때 그릇이 작은 일반인의 뇌라면 이 정보를 접하는 것만으로도 용량초과로 미쳐버릴 위험이 있다.

그 선이 아무리 거미줄같이 세밀하고 빽빽하다 해도 일단 보이게 되면 투로가 예측 가능해진다. 하지만 진정한 고수들과 만나면 이 어지러운 세선들이 무리를 이루어 자신의 몸을 침범한다. 그럴 경우 이 '휘선(輝線)'으로부터 벗어날 능력이 필요하다. 보는 것만으로는 현상에 대해 완전한 지배력을 행사할 수 없기 때문이다. 이 신비스런 만다라 문양이 얼마나 빽빽하고 정밀한가에 따라 상대의 무공 능력을 가늠할 수 있게 된다.

"……!!!"
 순간 그림자는 본능적인 불쾌감에 기분이 나빠졌다. 치욕스럽게도 사냥꾼에게 노려지는 야생동물 같은 느낌을 받았던 것이다. 자신이 상대 앞에 발가벗고 선 듯한 적나라한 느낌이 들었다.
 '용서하지 못한다!'
 이런 치욕을 안겨준 이를 살려두기엔 그 죄가 너무 깊다. 그러므로 저자는 소멸되어야 마땅했다. 이 세계에서!

 들어올린 팔을 향해 몰려드는 흉험한 기운. 결코 만만치 않은 압박. 사방을 조여오는 공기. 빛을 잃고 광명에서 어둠으로 달아나는 하늘. 검게 벼려진 암흑의 칼날이 어둠의 장막을 뚫고 공간을 넘어 살기를 토해냈다.
 이번 일초식은 매우매우 위험하니 백성 여러분은 위험반경에서 신속히 대피해주십시오, 라고 고래고래 외치고 있기라도 한 듯한 움직임이었다.
 "……!"
 비류연의 눈은 어둠을 격해, 덤으로 철의 장벽처럼 버티고 있는 머리카락의 장막마저 뚫고 그 움직임을 조금도 놓치지 않았다. 이윽고 그 손이 정점에 이른 순간!
 팟!
 폭포수의 물줄기가 백장 단애에서 떨어져내리는 듯한 기세를 내뿜으며 그 손이 낙하했다.

스팟스팟스파파파팟! 콰콰콰콰콰…….

쏟아지는 폭포수 소리 같은 굉음이 밤하늘에 울려퍼진다. 밤의 공기가 뒤틀리고 용틀임하며 진동했다. 살기와 날카로운 암경의 파도가 허공을 가로질렀다. 그것은 칼날 수천 개가 일시에 몰려드는 것처럼 무시무시한 파랑이었다. 그 안에는 인간 하나 따위는 코웃음 치며 분쇄해버릴 듯한 거력이 담겨 있었다.

거미줄처럼 얽히고설킨 빛의 궤적들이 비류연의 몸을 투과하며 무수히 그어져 있었다. 적어도 그의 눈에는 그것들이 보였다.

이럴 경우 자살하는 방법은 매우 간단하다. 그냥 이 궤적 위에서 움직이지 않고 가만히 서 있기만 하면 되는 것이다. 그러면 예리한 살기를 품은 죽음의 칼날이 어김없이 그의 몸뚱이를 난도질해줄 것이기 때문이다.

물론 비류연은 자살 지망자가 아니었다. 더욱이 타살 선호도도 매우 낮았다. 그래서 그는 언제나 그랬던 것처럼 그 빛의 궤적 위에서 몸을 미리 빼냈다.

보통 때라면 그걸로 이미 끝났을 시점이었다. 그러나 이번에는 뭔가가 틀렸다.

"홉!"

비류연의 입에서 좀처럼 듣기 힘든 기함이 터져나왔다.

'변화했다!'

빛보다 빠른 속도의 사고를 통해 비류연은 깨달았다. 거미줄처럼 공간 가득히 펼쳐져 있던 광휘의 궤적이 순식간에 그 위치를 바꾼 것이다. 바뀐 그 궤적은 다시 한번 비류연의 몸을 관통했다.

그리고 그가 미처 대처하기도 전에 궤적의 선로를 타고 무수한 살기의 폭풍이 몰아쳤다. 마치 번개가 내달리는 듯한 빠름이었다.

'젠장'이라고 욕할 틈도 없이 살기의 파도가 그의 몸을 덮쳤다.

시간 부족으로 욕지거리를 생략하고 비류연은 그 죽음의 선로 위에서 신형을 화급히 빼냈다. 그러나 조금 늦은 것 같다. 생각보다 상대의 공격이 쾌속했던 것이다.

의복이 돌풍에 찢긴 것처럼 너덜해지고 가슴 부위가 순간 화끈해졌다.

없다!
사라졌다!

대공자 비는 어느새 이 공터 안에 홀로 서 있는 자신을 발견했다. 이미 그의 주변은 고요하게 내려앉은 적막만이 자리하고 있었다.

"분명히 다 잡았다고 생각했는데……."

믿을 수 없다는 눈으로 자신의 손을 내려다본다. 수천 수만 번의 단련을 거친 손이 그곳에 있다. 실패를 알지 못했던 무소불위의 권능을 지녔던 손이었다.

"얕았나……."

분명 느낌은 있었다. 하지만 치명상이 아니었다.

'설마 진짜 살아남을 줄이야…….'

자신의 실패가 납득되지 않는다.

'도대체 뭐였지? 마지막의 그 움직임은?'

마치 허공에서 연기처럼, 신기루처럼 사라졌다. 자신의 시야에서 완전히 '소실(消失)' 되어버렸던 것이다.

분명히 자신의 시야 안에 확보하고 있다고 생각했는데……. 자신도 노출되었지만 그것은 상대도 마찬가지였다. 적어도 비는 그렇게 생각하고 있었다. 하지만 그건 착각이었던 모양이다.

'나의 오의 중 하나인 〈영뢰(影雷) 천잔(千殘)〉의 수법을 이렇게 짧은 거리에서 맞닥뜨리고도 피해내다니…….'

류연이라고 했던가……. 무의식중에 흘러나왔던 그 이름, 확실히 기억해두었다.

'조만간 다시 만나게 되겠지! 그때는 반드시!'

두 노인의 술판!
- 부어라! 마셔라!

여기저기 굴러다니는 갖가지 술병, 이리 뒹굴 저리 뒹굴 하는 과거에 안주가 수북이 담겨 있었음이 분명한 접시더미들. 수미산처럼 쌓아올려진 빈 접시의 표면에 덕지덕지 붙어 있는 오색의 양념장들과 전멸당한 야채 파편들이 젓가락에게 유린당한 그 참혹함의 흔적을 여실히 보여주고 있었다.

"저 노괴(老怪)들이 정녕 인간이란 말인가?"
섬서성 화음현 내에서도 다섯 손가락 안에 든다고 자부하는 매령주루(梅靈酒樓). 그곳의 제반 대소사를 총괄하고 있다는 사실에 긍지와 자부심을 느끼고 있는 주류업계의 노장(老將) 장 총관은 자신의 두개골에 박힌 두 눈을 믿을 수가 없었다.
'저게 인간의 주량이란 말인가?'
며칠 전부터 이 주루는 저 두 노인에게 강제접거당했다고 해도 과언이 아니었다.
"저, 정상이 아냐!"
저 두 노인은 아무래도 술을 퍼먹다 술독에 빠져 죽는 것이 소원인 게 분명했다. 그렇지 않고서야 어찌 저런 만행이 가능할 수 있겠는가. 그러나 아직까지 죽지 않고 있으니 그것이 불가사의할 따름이었다.

며칠 전 느닷없이 쳐들어와 '어디 가볍게 시작해볼까!'로 시작된 술자리가 지금 이 시각까지 이어져오고 있는 것이다.

그후로 사흘이 훌쩍 지나가자 계산과 이문에 밝은 장 총관은 걱정이 되지 않을 수 없었다.

과연 저 볼품없어 보이는 두 노인에게 지금까지 자신들이 퍼마시고 처먹은 것들에 대한 계산 능력이 있을지에 대해서는 의구심을 품지 않을 수 없었던 것이다. 까닥 잘못하면 매령주루의 재정이 거덜날 수도 있는 일이었다. 혹시나 해서 물을 때마다 걱정하지 말고 술 달라는 말만 되풀이하는데 어찌 걱정되지 않을 수 있겠는가. 그래서 최후의 수단으로 장정들을 동원해볼까 하는 생각까지 했었다.

하지만 한 사람의 방문으로 인해 그 계획은 전면 수정이 불가피해졌다. 바로 매령주루의 특급 손님이자 믿을 만한 배경이며 루주의 친구이기도 한 화산십걸(華山十傑)의 한 명인 화산파 일대제자 능운검객 혁선우 때문이었다.

"무슨 일인가, 장 총관?"

평소와는 무척이나 다른 이질적인 분위기를 감지한 혁선우의 물음에 장 총관은 얼씨구나 하며 자초지종을 모두 털어놓았다. 이 화음현에서 화산십걸의 입김이 통하지 않은 경우란 거의 없었기 때문이다. 대답은 기대대로였다.

"뭔가, 겨우 그 정도 일이었나? 걱정 말게나. 본인이 깔끔하게 처리

해주겠네!"

물론 장 총관은 그의 장담을 믿었다. 그는 이 화음현 내에서 누구보다 믿을 수 있는 사람 중 한 명이었던 것이다. 그리고 그 처리 방법은 정말 놀라운 것이었다.

성큼, 성큼, 성큼!

그 문제의 두 노인이 있는 곳까지 걸어갈 때만 해도 능운검객 혁선우의 발걸음은 기개와 협기가 가득 넘쳐흐르고 있었다.

"노인장, 잠깐 나 좀 봅시다."

그걸 본 장 총관은 멀리서 쾌재를 부르며 속으로 박수를 치고 있었다.

두 노인의 시선이 술판에서 벗어나 자신들의 대작을 방해한 자의 얼굴로 향했다.

그런데 이때 상상치도 못했던 일이 벌어졌다. 장 총관이 혁선우와 알게 된 지 벌써 십 년은 족히 넘었지만 그가 자신의 눈앞에서 그런 신위를 보였던 적은 한 번도 없었다.

털푸덕!

장 총관은 물론 그와 함께 흥미진진한 눈으로 사태의 추이를 지켜보고 있던 점소이들의 눈이 찢어질 듯 부릅떠짐과 동시에 입이 떡 벌어졌다.

그 자존심과 긍지 빼면 시체라는 소리를 듣는 저 목 뻣뻣한 혁선우가, 화산의 다음 대를 짊어질 인재라는 화산십걸 중의 일인이자 이십사수매화검법의 달인인 저 혁선우가 그 잘생긴 코가 뭉개지는 게 아닌가 염려될 정도로 몸을 던져 깊게 큰절을 올렸던 것이다. 누가 보더라도 그것은 극공경의 자세였다.
 그 이후로 몇 마디를 더 나누는 것 같았지만 목소리를 낮추고 있는 것이 아닌 게 분명한데도 소리가 들려오지 않았다. 마치 중간에 보이지 않는 막이라도 쳐져 있는 듯한 그런 느낌이었다.

 마침내 식은땀으로 목욕을 한 뒤 더욱 핼쑥해진 혁선우가 노인들 곁에서 풀려났다.
"도대체 누굽니까, 저분들은?"
 그의 과감한(?) 행동을 본 터라 감히 저 노인네라고 칭할 수는 없었다.
"무… 묻지 마시오, 저 두 분의 일에 대해서는!"
 그는 마치 지옥에라도 갔다 온 사람처럼 얼굴이 창백하고 식은땀으로 흥건히 젖어 있었다.
"대신 모든 정성을 다해 저 두 분을 모시도록 하시오. 감히 함부로 모시기도 힘든 분들이오. 모든 것은 나 혁선우가 책임지겠소. 그 술값은 나 혁선우 앞으로 달아놓도록 하시오. 그리고 행여나 두 분께 결례를 범하지 않도록 모든 종업원들에게 주의를 주는 것 또한 잊지 마시오."
"도대체 저분들의 정체가 무엇입니까?"
 이렇게 되면 더욱더 궁금해질 수밖에 없다.
"난 그 질문에 대해 답하도록 허락받지 못했소. 다만 저기 계신 저 분들은 나의 신(神)이나 다름없는 분들이오. 그러니 절대 실수가 없도록 유념하시오."

그러고는 더 이상 이곳에 있기 두렵다는 듯 서둘러 주루를 빠져나가는 것이었다. 그후로는 감히 두 노인을 건드릴 생각도 하지 못하고 성심성의를 다해 대접하고 있는 중이었다.

혹시나 장 총관이 이 두 노인의 정체를 알아보았다면 놀라서 까무러쳤으리라. 그들은 구대문파 중에서도 드높은 성세를 자랑하는 두 개 대문파의 태산북두와 같은 어른 중 어른이었던 것이다. 특히 이들 중 한 명은 이 화음현 전체에 막강한 영향력을 행사하고 있는 화산파의 최고 어른이었다.

두 노인은 바로 며칠 전 천무학관 관도들 앞에 나타났던 매화검선 유환권과 무당파 장문인의 사숙이자 삼절검 청흔의 사부인 현검자였다.

인시초(寅時初) 섬서성 화음현 화평장 정문

쾅!

마른하늘에 천둥이 치는 듯한 굉음과 함께 화음현에서 꽤나 큰 장원인 '화평장'의 문짝이 요란스레 부서져나갔다.

그리고 쓰러진 문을 밟으며 여러 명의 무인들이 뛰쳐나왔다. 목격자의 증언에 따르면 그 선두에 선 자는 타오르는 불꽃처럼 붉은 머리칼을 지닌 험악한 인상의 중년인이었다고 한다.

"얘들아! 튀어라!"

붉은색의 화신 같은 중년인의 명령에 젊은이들은 마치 질풍처럼 내달렸다.

그들에게 있어 지금 최대의 적은 등뒤를 압박해 들어오는 살기 넘치는 추격자들이 아니라 붙잡고 싶어도 결코 붙잡을 수 없는 시간이었다.
동이 틀 시간이 이제 얼마 남지 않았던 것이다.

"며…면목 없습니다, 대공자! 죽여주십시오!"
화평장주 호유광은 땅바닥에 몸을 던진 채 떨고 있었다. 그분이 오신 자리에서 이런 실수를 범하다니……. 그의 이마는 이미 피로 흥건히 물들어 있었다.
그러나 대공자 비는 그에게 시선조차 주지 않았다.
"나는 부하들을 아낀다."
조용한 목소리로 비가 말했다.
"아무리 그것이 큰 실수라 해도 함부로 죽음을 내리고 싶지는 않다. 그것은 조직에 있어서도 큰 손실이니깐!"
오체투지하고 있던 호유광의 등이 부르르 전율했다.
"그래서 난 누구에게나 두 번의 기회를 준다!"
조용한 목소리로 대공자가 말을 이었다. 그것은 호유광의 생로를 열어주는 말이기도 했다.
"여자를 되찾아와라! 실패는 용납되지 않는다."
"예, 맡겨주십시오. 이, 이미 살귀대(煞鬼隊)를 풀었습니다."
죽음의 문턱에서 간신히 벗어난 호유광이 필사적인 목소리로 외쳤다.
대공자가 고개를 끄덕였다.

"그들이 여자를 되찾아오기를 바라는 게 좋을 것이다."

그 말의 이면에 죽음의 그림자가 맴돌고 있음을 호유광은 뼈저리게 느낄 수 있었다.

"시, 실망시켜드리지 않을 것입니다."

식은땀을 흘리며 덜덜 떨리는 목소리로 그는 간신히 대답했다.

"개들이 냄새를 맡고 몰려들겠군! 모든 것을 은폐해라. 이곳은 포기한다."

"존명!"

사내들 간에 발생하는 오랜만의 해후는 술을 부르고, 인과의 법칙에 따라 과음과 폭음의 미덕을 탄생시킨다. 여기에 장유(長有), 세수(世壽), 빈부(貧富) 따위는 아무런 관계도 없다.

매화검선 유환권과 현검자가 한 주막에서 달이 기울어가는 것도 잊은 채, 밤이 흘러가는 것도 잊은 채 술을 푸고 있었다. 도저히 한 문파의 지엄한 어른들이라고 생각하기 힘든 모습이었다.

아무래도 이들은 요 며칠 동안 검의 도리 대신 술의 도리에 대해 그 극의까지 파고들어 탐구해볼 작정을 했던 모양이다. 인체실험을 통해서 말이다.

도대체 그 시작은 어디메였고, 그 끝은 또 어디메란 말인가?

"그 아이들, 잘 할 수 있을까요?"

천천히 술잔을 기울이며 현검자가 물었다. 몸 안에 넘치는 태청기(太淸氣)가 일정량 이상 되는 주기(酒氣)를 알아서 자동적으로 태워버리기 때문에 아무리 마셔도 취하기 힘들었다. 하지만 일월의 운행을 잊고 이 정도까지 마셔대면 취하기 싫어도 취하게 마련이다.

"이번 대회의 실상을 안다면 낙담할 게 분명하겠지?"

질문에 질문으로 답한다.

"아마 어이없어 할 겁니다."

현검자의 대답에는 고소(苦笑)가 맺혀 있었다. 맞은편에서 대작하고 있던 노도사 유환권도 이를 부정하지 않고 고개를 끄덕였다.

"그럴 만도 하지. 그들이 상상하고 기대하던 것과 전혀 다른 모습으로 그것은 기다리고 있을 테니 말일세! 아마 이 노도라 해도 다르지 않았을 걸세. 자네라면 도사 신분도 잊고 길길이 날뛰었을걸?"

현검자는 부정하지 않았다.

자신이 기대하고 희망했던 것과 다른 현실을 만났을 때 사람들은 당황하게 된다. 그리고 그 틈새에서 불화와 미숙함이 흘러나온다.

결혼과도 비슷한 것이다. 대부분의 사람들이 결혼 후 실망하는 것은 연애 때의 열정이 결혼만 하면 무조건 영원히 지속될 거라고 착각하는 데 있다. 하지만 연애랑 결혼은 전혀 다른 문제라 그런 일은 쉽게 일어나지 않는다. 때문에 결혼한 사람들이 자주 결혼에 대해 실망을 하는 것이다.

"근 이십 년 이상 쌓아온 선입견을 버려야만 하는 일입니다. 아마 받아들이기 쉽지 않을 겁니다. 고민도 어느 때보다 많을 겁니다."

"극복하길 바라는 수밖에! 그 중 일부는 우리가 잘못 가르친 책임도 있으니깐 말일세. 평생 동안 쌓아놓았던 상식을 하루아침에 무너뜨리라고 말하는 것은 잔혹한 일일지도 모르지."

"하지만 그렇게 하지 않으면 앞으로 나아갈 수가 없지요."

현검자는 답답한지 다시 한번 입안으로 술잔을 털어넣었다. 주향과 함께 속에서 확 불길이 치솟아올랐다.

"그건 그렇고 그분께서 아우까지 불렀을 줄은 몰랐군."

현검자는 손에서 술잔을 놓지 않은 채 고개를 끄덕였다.

"그분의 생각을 어찌 알겠습니까! 전 그저 따를 뿐이지요."

도대체 무당파의 최고 어른 중 한 명인 현검자를 마음대로 부릴 수 있는 인물이란 과연 누구일까? 아무래도 유환권은 그 사람을 알고 있는 듯하다.

"아직도 꼬리를 잡지 못했는가?"

유환권이 조용한 목소리로 물었다. 도대체 무엇의 꼬리를 일컬음인가?

"워낙 신출귀몰한지라 그 머리카락 한 올 보기가 쉽지 않군요."

현검자가 설레설레 고개를 내저었다. 무언가 그의 심신을 무겁게 하는 존재가 있는 모양이었다.

"확실한 이야기인가? 그 천거…ㅂ……."

쾅!

두 사람의 대화는 더 이상 이어지지 못했다.

와장장창, 쿠당탕탕!

챙챙챙챙!

주루의 창 밖에서 요란스런 소리가 귀가 아플 정도로 크게 울려퍼졌던 것이다.

"시끄럽다!"

외침과 함께 술병 하나가 허공을 가로질렀다. 물론 빈 술병이었다.
 남아 있는 술을 헛되이 버리는 지독한 짓을 할 정도로 노도사의 수행(?)이 약하지는 않았다.
 파샥!
 술병은 한 복면인의 뒤통수에 맞고 요란스런 소리를 내며 깨졌다. 그자는 그대로 얼굴을 지면에 처박았다.
 추격말살전문부대 살귀대(煞鬼隊)의 제 십대를 이끌던 대장 살혼십귀(煞魂十鬼)의 시선이 살짝 그쪽을 향했다. 그러나 지금 그에게는 도주하다가 거리가 가까워지자 도주를 포기하고 돌아서서 맞서고 있는 침입자 일행을 제거하고 여자를 되찾아오는 게 급선무였다.
 방금 전 매령주루를 뒤흔든 굉음은 도주하는 침입자와 추격하는 그들 살귀대가 다시 한번 격돌한 충격의 여파였다. 그리고 아무래도 이번 격돌은 그들의 손해로 끝난 듯했다. 이 한 번의 격돌로 벌써 세 명의 부하가 땅바닥에 뒹굴고 있었던 것이다. 반면 저쪽은 모두가 다 멀쩡히 두 발로 땅을 딛고 서 있었다.
 "웬 잡것들이 이 어르신 앞을 가로막아? 시간 없어 죽겠는데! 씨이발, 죽고잡냐!"
 염도가 분기탱천한 목소리로 상소리를 퍼부었다. 그가 두려운 것은 이런 '잡것'들이 아니었다. 꽤나 사나운 녀석들이지만 이런 녀석들에게 등을 내주고 도망갈 만큼의 약골은 이 일행 중에 아무도 없었다. 아무리 대가리 수가 두 배라 해도 마찬가지였다. 하지만 이들에게 발목을 붙잡히고 있기엔 그들의 시간이 너무나 촉박했다.
 이 방약무도한 태도에 십귀는 기분이 매우 나빠졌다. 그래서 그는 손가락 세 개를 들었다가 다시 검지 하나를 들어 술병이 날아온 주루의 이층 창문을 가리켰다. 셋이 올라가 처리하라는 신호였다. 뭔가 잔혹한 본보기를 보여줘 기세를 이쪽으로 끌어들일 속셈으로 행한 일이었다.

그러나 그의 예상은 보기 좋게 빗나갔다.

쾅쾅쾅!

술병이 날아온 바로 그 이층 창문을 뚫고 요란법석지근하게 날아온 것은 방금 전 사람 잡으러 갔던 자신의 부하 세 명이었다. 그들 셋의 몸은 기묘한 방향으로 사지가 뒤틀린 채 마치 석상처럼 딱딱하게 굳어 있었다.

곧 창문 안쪽에서 노인의 호통이 터져나왔다.

"어른들이 술 마시는데 피 냄새를 풍기다니…, 네놈들은 예의도 없느냐!"

그 목소리는 바로 현검자의 것이었다.

"웬 놈이냐? 정체를 드러내라!"

"어허, 이런 막돼먹은 놈을 봤나. 말이 점점 더 사나워지는구나."

도사치고는 현검자도 상당히 거친 말투였다. 하지만 그는 규율에 얽매여 자신의 감정을 숨기거나 자제하는 그런 유형의 사람이 아니었다. 그는 자신의 감정을 좀 솔직한 언행으로 표현한다고 하지만 같은 사문의 사람들도 때로 고개를 설레설레 젓는 게 바로 현검자의 자유분방한 언행이었다.

"노도는 보통 술 마신 후에 달밤에 체조하기를 즐기지."

돌아 나오기 귀찮은지 구멍이 뻥 뚫린 벽을 통해 두 노인이 모습을 드러냈다.

사람들의 눈이 크게 떠졌다.

빛바랜 자줏빛 도포를 걸친 노도사는 특이하고 조잡하게 생긴 가면을 덮어쓰고 있었고, 그 옆의 빛바랜 낡은 청색 도포를 두르고 있는 노도사는 얼굴에 삿갓을 쓰고 있었다.

비록 얼굴을 숨기고 있었지만 이 중에 그 정체를 모르는 이는 아무도 없었다. 특히나 화산파 출신인 윤준호의 표정은 볼 만한 것이었다.

"우와! 저 사람은 바로 그 유명한 매화가면!"

어디선가 터져나온 감탄성! 그 음성은 감동과 흥분의 도가니탕이었다. 모두들 입을 따악 벌리고 있을 때 실없는 외침으로 그 긴장감을 단숨에 깨뜨려버린 범인은 바로 장홍이었다.

대응도 만만치 않았다. 매화가면의 고개가 그를 향해 천천히 돌아가더니 이윽고 엄지손가락을 힘껏 치켜드는 것이 아닌가! 장홍도 화답이라도 하듯 씨익 웃으며 엄지손가락을 치켜세웠다.

좋게 보면 기행, 나쁘게 보면 추태라고 할 만한 이 행동을 지켜보는 초립(草笠) 쓴 무당파 노도사의 시선에 왠지 모를 부러움의 빛이 가득했다.

"으음, 나도 가면 하나 만들어 이마에 태극문양이라도 넣을까……."

이유를 알 수 없는 부러움과 질시가 담긴 혼잣말. 다행히도 현검자의 이 중얼거림을 들은 이는 아무도 없어 무당파에 누가 되지는 않았다.

"흡!"

사람들의 눈이 적아(敵我) 할 것 없이 크게 떠졌다. 두 노인이 공중에서 밑으로 내려오는데 깃털이라도 떨어지는 것처럼 그 속도가 무척이나 느렸던 것이다. 이 두 노인이 얼마나 상승의 고수인지를 여실히 알려주는 부분이었다.

사뿐히 땅바닥에 안착한 현검자가 스윽 한 번 살귀대들을 훑어보더니 눈살을 찌푸리며 말했다.

"어허, 피맛에 중독된 인생들이로구나. 너희들의 손에 들린 칼은 현세에 도움이 되지 못하니 모두 거두도록 하겠다."

그러고는 뒤를 돌아보며 말했다.

"갈 길이 바쁜 것 같은데 어서 가보시게. 여기는 우리 두 늙은이에게 맡기고!"

염도와 구출대 전원이 포권을 취하며 예의를 표했다.

"감사합니다, 어르신!"

그때 현검자가 다시 한마디를 덧붙였다.

"아참, 그리고 우린 서로 만난 적이 없는 거네!"

잠시 어리둥절하던 염도가 이내 그 숨은 뜻을 알아차리고는 재차 고개를 숙였다.

"감사합니다!"

한계시간(限界時間)!
- 약속시간에 늦는 비류연

야밤에 피어오른 요란스런 불꽃놀이가 주민들의 눈과 귀에 목격되지 않았을 리 만무했다. 그리고 투철한 신고정신을 지닌 주민 하나가 현청으로 달려와 그 사실을 고했다.

병장기 부딪치는 소리까지 울려퍼졌다고 하니 출동하지 않으려야 않을 수 없는 처지였다. 게다가 그의 역할은 금일의 숙직조장이었다.
'똥 밟았다!'
꼭 이런 날이 한 번씩 있어 숙직중인 누군가를 무작위로 괴롭히는 것이다.
"강도인가?"
그들도 현 외곽에 자리한 그곳, 화평장을 잘 알고 있었다. 게다가 그곳 장주랑 이곳 현감하고는 꽤 친분이 있는 사이라 자칫 소홀히 했다가는 나중에 경을 칠 수도 있는 것이다.
신고를 받고 출동한 화음현 현청 소속 포두 이칠은 동료 상구와 함께 쭉 뻗은 대로 한가운데를 달리고 있었다. 그 뒤로 부하 12명이 뒤

따라오고 있었다. 숙직실에서 자던 걸 강제로 깨워서 그런지 얼굴에 불만이 가득하다.

'너희도 그런데 짬밥 찬 난 오죽 귀찮겠냐?'

그런 속내를 감추고 그는 열심히 달렸다.

툭!

그때 뭔가 따뜻한 게 그의 볼 위로 떨어졌다.

"뭐, 뭐야?"

서, 설마 새똥?

어느 불면증 걸린 비둘기 새끼라도 머리 위로 날아간 건가? 그렇지 않아도 야간 근무조에 편성되었을 때 소란이 일어 이렇게 생고생을 하고 있는데……. 아무래도 일진이 나쁜 것만 같았다.

무심결에 볼을 닦아내던 이칠이 흠칫했다. 감촉이 틀렸다. 게다가 그것은 그가 익히 잘 아는 어느 것의 감촉이었다.

이칠은 들고 있던 등롱에 손을 가져가 보았다.

역시 그의 생각이 맞았다. 그것은 바로 피였다.

"그런데 이게 어디서 갑자기?"

귀신이 곡할 노릇이 아닐 수 없었다.

무공이 빈약한 이칠로서는 전각과 전각의 지붕을 훌쩍훌쩍 뛰어넘으며 그의 머리 위를 비조처럼 날아 지나간 하나의 그림자가 있었음을 꿈에도 알아차릴 수 없었다.

섬서성 화음현 개방 서악분타

"늦어!"

 염도가 안절부절 못하고 소리쳤다. 정말 늦다. 원래 계획대로라면 이미 이곳 약속장소에 도착해 있어야 했다. 그러나 그들이 이곳에 선착한 지 일각이나 지났음에도 비류연은 아직 코빼기도 보이지 않고 있었다.

"늦어! 늦어! 늦어!"

 지금 그들에게 시간은 가장 크고 거대한 적이었다. 이제 곧 동이 터올 시각이다. 과연 제시간에 맞출 수 있을까? 만일 일조점검에 늦는다면 변명의 여지가 없다. 규칙을 어긴 무단외출? 좋은 평을 들을 리가 만무한 일이었다. 한계시간까지 이제 한 시진도 채 남지 않은 상태였다.

 조심조심하며 독고령은 조용히 나예린의 주위를 돌기만 했다. 보이지 않는 벽이라도 둘러쳐진 것처럼 접근이 불가능했다. 이럴 때는 억지로 비집고 들어가기보다 약간의 거리를 두는 쪽이 더 낫다.

'무엇 때문에 그리 초조해 하는 거지?'

 독고령은 이해할 수 없었다. 터무니없을지 모를 가정 하나를 머리속에 담고 있었기에 더욱더 그러했다. 하지만 달처럼 나예린의 주위를 맴돌기만 할 뿐 끝내 말을 걸지는 못했다.

 평소 쾌활명랑을 자랑으로 삼던 이진설도 불안한 시선으로 약간의 거리를 두고 자신의 우상을 지켜보고 있었다. 그 뒤에는 겨우 정신을 차린 효룡이 마치 그녀를 지키기라도 하듯 조용히 서 있었다. 누구도 먼저 말을 꺼내는 이가 없었다.

반면 주작단 출신인 남궁상과 진령과 노학, 이 세 사람이 모인 곳은 다른 곳에 비해 무척이나 느긋한 분위기가 감돌고 있었다. 어찌 보면 이들 중 염도를 빼고는 비류연의 숨겨진 이면을 가장 많이 본 사람이 그들이었다. 때문에 이제 그들은 대사형의 가르침에 무척이나 충실했으며, 기회만 오면 그 가르침을 실행에 옮기기 위해 애썼다.

그동안 겪은 온갖 경험이 그들에게 이런 여유를 안겨준 것인지도 몰랐다.

"이봐, 대사형이 돌아오는지 안 오는지 내기할까?"

가장 먼저 말을 꺼낸 이는 노학이었다. 그러나 그는 일제히 쏟아지는 눈화살을 온몸으로 받아야만 했다. 모두의 시선에는 비난의 기색이 가득했다. 이유는 간단했다.

"내기가 안 되잖아!"

남궁상과 진령이 이구동성으로 외쳤다. 노학을 비난하는 까닭은 도덕이나 윤리 같은 안일한(?) 문제가 결코 아니었다. 내기가 될 수 없는 걸 내기로 걸려 했기 때문이다.

"그런데 혹시나… 혹시나 해서 하는 말인데 정말 그 사람이 돌아오지 않는 사태가 발생한다면 말일세, 우린 어떻게 행동해야 되는 걸까?"

남궁상이 조심스럽게 의견을 개진해본다. 그러자 의견들이 쏟아져 들어왔다.

"그렇게 되면 아~주 큰일이지~."

"맞아요, 맞아! 어찌 되었든 대사형은 대사형, 돌아오지 못하면 정말 큰일이라구요."

진령이 고개를 끄덕였다.

"정말이야! 그렇게 되면 괄시 안 받아도 되고 갈굼 안 받아도 되고……. 정말 큰일이야, 큰일!"

연신 고개를 끄덕이는 노학의 말에는 왠지 원인모를 생기가 가득 흐르고 있었다.

"만일 대사형의 몸에 무슨 일이라도 '안' 생긴다면…, 크윽! 내 당장 달려가 그놈들의 뼈와 살을 분리한 다음 사십구일 동안 방치해놓겠어! 크윽!"

노학이 격정에 가득 찬 목소리로 외쳤다.

"이봐, 이봐! 노학, 자네! 말은 걱정, 진정이 가득한데 표정은 웃고 있다고."

남궁상은 대사형이 없는 지금부터라도 이런 일들을 철저히 관리하지 않으면 안 된다고 생각했다.

"어험! …내, 내가 그랬나……."

역시 진심은 쉽게 속일 수 없는 건가? 노학은 깊이 반성했다.

잠시의 침묵.

"…하지만 역시……. 없으면 무척이나 속 편하겠지?"

남궁상의 기도 같은 중얼거림에 누구나 할 것 없이 고개를 끄덕이던 바로 그때였다.

"내가 뭘 어쨌다고?"

세 사람의 고개가 뒤로 홱 돌아갔다. 잡아 뽑히는 게 아닐까 걱정될 정도로 격렬한 동작이었다.

그들의 눈이 일제히 휘둥그레졌다. 언제 다가왔는지 모르지만 그곳에는 그들이 그토록 두려워하던 대사형이 서 있었던 것이다.
"씨익!
그들의 가슴을 싸늘하게 식혀주는 의미심장한 미소를 입가에 머금은 채…….
"어, 어, 언제부터 거기에…….'"
이가 딱딱 부딪칠 정도로 떨리는 목소리로 남궁상이 물었다.
"글쎄요…, 언제부터였을까요?"
방실방실 웃음 짓는 그 모습에 주작단원 세 사람은 너나 할 것 없이 등골에 소름이 오싹 돋았다.
'살해당할지도 몰라…….'
그것이 바로 그들이 지금 공통으로 생각하고 있는 것이었다.
'이 많은 사람들의 이목을 속이고 이렇게 가까이까지 접근했단 말인가?'
석류하는 믿겨지지 않았다. 게다가 사람들이 그 사실에 그다지 놀라지 않는다는 게 더 놀라웠다.
"왜? 실망했어?"
남궁상은 입을 다물고 고개를 도리도리 저었다.
"그, 그럴 리가요……. 헤헤헤헤."
간과 쓸개를 모두 떼어낸 자만이 지을 수 있는 웃음이 흘러나왔다.
"거짓말을 할 때는 좀더 표정관리에 힘쓰는 게 좋아!"
비류연이 친절하게 충고해주었다.
남궁상은 식은땀을 뻘뻘 흘리며 연신 고개를 끄덕였다. 그의 머릿속은 이미 긴장과 혼란으로 인해 뒤죽박죽으로 엉켜 있었다.

'뭐, 뭔가 다른 화제를 찾지 않으면…….'
'…몰…살(沒殺)!'
한 집단의 의식을 이 정도까지 비약시킬 수 있는 것만으로도 비류연의 존재감이 얼마나 강대한지 능히 짐작할 수 있는 일이었다.
생존을 향한 몸부림, 그것은 일단 화제를 돌리는 것에서부터 시작되었다. 남궁상을 비롯한 세 사람은 필사적으로 눈을 굴리며 탈출구를 찾았다.
위험, 위험, 위험!
그들의 본능이 맹렬히 경보를 울리고 있었다. 덩달아 몸이 바들바들 떨렸다. 그러나 몰살의 광극은 일어나지 않았다. 천만다행으로 주작단 핵심 구성원 세 사람은 한 명의 여인에 의해 생명의 위협으로부터 구원받을 수 있었다.
"류연!"
나예린은 자기가 이렇게 큰소리로 외칠 수 있다는 것을 처음 알았다. 독고령에게도 이진설에게도 그것은 마찬가지였다.
"아, 예린! 나 돌아왔어요!"
필사적으로 눈알을 좌우로 굴리던 남궁상에게서 시선을 떼어낸 비류연이 활짝 웃으며 나예린에게 보고했다. 그녀는 어느새 그의 옆에 다가와 있었다.
"……."
나예린은 말없이 고개를 끄덕였다. 그 동작은 아주 우아하고 기품이 돋보였지만 매우 완만하고 느렸다. 동시에 그녀의 두 눈이 비류연의 전신을 훑어보기 시작했다.

내심을 짐작할 수 없는 표정과 조용히 가라앉은 맑은 눈으로 천천히 비류연의 전신을 훑어보던 그녀의 시선이 돌연 한 곳에서 정지했다. 땅바닥에 떨어진 한 방울의 액체 때문이었다.

비류연의 팔뚝을 타고 내려와 손바닥을 감싸고돌며 중지를 타고 떨어진 그것은 바로… 피였다.

"피가……."

"예?"

그녀의 가느다란 목소리는 너무 미약한지라 처음에는 알아듣기가 힘들었다.

"…류연! 피가……."

"아아, 별거 아니에요. 조금 방심했나봐요."

비류연이 씨익 웃으며 태연스레 말했다. 춘삼월의 훈풍 같은 밝은 어투였지만 그의 머리카락 뒤에 가려진 두 눈동자는 전혀 웃고 있지 않았다.

"상처인가? 얼마 만인지……."

조용한 목소리로 뇌까리더니 피가 방울져 흐르는 왼손을 입가에 가져다 댄다. 약간 비릿한 혈향이 코끝을 간질였다.

"오랜만이군!"

피맛이 미각을 타고 뇌 속으로 전해진다.

"나의 성혈을 외출시킨 대가는 무척이나 비쌀걸!"

조용히 중얼거리는 그의 입가에 싸늘한 미소가 걸렸다.

"하지만…, 귀찮게 됐네요."

"……?"

나예린의 눈동자에 의문이 가득 담겼다. 비류연이 조용한 어조로 계속해서 말을 이었다.
"전 교육을 너무 엄격하게 받아서 빚지는 걸 무척이나 싫어하거든요. 남에게 빚 지우는 건 좋아하지만 말이에요. 그런데 오늘은 갚아야 할 빚이 덜컥 생기고 말았네요. 후후후!"
'역시 묵룡봉인을 해제하는 게 좋았을까……'
하지만 이미 지나간 버린 과거. 후회해도 소용이 없었다.
"뭐라고요?"
"아, 아니에요. 아무것도 아니에요. 아무것도……"
비류연은 말을 얼버무리며 다음을 기약했다.

"멈춰라!"
독특한 울림을 지닌 목소리가 비류연의 입으로부터 새어나왔다.
"저…, 그런다고 멎을 리가……"
그러나 남궁상은 자신이 내뱉던 말을 도로 주워 담아야 했다. 거짓말처럼 가슴 부위에서 흘러나오던 피가 멈추었던 것이다.
'이럴 수가! 혈도도 짚지 않고 어떻게?'
분명 상처 주위의 혈도를 짚어 지혈하는 수법은 강호에서 널리 통용되고 있다. 하지만 말 한마디로 피를 멈추게 하는 광경은 처음 보는 것이었다.
이것을 지켜보던 염도의 눈에도 이채가 번뜩였다.
'말 한마디로 상처를 지혈시키다니……. 설마 소문으로만 듣던 심점혈의 수법인가?'

심점혈(心點穴)이란 말 그대로 마음만으로 자기 몸의 혈도를 자유자재로 점혈하거나 푸는 것을 말한다. 마음으로 육체를 다스리는 단계인 것이다.

'도대체 속에 꿍쳐두고 있는 게 아직 얼마나 많은 거야?'

여전히 풀리지 않는 수수께끼!

염도는 아직 재주가 미천하여 진신진력을 꿰뚫어보지 못하는 자신의 능력이 원망스러웠다.

뎅! 뎅! 뎅! 뎅!

그때 저 멀리서 인시정(寅時正 : 약 0400시경)을 알리는 종이 울렸다.

"아차! 이런!"

순간적인 돌발 상황에 휩쓸려서 가장 중요한 일을 잊고 있었던 것이다.

"일조점검!!"

아직 올라가야 할 산은 까마득히 멀고 높고 험했다. 서둘러야만 했다.

"어떻게 하죠?"

모용휘가 물었다. 이제부터 은설란을 모종의 안전한 장소로 피신시키기에는 돌아갈 시간이 너무 촉박했다. 더구나 묘시정까지 홍매곡으로 돌아가지 못하면 어떤 불이익을 당할지 알 수 없다.

"그녀는 너무 노출되었고, 겪어본 바로 미루어 보면 적들의 저력 또한 무섭습니다. 숨은 저력 역시 방심할 수 없습니다. 이 근처에 저들의 이목을 따돌릴 만한 안전한 곳이 있을까요?"

게다가 아직 깨어나지도 못하고 있지 않은가! 그로서는 걱정이 이만저만이 아니었다.
"노사님?"
대답을 구하는 간절한 어조로 모용휘가 물었다.
"그런 곳이 딱 한 곳 있긴 있지!"
궁리를 짜내던 염도 대신 대답한 이는 바로 비류연이었다. 그가 미소 짓자 모용휘는 불안해졌다.
"서, 설마? 자네!"
별안간 그의 눈이 크게 떠진다.
"그래! 맞아! 잘은 모르지만 그곳만큼 안전한 곳도 드물걸?"
"그건 미친 짓이야!"
비류연은 고개를 가로저었다. 그의 앞 머리카락이 그 와중에 발처럼 흔들린다.
"아니! 가장 현명한 행동이지!"
"서, 설마!"
사람들이 이구동성으로 외쳤다.
"여기 있는 사람들은 꽤 머리가 좋군요. 바로 그곳이죠. 그곳이라면 적들도 쉽게 손쓰지 못할걸요?"
확실히 어떤 면에서는 그의 말이 정답이었다. 하지만 아직 '어떻게?'라는 의문이 남아 있었다.
"어떻게 생각해요?"
비류연이 염도를 돌아보며 물었다.
"그것은…, 지금 그녀를 천무봉으로 데려가자는 이야기?"

"지금 그곳보다 안전하고 합리적인 곳이 있을까요?"

물론 그거야 비류연의 말대로지만 그러기 위해서는 또 다른 난관을 뛰어넘을 필요가 있었다. 애초에 무슨 수로 그녀의 존재를 다른 사람들에게 납득시킨단 말인가?

'끄응……'

간접적인 의사표현. 이것이 바로 그가 사람들 앞에서 염도에게 지시하는 방법이었다. 염도는 잠시 생각에 잠겼다. 그러다 갑자기 고개를 홱 돌려 비류연을 바라보았다.

"무슨 방책이라도 있다는 것?"

다른 건 몰라도 그 잔머리만큼은 인정해줘야 한다고 생각하고 있던 염도였다. 이 정도 일을 벌이는 데 있어 배경으로 깔아놓은 잔머리도 없이 무턱대고 저지르는 유형의 인간이 절대 아니었다.

그의 반문에 비류연은 망설이지 않고 고개를 끄덕였다.

'좋아! 어차피 이판사판! 이미 되돌아갈 길 따위는 없는 것이다. 일단 한번 저 잔머리 대왕을 믿어보는 거야!'

무모한 결정을 중인들의 동의도 없이 무턱대고 해버리는 염도였다. 나중에 일이 잘못되면 무슨 원망을 들으려고 그러는지…….

마침내 염도가 고개를 힘차게 끄덕이며 자리에서 벌떡 일어났다.

"좋아! 가자!"

이때까지만 해도 그들은 자신들이 가장 안전하다고 생각한 곳이 가장 위험한 곳이 될 가능성도 있다는 사실을 상상조차 하지 못하고 있었다.

이 세상에서 가장 무서운 두 가지 재앙!

"헉헉헉헉!"
"헥헥헥헥!"
"굼벵이 삶아 먹었냐? 뛰~어!"
염도가 고래고래 고함을 지르며 사람들을 재촉했다.

미녀를 구출하기 위해 자신의 안위도 돌보지 않고 나선 열세 명의 구출대원.

그들은 지금 유한한 시간과 무진장 높은 산맥이라는 두 상대와 씨름해야 했다.

애석하게도 낙안봉은 화산 오봉 중 가장 높은 봉우리였다. 괜히 기러기가 날다가 지쳐 추락사하는 게 아니었다. 그들은 이미 야밤에 격렬했던 격전으로 인해 피로가 누적될 대로 누적되어 있었다.

하지만 쉴 시간은 없다. 다리를 뻗고 주저앉는다는 행위가 얼마나 큰 호강인지 뼈저리게 느껴질 정도였다.

이제는 정말로 시간이 얼마 남지 않았다.

"달려!"

비류연의 외침에 그들은 다시 공력을 돋우어 경공을 발휘하면서 낙안봉을 향해 뛰어오르기 시작했다.

초저녁 차가운 냉기가 그들을 감쌀 때까지 정말 쉬지 않고 달렸다. 숨이 턱밑까지 차오르고 폐부는 터질 듯 부풀어올랐지만 쉬고 있을 여가는 없었다. 대지는 점점 더 팍팍하고 황량해져갔다. 생명의 숨결이 점점 더 희미하게 들려오고 있는 것 같았다. 회광반조 전의 환자들처럼.

한노의 말을 듣고 은설란을 구출하기 위해 달려간 길에 벌써 날이 밝아오고 있었다.

이제 곧 묘시말. 기상 후 아침 조례와 함께 인원점검이 있는 시간이다.

"헉헉헉헉!"

그들이 목적지에 도착했을 때는 이미 모두 녹초가 되어 있었다. 보통 사람이라면 하루 온종일 걸어도 도착하기 힘든 아득한 높이의 산을 겨우 한 시진 만에 전력으로 주파했으니 아무리 내외공이 탄탄하다 해도 어찌 지치지 않을 수 있겠는가.

다리가 후들후들 떨리고 땀이 비 오듯 쏟아졌다. 내공이 약한 몇몇은 눈앞까지 핑핑 도는 모양이었다.

"빨리 서둘러!"

곧 일조점검이 시작된다. 그 시간에는 아무렇지도 않은 척 연무장에 나가봐야 하는 것이다. 바로 그때였다.

"잠깐 기다리시게!"

흠칫!

일행의 고개가 일제히 한쪽으로 홱 돌아갔다.

'이런!'

몇몇 사람들의 안색이 눈에 띄게 창백하게 변했다. 특히 소심하기로 정평 난 윤준호의 얼굴은 거의 사색에 가까웠다.

눈에 확 띄는 반흑 반백의 장포!

그곳에 서 있는 사람은 바로 삼인의 율령자였다.

그리고 또 하나…….

비류연의 시선이 그 이질적인 존재에게 가서 멈추었다. 그 얼굴에 왠지 득의만면한 미소가 서려 있는 게 비류연의 기분을 불쾌하게 만들었다.

'위지천……'

저 '뺀질이'가 왜 저곳에 있는 걸까?

'설마 어제 저녁의 그 쥐새끼?'

부스럭!

순간 비류연의 귀가 쫑긋했다.

"무슨 일이오?"

피가 칠갑된 몸으로 한노가 물었다. 한창 은설란을 구출하러 가는 방법에 대해 이야기하던 중이었다. 이 피로 칠갑한 노인은 한시라도 빨리 그녀를 구출하러 가야 한다고 재촉하고 있었다.

"아무것도 아니에요. 쥐새끼인 모양이네요."

그러고는 그 부분에 대한 신경을 꺼버렸던 것이다.

'나답지 않은 실수를 했군…….'

다음부터는 좀더 방역 대책에 철저해야겠다고 그는 다짐했다.

상황은 명백했다. 그들의 행사를 저 독사 같은 뺀질이 위지천이 위에다 꼬지른 것이다. 같은 천무학관 관도임에도 말이다. 그러면서 얼굴까지 나타내다니 배짱 한번 좋군! 그 배짱의 대가가 어떤 것인지 알려주지 않으면 나중에 잠자리가 편치 않으리란 예감이 비류연을 사로잡았다.

장내에 한껏 당겨진 시위 같은 팽팽한 긴장감이 감돌았다.

그리고 그 위에 살짝 내려앉은 어색한 침묵. 어느 누구도 이 상황에서는 쉽게 말을 꺼낼 수가 없다.

"그 여인은 누군가?"

가장 선두에 선 백발의 율령자가 추궁하듯 물었다. 백발이 성성한 걸로 미루어보아 세수가 녹록치 않을 것임에도 허리가 대나무처럼 꼿꼿하고 두 눈에는 정광이 가득했다.

묵선(墨線) 오본(五本)!

오른쪽 소매에 둘러진 다섯 개의 검은 줄무늬로 미루어보아 이 삼인 중 가장 직위가 높은 사람인 모양이었다. 그의 뒤를 수행하듯 서 있는 사람의 묵선은 각각 삼본(三本)이었다.

"……."

다들 대답이 궁하다. 뭐라고 대답하면 좋단 말인가?

침묵의 시간이 길어지면 길어질수록 점점 더 심장이 거칠게 날뛰고, 질식할 듯 가슴이 갑갑해진다.

"……."

도대체 뭐라고 말해야 한단 말인가? 모든 것을 사실대로 이실직고 해야 한단 말인가? 저 여인을 그들이 보쌈해오지 않은 이상, 규칙을 어기고 홍매곡을 벗어난 것 이외에 잘못은 없다.

해야 하나, 말아야 하나……. 그들이 심각한 갈등과 번뇌로 인해 정신적인 몸부림을 치고 있을 바로 그때였다.

"조난자입니다!"

어디선가 흘러나온 느긋하고 당당한 목소리. 목소리의 주인공은 바로 비류연이었다.

'그, 그런 억지스런 주장을……!'

그걸 누가 믿겠어? 라고 모두들 생각하고 있을 때였다.

갑자기 모용휘가 앞으로 나오더니 비류연 왼편에 어깨를 나란히 하고 섰다. 평소 성정이 올곧고, 결벽증이라고 할 정도로 거짓을 싫어하기로 유명한 청년이었다. 그 정도가 너무 지나쳐 '바른생활 청년'이라 불리는 그의 입이 조심스레 열렸다.

"조난자입니다."

비류연이 말했을 때와는 달리 그가 말하자 갑자기 설득력을 가지기 시작했다. 정말 눈앞에 정신을 잃고 쓰러진 이 미녀가 산중에서 조난을 당한 더없이 가엾은 여인으로 사람들의 눈에 비쳐졌던 것이다.

"쳇, 사람 차별하는 건가!"

옆에서 그런 분위기의 반전을 지켜보던 비류연이 조용히 불평을 터뜨렸다.

모용휘의 평판은 젊은 나이임에도 정사 전 강호에 걸쳐 소문이 자자했다. 천년의 풍상을 겪어온 바위 같은 바른생활 정신은 그의 결벽증과 더불어 꽤나 유명한 것이었다.

그러자 또 한 사람이 비류연의 오른편에 와 섰다. 놀랍게도 나예린이었다.

그녀는 발걸음을 내딛는 데 있어서 전혀 소리를 내지 않았다. 마치 자색 구름 위를 거니는 선녀처럼 그녀의 동작 하나하나에는 우아함과 신비로움이 넘쳐흘렀다. 나예린이 움직이자 중인들의 시선이 모두 그녀를 향해 쏠렸다. 그것은 항거할 수 없는 매력이었다. 위지천의 두 눈에서 질투와 선망과 욕망의 불꽃이 번뜩였다.

무한(無限)의 이공간으로 이어져 있는 듯한 밤하늘을 닮은 신비한 눈동자가 사람들의 심령을 꿰뚫었다.

두근!

남녀노소를 불문하고 좌중들의 심장이 크게 한 번 뛰었다.

은은히 밝아오는 아침햇살이 칠흑의 머리채 위에 내려앉아 황금빛 화관을 그녀의 머리 위에 씌워주고 있었다. 정적이 사방에 내려앉았다.

그녀의 입술이 조용하게 열렸다.

"조난자입니다."

높지도 낮지도 않은, 사람의 영혼을 한순간에 휘어잡는 측량할 수 없는 깊이를 지닌 신비스런 울림. 맑은 음악 같은 그녀의 목소리가 한 줄기 청량한 빗줄기처럼 생생하게 다가온다. 홍옥 같은 입술에서 흘러나온 그 말들에는 언령(言靈)이라도 깃든 듯 신령한 힘이 느껴졌다.

그녀가 말이라면 달을 보고 네모나다고 해도, 백조를 보고 검다고 해도, 까마귀를 보고 희다고 해도 덜컥 믿을 수 있을 것만 같았다. 수십 명의 사람들을 창졸간에 사로잡는 놀라운 힘이었다.

그러자 사람들은 모두들 한결같이 생각하기 시작했다.

'그래, 저 여인은 불쌍한 조난자야! 그러니깐 인간의 도리상 보살펴 주어야 해. 저렇게 아름다운 아가씨가 이런 외진 산속에서 봉변을 당하다니 얼마나 불쌍한가! 도와주지 않으면 안 돼!'

묵선 오본의 율령자 '위강' 도 그렇게 믿게 되었다.

남궁상과 진령, 염도 또한 가세해서 한결같이 약속이라도 한 듯 입을 모았다.

"그렇습니다. 조난자입니다. 설마 이런 가여운 조난자를 이대로 방치하지는 않으시겠지요?"

일치단결된 거대한 여론이 형성되자 이에 반박하기조차 곤란할 정도였다.

이제 삼인의 율령자들도 고민에 빠졌는지 서로 머리를 맞대고 뭔가를 의논하기 시작했다.

'무슨 생각일까?'

비류연 일행은 그들로부터 시선을 떼고 싶어도 뗄 수가 없었다. 곧 의논이 끝났다.

"실례하오, 소저! 소저께서는 분명 이번 마천각 참가자 중 한 명이자 진홍의 검희라는 별호를 지닌 석류하 소저가 맞지요?"

무척이나 정중한 목소리로 위강이 물었다.

"예, 그렇습니다!"

석류하 역시 정중하게 포권지례를 취하며 화답했다.

율령자 위강이 노린 것은 애초부터 이 현장에 끼어 있던 홍검희 석류하였다. 그녀는 물론이요, 이를 지켜보던 다른 모든 이들은 놀라지 않을 수 없었다. 율령자들은 자신들이 여기 온 지 아직 일주일도 되지 않았는데 그녀의 신분을 소상히 아는 게 당연하다는 태도였던 것이다.

"석 소저, 하나만 묻겠습니다. 이분들 중에서 유일하게 소속이 다른 분이니 소저께서 동의한다면 이분들의 말 또한 모두 사실이겠지요. 정말 쓰러져 있는 이 여자분이 조난자인가요?"

위강의 질문에 비류연 일행들은 아연 긴장했다.

잠시 잊고 있었는데 그녀는 자신들과 앙숙이자 경쟁자인 마천각 출신의 여인이었던 것이다. 게다가 그녀가 이번 행로에 끼게 된 것도 반 강제나 다름없었다. 일종의 피해자라 할 수 있었던 것이다. 그녀가 여기서 모든 것을 밝힌다면 지금까지의 적공(積功)이 말짱 도루묵이 될 가능성이 컸다.

그녀의 굳게 닫힌 입술을 바라보는 좌중들의 시선에 팽팽한 긴장이 감돌았다. 그녀의 복잡미묘하게 변화무쌍한 눈빛으로 미루어보아 적잖게 고민하고 있음이 분명했다.

안절부절 달싹달싹거리던 그녀의 붉은 입술이 마침내 열렸다.

"…네! 조난자입니다. 제가 옆에서 지켜봤으니 틀림없는 사실입니다!"

그녀가 살짝 고개를 끄덕이며 말하자 다들 몰래 안도의 한숨을 내쉬며 가슴을 쓸어내렸다. 하지만 아직 고비를 완전히 넘은 것은 아니었다. 생각 이상으로 삼인의 율령자들은 집요했다.

"그런데 한 가지 의문이 더 생기는군요?"
"뭐죠?"
 아아, 사람과 사람 사이의 신뢰가 이토록 헐거워서야! 비류연은 하늘을 향해 통탄했다.
"별거 아닙니다. 이 소저분께서는 어떤 조난을 당한 건가요? 어떻게 이분이 이 높은 천무봉 정상까지 와서 조난을 당할 수 있었던 걸까요? 전 그저 그 부분이 아직까지 이해가 가지 않는군요."
 이 부분에 대해 제대로 설명하지 못하면 아직 납득할 수 없다는 이야기였다. 이 조난자를 어디서 구했냐는 뭐 그런 질문인 것이다. 그러면서도 별거 아님을 운운하다니…….
'이런! 거기까지는 아직 생각지 못했는데…….'
 염도는 낭패한 심정이 되었다.
 그때 비류연이 서슴없이 큰소리로 대답했다.
"그녀는 큰 재앙을 당했습니다!"
"재앙이요?"
 여전히 납득할 수 없다는 표정으로 위강이 고개를 갸웃거렸다. 비류연이 고개를 끄덕였다.
"그렇죠. 그것도 이 세상에서 가장 무서운 두 가지 재앙 중 하나에 당한 불쌍한 피해자입니다."
 비장한 목소리였다.
"겉으로는 그다지 큰 피해가 없는 것 같습니다만?"
"사물에는 모두 이면이 있지요. 겉만 보고 판단할 수는 없는 일 아니겠습니까?"

"그것도 그렇군요. 확실히 성급한 결론은 금물이지요."

이번 말에는 위강도 납득이 가는 모양이었다.

"그렇다면 이 여인이 당한 재앙은 무엇입니까?"

비류연은 망설이지 않고 대답했다.

"호환(虎患)이죠!"

"호오~화안?"

좌중들의 인상이 단숨에 구겨졌지만 비류연은 아랑곳하지 않고 서슴없이 고개를 끄덕였다.

"그러니깐 그 호환과 마마 중에 그 호환을 말하는 것입니까?"

다시 비류연이 고개를 끄덕였다.

좌중의 눈이 왕방울만 하게 커졌다.

'그, 그런 말도 안 되는 이유를…….'

바보가 아닌 이상 그런 거창하기만 하고 신빙성 없는 데다 현실성 떨어지는 이야기를 믿어줄 리가 만무했다. 증거를 보여주기 전까지는 말이다.

율령자들도 그렇게 생각하고 있음이 분명했다.

"어흠, 호환이라니……. 쉽게 납득이 가지 않는 이유로군요. 제가 이곳에서 벌써 오십 년 이상을 살아왔지만 그런 이야기는 처음 듣는군요."

예리한 그들의 반문에는 의혹의 그림자가 잔뜩 드리워져 있었다. 그게 당연한 반응이라고 모두들 생각했다.

다된 밥에 재를 뿌려도 유만부득이지! 비류연을 바라보는 사람들의 시선이 고울 리 없었다.

"혹시 증거를 제시할 수 있습니까?"

마침내 나와서는 안 될 그 말이 위강의 입에서 나오고 말았다.

'이제 모두 끝장이야! 파멸이야! 종말이야!'

좌중들 모두 너나 할 것 없이 속으로 소리 없는 비명을 질렀다.

'미친놈! 넌 이제 끝장이야!'

스스로 무덤을 판 비류연의 행동을 지켜본 위지천이 속으로 회심의 미소를 지었다. 그러나 비류연의 대답은 모든 이의 예상을 뛰어넘는 것이었다.

"물론이죠!"

비류연의 이 시원시원한 대답에 좌중들의 눈이 왕방울처럼 부릅떠졌다. 그들의 눈은 모두 이렇게 외치고 있었다.

'어떻게!'

"노사님!"

비류연이 뒤도 돌아보지 않고 조용히 누군가를 불렀다. 누구를 부르는 걸까?

"여기 있네!"

느닷없이 풀숲을 헤치고 나타난 사람, 그는 바로 빙검이었다. 중인들의 입이 떡 벌어졌다. 악관절이 빠지지 않을까 걱정이 앞설 정도였다. 그들의 눈은 이미 보름달이라도 들어갈 정도로 휘둥그레져 있었다.

"얼음땡이, 자네······."

'어떻게 이곳에 있는 건가?' 라는 염도의 뒷말은 비류연의 쾌속한 팔꿈치 치기로 인해 계속 이어질 수 없었다.

좌중들의 놀람은 비단 빙검 때문만이 아니었다. 지금 그 빙검이 어깨 위에 메고 있는 '어떤 것', 바로 그것 때문이었다. 그것은 너무 부피가 커서 땅에 질질 끌리고 있었다. 그래도 별로 힘들어하지 않는 것으로 보아 빙검의 내공 화후가 얼마나 깊은지 짐작할 수 있다.

빙검의 어깨 위에서 뭇 좌중들을 경악 속에 빠뜨린 그것은 바로 거대한 '범'이었다. 그것도 그 거대한 앞발은 곰조차도 일격에 거꾸러뜨릴 수 있을 만큼 커다란 '대호'였다.

"수고하셨어요."

비류연이 웃으며 치하했다.

"별거 아니네!"

대답은 그러했지만 만일 누군가가 그 앞에 서서 '정말 별거 아니죠!'라고 말했다가는 검하고혼이 되기 딱 좋을 것이다. 밤새 야산을 헤매며 저런 '대호'를 잡아오는 게 별거일 리가 없기 때문이다. 빙검의 전신은 야밤 산행 때문인지 이곳저곳이 너덜너덜한 게 꼴이 말이 아니었다. 평소의 차가우리만큼 단정한 모습은 어디에도 찾아볼 수가 없었다.

"이, 이럴 수가……."

황당하고 경악스럽기는 율령자들이든 비류연을 제외한 11명ー덤인 석류하까지 하면 12명ー의 구출대든 마찬가지였다. 어떤 경로로 해서, 무슨 조화로 인해 이런 일이 가능하단 말인가?

염도가 기억하기로는 이런 요상하기 짝이 없는 언어도단적 상황이 일어나는 것은 단 하나뿐이었다.

몇몇이 그의 생각에 동조했는지 시선을 옮겨 비류연을 노려봤다.

'어떻게?'

털썩!
 빙검은 삼인의 율령자 앞에 보란 듯이 대호를 던져놓으며 지난 밤에 있었던 일을 머릿속에 떠올렸다.
 "우리가 내려간 사이에 해줄 일이 한 가지 있어요."
 "요청?"
 "혹시나 필요해질지 모를 게 있거든요!"
 "무엇을?"
 그는 아무렇지도 않게 내뱉었다. 그것을 얻기 위한 과정이나 수고 따위는 전혀 알 바 아니라는 듯한 태도였다.
 "호랑이!"

 이틀 후.
 화음현 내 위치한 한 장원에서 방화로 추정되는 큰 불이 나 가옥 전체가 소실되는 사고가 발생. 다행히 바람이 잔잔해 불이 옆 건물들로 옮겨붙지는 않았지만 많은 인명피해가 발생. 인부 수백이 동원되어 열두 시진 동안 화마(火魔)를 잡기 위해 동분서주(東奔西走)하고서야 익일 새벽에 겨우 불길을 잡을 수 있었다고 한다.

잿더미

"쳇, 이미 늦었나!"
구척철심안 안명후는 혀를 차며 주위의 경물(景物)들을 둘러보았다.
황량하다. 공허하다. 그리고 시커멓다.
지금 그가 이 풍경들로부터 느낄 수 있는 유일한 감정이었다.

이미 모든 것이 깡그리 재가 되어 사방에 흩날리고 있는데 그가 그이상 어떤 감정을 더 얻을 수 있겠는가. 그러나 사실 그가 공허함 이외에도 느끼는 감정이 하나 더 있긴 했다. 그것은 바로 분노였다.
"안 감찰관님, 각 방들을 모조리 샅샅이 뒤져봤지만 아무것도 나온 게 없습니다."
방이라고 해봤자 시커멓게 탄 대들보와 토벽 몇 개만 간신히 남아 있는 흔적일 뿐이다. 달려온 부관 이명의 보고는 이미 예상했던 일이라 그리 놀랍지 않았지만 분통이 터지는 것은 참을 수 없었다.
"하긴 그렇게 시원요란스럽게 싸그리 타버렸으니 멀쩡하게 남아 있는 게 있을 리가 없지!"
전소된 장원의 애꿎은 잔해를 발로 차며 그는 투덜거렸다.

정천맹 섬서지부 특급 감찰조사관! 그것이 바로 그가 지닌 직함이었다.

"쳇, 지부에서 '특급 급쾌'의 붉은 서신을 받고 뭣 빠지게 달려왔건만 이미 늦었다는 건가……."

한 마리의 전서응이 날아듦과 동시에 울려퍼진 비상소집 종! 그가 섬서지부에 배치된 이후 처음 날아든 '적홍첩(赤紅帖)'이었다.

급히 부대를 편성해 밤을 도와 달려왔건만 그가 본 것은 밤하늘을 붉게 물들이는 화마(火魔)의 불길과 그것을 제압하기 위해 우왕좌왕 시끄럽게 뛰어다니는 수백 명의 인간 군상들뿐이었다. 그들로서는 손가락 빨며 불구경이나 하면서 헛물만 켜는 게 고작이었다.

현장은 너무나 깨끗하고 대담하게 홀라당 타버리고 그 위에 남은 건 그들을 비웃기라도 하듯 넓게 퍼질러진 잿더미뿐이었다.

'서신을 받자마자 가장 빠른 쾌속마만을 골라 바꿔 타며 쉬지 않고 달려왔건만…, 이미 드러난 꼬리는 가차없이 잘라버린다는 건가?'

무서울 정도로 냉정하고 신속한 판단력이었다.

자신의 오랜 친구를 본 지도 상당한 시간이 흘렀다. 전서응으로 정기적인 연락은 가능했지만 그가 어디서 무엇을 하고 있는지는 그 자신도 정확히 알지 못했다.

"통로나 비밀 창고 같은 것도 아직 찾지 못했나?"

"탐색조가 지금 건물 전체를 이 잡듯 뒤지고 있습니다만……."

말끝을 흐리는 것을 보니 결과가 신통치 않은 모양이다.

"…아무래도 대장님께서 나서주셔야 할 것 같습니다."

"또 내 차례까지 돌아오는 건가?"

얼굴에 싫은 티가 역력했다.

"송구스럽습니다."

부관이 재빨리 사과한다. 그들의 능력이 월등히 뛰어났다면 상관까지 나설 필요도 없는 일인 터였다. 하지만 저렇게 대놓고 미안해하면 튕긴 사람이 오히려 무안해져버린다.

"됐네, 됐어! 무림맹의 녹을 먹는 이상 밥값을 해야겠지. 사실 그것 때문에 이 자리에 있는 거니깐 말일세. 하지만 다음에는 내 차례까지 오지 않았으면 좋겠군. 나도 유능한 부하들을 데리고 있다는 걸 자랑하고 싶거든!"

"면목 없습니다."

안명후가 서른이라는 젊은 나이에 섬서성 관할 감찰조사관이 될 수 있었던 것은 그가 가진 어떤 특수한 능력 덕분이었다. 그 능력이야말로 그의 존재 가치 그 자체라 할 수 있었다.

"그럼 어디 한번 밥값을 해볼까나……."

그가 허리춤에서 꺼낸 것은 굵기가 손가락 하나 정도밖에 안 되는 짧은 철봉이었다. 그러나…….

팟!

촤라라라락!

그가 손을 한번 휘두르자 그것은 이미 봉이 아니라 길이가 '구척'에 달하는 기다란 '철침'으로 변해 있었다.

"자, 어디 한번 가볼까!"

그는 유람이라도 하듯 거닐며 철침을 땅속에 찔러 넣었다.

슉! 슈욱! 푹! 푹!

마치 솜뭉치라도 찌르는 듯 철침이 땅을 파고들었다. 바닥이 물컹물컹한 늪지대라 할지라도 이렇게 쉽게 들어가지는 않을 것이다.
"자갈 부스러기에… 모래인가……. 이 근처는 별거 없구만."
부관 이명이 그 뒤를 따르며 눈을 빛냈다.

구척철침영시탐사법(九尺鐵針靈視探査法)
지관(地觀)

언제 봐도 놀라운 기술이라고 이명은 감탄했다. 단지 철침을 찔러 넣는 것만이 아니다. 찔러 넣었다 빼는 그 짧은 시간 동안 상관은 자신이 밟고 있는 밑에 무엇이 있는지 마치 눈으로 보는 것처럼 훤히 파악할 수 있는 것이다.
그래서 안명후를 아는 사람들은 그를 철침 끝에 달린 눈 같다 해서 '구척철심안(九尺鐵審眼)' 이라고 불렀다. 그리고 그가 지금 쓰고 있는 아홉 척 길이의 묵빛 철침이야말로 오늘날의 그를 있게 해준 은인이라 할 수 있었다.
정천맹에 자리잡지 않았다면 누구보다 훌륭한(?) 전문 도굴꾼이 되었을 것이라는 게 그를 아는 주위 사람들의 공통된 의견일 만큼 그의 능력은 빼어났다.
슝슝슝!
안명후의 구척철침 앞에 속수무책인 것은 흙으로 다져진 지면만이 아니었다. 시커멓게 그을려져 있던 돌로 만들어진 벽들도 검은 철침이 지나갈 때마다 마치 말랑말랑한 두부라도 되는 양 어처구니없이 정도로 가볍게 구멍이 숭숭 뚫렸다. 그럼에도 불구하고 구멍 주위에 미세하게라도 금이 간 곳은 하나도 없었다. 그에게는 이 일들이 마치 아무런 힘도 들일 필요 없는 것처럼 손쉬워 보였다. 그의 공력이 얼마나 고절(高絶)한지 능히 짐작할 수 있는 부분이다.

구척철침영시탐사법(九尺鐵針靈視探査法)
석투관(石透觀)

돌로 된 벽이나 바닥을 뚫고 지나가 그 뒷면에 무엇이 있는지를 파악하는 기술이었다.
"이거 완전히 기관장치의 소굴이었구만!"
철침 하나로 돌들을 꿰뚫어보던 안명후는 여기저기에서 그 잔재들을 발견할 수 있었다.
"아무리 방화가 혼란을 도왔다 해도 그 많던 인원이 개방과 맹의 이목을 속이고 모조리 잠적할 수는 없었을 터! 분명 어딘가에 흔적이 남겨져 있을 것이다."
온 현내를 떠들썩하게 했던 사건이 일어난 지 이제 겨우 사흘째였다. 보고서에 적힌 그 인원들이 전부 증거까지 인멸하고 몸을 숨기기에는 필시 시간이 부족했을 터! 아직 찾아내지 못한 비밀통로가 있음이 분명했다.
물론 그 통로가 아직까지 뚫려 있을 거라는 안이한 기대는 하지 않았다. 이 정도로 용의주도한 놈들에게 그런 초보적인 실수를 바란다는 것은 과욕이라는 것을 그는 경험상 잘 알고 있었던 것이다. 그것보다는 다른 곳에서부터 엉켜진 실마리를 풀어야 한다.

"보고에 의하면 뭔가 대용량의 화물이 이곳으로 흘러 들어왔다고 한다. 아직 그 내용이 밝혀지지는 않았지만 어딘가에 보관하고 있었음이 분명하다. 그리고는 어딘가로 이동되었고……."

그 화물의 내용물이 무엇인지 알아내는 게 지금 그에게 주어진 최우선 과제라고 그의 본능이 속삭이고 있었다.

"땅을 갈아엎고 건물을 모조리 때려 부수는 일이 있더라도 찾아내게! 이대로는 면목이 서지 않아!"

"알겠습니다."

"중원표국을 한번 조사해봐야 하나? 하지만 역시 뒤가 구린 물건을 여봐란 듯이 운반해오지는 않았겠지."

가장 골치 아픈 것은 표국과 의뢰인 간에 맺어지는 상호비밀보장 계약이었다. 의뢰인이 원할 경우에만 특별히 추가되는 계약이지만 이 정도로 뒤가 구린 물건이면 당연히 체결했을 것이다. 그곳이 어떤 곳이든 간에 표국에 있어 비밀보장 계약을 한 의뢰인과 표물에 대한 신용은 생명이나 다름없었다. 아무리 무림맹의 권위를 앞세운다 해도 쉽사리 들려줄 리가 없었다. 게다가 그 상대가 그 중원표국이라면 더 말해서 무엇 하랴.

"골치 아프구만……."

강호제일 표국으로 이름 드높은 중원표국. 녹록한 상대일 리가 없었다.

틱!

안명후가 그 감촉을 느낀 것은 철침을 들고 약 반 시진째 사방팔방을 후비고 다니고 있을 때였다. 구척침을 통해 희미하게 전달되어온 그것은 무척이나 순간적인 감촉이었다. 하지만 오랜 단련을 통해 기민해져 있던 그의 감각은 그 짧고 미세한 신호를 놓치지 않았다.

지금 구척철침이 박혀 있는 곳은 이 장원의 옛날 창고터로부터 약 오장 정도 떨어진 으슥한 풀숲이었다.

짜릿한 전율이 그의 척추를 타고 정수리를 향해 내달렸다. 이 정도 감이면 틀림없다 해도 좋았다.

"찾았다!"

안명후는 회심의 미소를 지으며 조용한 목소리로 쾌재를 불렀다.

개폐 장치는 친절하게도 망가져 있었다. 부하들을 동원해 거의 반 시진 동안 삽질을 한 다음에야 겨우 안으로 들어갈 수 있었다.

내부는 모두 거대한 석재를 쌓아 만든 석실이었다. 솜씨가 정교한 것이 평범한 장인의 솜씨가 아니었다.

"뭐! 예상한 대로군!"

기대했던 대로 석실 안은 텅 비어 있었다. 그리고 예상 이상으로 안이 넓었다. 이제 이 텅 빈 석실 안에 그들이 남겨놓은 것이 무엇인지를 찾아내야 한다.

"개코를 불러오게!"

그가 명령했다.

그는 무척 키가 작은 왜소한 체구의 사람이었다. 반면 그 자그마한 얼굴에 비해 코가 무척이나 크고 길었다. 콧구멍도 남들의 세 배는 족히 되는 듯했다. 그래서 그는 이름보다 별명으로 더 많이 불리는 사내가 되었다.

"어떤가, 개코? 좋은 냄새라도 맡았나?"

코를 벌름벌름거리며 석실 안을 이리저리 기어다니는 개코 왕견에게 안명후가 재촉하듯 물었다.

킁킁킁!

상관의 질문을 개코는 들은 척도 하지 않았다. 아무래도 후각이 발달되다보니 상대적으로 청각이 떨어지는 것 같다고 시위라도 하는 듯했다. 하지만 안명후는 더 이상 그를 재촉하지 않았다. 상관의 말이 귓구멍에 박히지 않을 정도로 지금 그가 어떤 냄새에 집중해 있다는 것이기 때문이다.

안명후는 정천맹 섬서지부에서 누구보다도 그를 믿는 사람이었다. 그리고 그를 믿기 때문에 항상 유용하게 부릴 수 있었다. 개코 또한 자신의 능력을 인정해주는 상관이 싫을 리 없었다. 그래서 안명후가 가는 곳에는 항상 개코 왕견이 따라붙었.

먼지 한 올 남지 않았을지 모르지만 미처 처리하지 못하고 남기고 간 것이 있을 수도 있었다. 그것은 바로 사물에 배어 있는 냄새……. 이 개코라 불리는 남자는 보통 사람의 후각으로는 잡아낼 수 없는 냄새까지 잡아내는 특수한 능력을 지닌 인물이었다. 즉 냄새까지 모조리 지워냈다고 생각하는 장소에서도 그는 미량으로 남겨진 냄새의 흔적을 찾아낸다.

"음……."

"뭔가? 뜸들이지 말고 빨리 말해보게!"
다시 한번 재촉한다.
"감찰관님! 요즘 정말 그 유화기방의 고 총관이 너무 돈을 밝히는 것 같지 않습니까? 저만 보면 잡아먹으려 듭니다그려."
조사를 하다 말고 내뱉은 뜬금없는 말이었지만 안명후는 그가 하고 싶은 말이 무엇인지 대번에 깨달았다. 요컨대 외상값이 밀려 있다는 이야기였다.
'이 능구렁이가……'
보통이라면 근무태도 불량이나 상관명령 불복종으로 치죄할 수도 있는 일이었다. 하지만 그는 그냥 웃어넘겼다. 꽤 오랜 시간을 함께 일한 터라 이 정도 얍삽한 짓쯤은 그냥 웃어넘겨줄 수 있기 때문이었다. 다른 부하라면 일어날 수 없는, 오직 두 사람이기 때문에 가능한 대화였다.
"알았네, 알았어! 그러기에 내가 매향(梅香)이 품 좀 작작 찾으라 하지 않았던가! 구리 동전 한 문까지 몽땅 털어다 바칠 셈인가?"
"헤헤헤…, 죄송하게 됐습니다!"
개코가 실없는 표정으로 뒤통수를 긁적거렸다. 아무래도 그가 지금 금전부족에 직면한 주요한 이유가 이 세상에 존재하는 수많은 매향이 중 한 명 때문인 모양이었다. 매향이라 하면 기방에서 가장 흔히 쓰이는 애칭 중 하나였다.
"자네의 공적을 알려 상여금을 받도록 해주겠네. 뜸들이지 말고 빨리 말해보게!"
"감찰관님만 믿겠습니다, 헤헤헤!"

"아따, 빨랑빨랑 이야기해보게. 내가 안달복달하다가 죽는 꼴 보고 싶어 그러나?"

그제야 왕견은 자신이 살펴본 바를 말하기 시작했다. 실없이 쪼개던 그의 눈에도 어느새 예리한 안광이 도사리고 있었다.

"독특한 냄새가 납니다."

순간 안명후의 눈매가 날카롭게 변했다.

"호오? 그것 참 흥미 있는 소식이로군. 무슨 냄새인가?"

독특하지 않았다면 평소 행동대로 무슨 냄새인지를 먼저 말했을 것이다. 이만큼 뜸을 들인다는 것은 분명 뭔가 있기는 있다는 이야기였다.

"너무 뒤처리가 완벽해 확신하지 못하겠습니다만 일단 '그' 냄새가 곳곳에 강하게 배어 있습니다."

"그?"

그러자 개코가 다가와 그의 귀에 뭐라고 속닥거렸다. 순간 그의 얼굴에 실망의 기색이 역력히 떠올랐다.

"뭔가? 그 냄새야 어디서나 나는 것 아닌가?"

그 정도 가지고 호들갑을 떨다니! 별로 탐탁치가 않은 모양이다.

그러나 개코의 표정은 진지 그 자체였다. 모르는 소리 말라는 듯한 그의 태도에는 전문가의 긍지가 가득 배어 있었다.

"하지만 이것은 보통 물건이 아닙니다!"

"보통 물건이 아니다?"

그의 얼굴에 떠올라 있던 실망의 잔재가 이 말 한마디를 기화로 순식간에 사라졌다.

"일반인들이 쓰는 물건이라고는 생각할 수 없을 정도로 순도가 높은 것 같습니다."

"흐흠……."

순도가 높다. 그것은 그만큼 그 물품이 고급품이며, 또한 제조하기도 구하기도 어렵다는 뜻이었다. 하지만 그것만으로는 실마리가 부족했다.

"그것 말고는 없나?"

"이건 확신할 수 없지만……."

"뭔가? 뭐든지 망설이지 말고 말해보게!"

"사실은……."

개코가 다시 한번 그의 귓가로 바짝 다가가더니 뭔가를 소곤거렸다. 남들이 함부로 들어서는 안 될 만큼 비밀스런 이야기라도 있는 걸까? 소곤대는 그의 이야기를 듣던 안명후의 눈이 크게 떠졌다.

"그, 그게 사실인가?"

안색이 눈에 띄게 변해 있었다. 이 정도 수련에도 불구하고 마음의 격동이 얼굴에 떠오른다는 것은 그만큼 중대한 이야기를 들었음을 뜻한다.

"아마도 틀림없을 겁니다."

"그것은 아무리 대단한 세가라 해도 쉽사리 구할 수 있는 물건이 아닐 텐데?"

"그러니 더욱 수상한 것이겠지요."

"그런 위험천만한 물건이 왜 이곳에 있었단 말인가. 그것도 이곳을 가득 채울 정도의 양이라니……. 이 녀석들 전쟁이라도 벌일 셈인가……."
 그러나 그 관측이 가장 가능성이 낮은 것이었다.
 "역시 능구렁이 돈 귀신들을 조사해봐야 하나……."
 하지만 중원표국이 그리 쉬운 상대가 아님을 그 자신이 가장 잘 알고 있었다.

대공자의 신위

섬서지부 감찰조사관 안명후가 잿더미 위에 엉덩이를 깐 채 혀를 끌끌 차며 있을 때, 한 명의 사내가 천무봉의 외진 오솔길을 걸어가고 있었다.

얼음을 깎아놓은 것처럼 수려한 얼굴, 깊이를 알 수 없는 예리하게 빛나는 무정한 두 눈동자, 딱 벌어진 어깨, 패기 넘치는 당당한 발걸음. 전신에 비범함이 넘쳐흐르는 이 사내는 바로 대공자 비였다. 그가 지금 홀로 걷고 있는 이곳은 얼마 전 비류연을 비롯한 천무학관 대표단들이 걸어간 적이 있는 길로, 바로 세 개의 관문으로 통하는 그 길이었다.

"젊은이, 이런 황벽(荒僻 : 황량하고 거칠다)한 곳에 무슨 용무인가?"

양팔에 짚고 있는 목발이 유난히 눈에 띄는 노인이 비를 불러세워 물었다. 바로 첫 번째 관문을 지키는 문지기 비공답은 종쾌였다.

"물론 시험을 치러 왔습니다."

대공자 비가 감정의 기복이 느껴지지 않는 무미건조한 목소리로 대답했다.
 그의 망설임 없는 대답에 종쾌가 고개를 갸우뚱했다. 그는 지금 영업시간이 끝난 이후에 음식점의 정문을 두드리는 손님을 바라보는 주인의 기분을 이해할 수 있을 것 같았다. 하지만 무정하게 '영업시간 끝났으니 당장 돌아가시오!' 라고 외치지는 않았다.
"시험이라…, 자네 어디 출신인가?"
"마천각입니다."
 길이라도 잃었나? 아니면 오는 도중에 낙오라도 한 건가? 그런 생각이 문득 뇌리를 스치는 것도 무리는 아니었다. 하지만 종쾌도 강호의 풍진 속에 굴러먹은 경력이 녹록치 않은지라 보는 눈은 제대로 박혀 있었다.
 한눈에 척 봐도 풍겨나오는 저 기백과 제어하고 있지만 충실히 갈무리된 역량. 아무리 화산지회에 참가하는 길이 험하다 해도 중도에 낙오할 만한 그런 인물은 아니었다.
"어찌 된 영문인지 모르겠지만 자네는 이미 두 곳 사람들이 모두 관문을 통과해 올라갔다는 것을 모르나?"
"물론 알고 있습니다."
 너무나 순순한 대답이 돌아왔다.
"그런데도 혼자 이곳까지 왔다?!"
 종쾌가 의혹이 가시지 않은 목소리로 반문했다.
"원하는 것이 있어서지요."
"원하는 것?"
"이곳에 올 이유는 하나뿐이지요. 그것 이외에 다른 이유가 있을 수 있을까요?"

"그 말은 즉……?"

바로 맞췄다는 뜻으로 대공자가 고개를 끄덕였다.

"시험을 치르고 싶습니다."

"시험을 치르고 싶다고?"

종쾌가 눈을 크게 뜨며 물었다.

"예!"

대공자가 조용한 목소리로 대답했다. 종쾌는 즉시 고개를 가로저었다.

"자네는 그것이 가능하리라고 생각하나? 마천각 제자들은 예전에 이미 이곳을 통과했다네. 자네의 소속이 마천각이기는 하나 그 자리에 동행하지 않았던 자네의 화산지회 참가를 인정해줄 순 없네."

이런 곳에서 예외를 만들 수 없다는 게 그의 생각이었다. 그러자 비가 말했다.

"잘못 들으셨군요. 전 시험을 치르겠다고 했지 화산지회에 참가하겠다고 한 적이 없습니다."

그게 무슨 귀신 씨나락 까먹는 소리냐는 표정으로 눈을 노골적으로 빛내며 종쾌가 그를 쏘아보았다.

"같은 이야기 아닌가?"

요즘 젊은 친구들은 대화를 너무 어려운 방식으로 대화한다면서 노인은 투덜거렸다.

"전혀 다르지요. 전 합법적인 자격으로 시험을 치르겠다는 것이니까요."

"뭐, 뭐라고!"

"분명 참가자의 입산 기한은 내일까지로 알고 있습니다. 학관에서 추천받은 사람이라면 누구라도 지정된 시일 안에 시험을 칠 수 있다는 게 원래의 규칙이 아니었던가요? 꼭 동행이 있을 필요는 없는 것으로 알고 있습니다. 지금처럼 사람들이 몰려다니게 된 것 또한 그동안 있어왔던 정체불명의 습격에 대한 고육지책(苦肉之策)이었던 거 같은데요. 본래부터 그랬던 것은 아니지요."

종쾌가 놀란 시선으로 사내를 쳐다보았다.

"자네, 많은 것을 알고 있군."

그도 관문의 문지기라는 중대한 임무를 맡은 입장인 이상 규칙 정도는 숙지하고 있었다. 확실히 그의 말대로 문서상에 남아 있는 규칙은 그러했던 것이다.

"자네는 지금 자네가 한 말이 무엇을 뜻하는지 알고 있는가? 그것은 일개인 혼자의 힘으로 세 개의 관문을 모두 통과해야 한다는 뜻이라네. 50여 명이 있었으면서도 간신히 통과했던 그 관문을 말일세."

노인의 말로 미루어보아 마천각 대표단들도 이 세 관문 앞에서 무척이나 고생을 했던 모양이다. 물론 그가 그런 초보적인 것도 모르고 이 자리에 섰을 리가 없다.

"올해부터는 그 관문도 바뀌었네. 예전같이 시시한 관문이 아니야. 자네는 그 사실도 알고 있었나?"

"그건 모르고 있었군요."

대답과는 달리 전혀 동요하는 기색이 느껴지지 않는 어조였다.

"멸겁삼관(滅劫三關)이라고 하지. 백 년 전 천하를 공포 속에 몰아넣었던 천겁혈신이 남긴 과거의 그림자와 싸워야만 하는 관문이라네."

그러면서 종쾌는 이 멸겁삼관에 얽힌 전대의 비사를 다른 이들에게 했던 것과 똑같이 그에게도 이야기해주었다. 그는 조용히 노인의 말을 들었다.

하지만 이야기를 모두 들은 사내의 수려한 얼굴에 나타난 그것은 공포나 두려움과는 거리가 먼 감정이었다.

"아직까지 그런 곳이 남아 있을 줄은 몰랐군요."

"그런데도 자네는 지금 이 시험을 혈혈단신(孑孑單身) 혼자의 몸으로 치르겠다는 건가?"

"혼자뿐이니 혼자 쳐야지요."

"허허. 고작 그 이유 때문에? 그럴 바에는 다른 이들과 함께 오는 게 훨씬 이득이었을 텐데?"

"사람에게는 누구나 각자의 사정이란 것이 있는 법이지요. 어떤 관문이든 상관없습니다. 그 무엇도 저의 발목을 붙잡을 수 있는 것은 없으니까요. 게다가 방금 전 그 이야기를 들었더니 더더욱 도전하고 픈 마음이 간절해지는군요."

"허허, 참으로 광오한 젊은이로군. 하나 자네가 범상치 않은 인재라는 것은 노부도 인정하겠네."

"별 말씀을."

"좋네, 멸겁일관의 시험관 자격으로 자네에게 관문 도전에 임할 자격이 있음을 인정하겠네."

그러나 이때만 해도 종쾌는 일개인에 의한 단독돌파, 그것이 가능하다고는 추호도 생각지 않았다.

혈기방장한 젊은 나이에 어울리지 않는, 너무나 정중하고 정제된 태도. 종쾌는 아까 전부터 그의 마음 한쪽 구석을 콕콕 자극하는 어떤 위화감을 떨쳐버릴 수가 없었다.
"이보게, 젊은이. 백 살을 넘긴 노인네의 지나친 참견일지 모르겠지만 충고 하나 해줘도 되겠나?"
"말씀하시지요."
"젊은이! 자네의 마음속에 품고 있는 칼날은 너무나도 비정할 정도로 차갑고, 그 누구의 접근도 거부할 정도로 날카롭군."
"전 누가 저에게 접근하는 것을 좋아하지 않습니다."
"이상하군, 이상해!"
 종쾌가 풀리지 않는 의문의 실타래를 한 아름 떠안은 사람처럼 연신 고개를 갸우뚱거렸다.
"무엇이 이상합니까?"
"자네의 말이 이상하다는 이야기일세."
"제가 무슨 무례한 언사라도 행하였습니까?"
 억양의 고저는 없지만 여전히 정중하기 그지없는 말투였다. 그러나 그러면 그럴수록 종쾌의 얼굴은 점점 더 미궁 속에 빠진 사람처럼 찌푸려졌다. 백수(白壽)를 넘기고도 정정한 노인이 찌푸리고 있던 고개를 들어 대공자 비의 눈을 바라보았다.
"자네의 말은 아무리 생각해도……."
 종쾌는 순간 망설였지만 그 망설임은 오래 가지 않았다. 마침내 그는 자신의 속내를 내뱉었다.
"…너무 정중해!"

"그것이 지금 불쾌하시다는 말씀이십니까?"

노인은 고개를 휘휘 저었다.

"설마 그럴 리가 있겠나! 내 비록 백 살 넘은 노물이지만 그 정도로 괴팍하진 않다네. 하지만 불쾌하진 않아도 생선가시라도 목에 걸린 것 같은 의아스런 점이 남아 있긴 하지. 원인불명의 찝찝함이라고나 할까……."

그러나 나이는 허투루 먹은 게 아니었다. 그처럼 약간 지겨워질 정도까지 오래 살다보면 세월의 연륜 속에서 생성되는 노인 특유의 직감이라는 것이 발달하게 마련이다. 이 직감은 상당히 적중률이 높기 때문에 절대 무시해서는 안 되는 것이기도 했다.

"그것이 이상합니까? 예의가 뭔지 모를 정도로 불경스럽다면 모를까 예의 바른 언사가 남의 의혹을 살 만큼 문제시될 일은 아니라고 여겨지는군요."

여전히 감정의 때가 묻어나오지 않는 무미건조한 목소리로 당황한 기색도 없이 비가 대답했다. 그러자 종쾌가 정색하며 진지한 얼굴로 지적했다.

"바로 그 점일세! 자네의 정중한 말 속에서 만인을 부려본 자의 위엄이 느껴지네. 자네는 대체 뭘 하는 자인가?"

노인의 질문은 나이에 걸맞지 않게 백전연마된 냉철함으로 온몸을 감싼 청년을 순간 동요시킬 만큼 날카로웠다. 그러나 잔잔한 호수 위에 인 잔물결 같은 동요는 순식간이었다. 곧 청년의 마음은 다시 거울처럼 맑고 깨끗해졌다.

"그저 보잘것없고 볼품없는 평범한 마천각 대표단의 한 명일 뿐입니다.”
 일말의 신용도 가지 않는 대답이었다.
 "말하고 싶지 않다, 그 말인 게로군. 좋네! 이 늙은이는 단순한 문지기일 뿐 자네의 신분을 물을 자격은 되지 못하네."
 종쾌의 말에 대공자 비가 짧게 알았다는 듯 고개를 끄덕였다. 좋은 판단이라고 말하는 듯했다.
 "그렇다면 자네의 실력을 한번 볼까?"
 짐짓 쾌활한 목소리로 종쾌가 말했다.
 "첫 번째 관문인 '천겁간(天劫間) 혈신일보(血神一步)', 통과 방법은 방금 말한 그대로일세. 자네 혼자 이 천겁의 그림자를 뚫을 자신이 있는가?"
 "노선배께서는 '자네 걸을 수 있는가?', '자네 혹시 숨을 쉴 수 있는가?'라는 질문에도 굳이 답을 하십니까?"
 광오할 정도의 자신감. 하지만 그가 말하자 그것은 전혀 자만으로 느껴지지 않고 오히려 극히 지극 당연한 것처럼 느껴졌다. 그러나 대공자도 한 가지 간과한 사실이 있었다.
 "물론일세! 난 확실하게 대답해주네. 다리로는 걷지 못한다고."
 종쾌가 확실한 목소리로 대답했다. 그는 '아차' 했다.
 "그렇군요! 제가 실수를 범했군요."
 그렇다. 잠시 망각하고 있었는데 종쾌의 두 다리는 백 년 전 잘려나간 채 아직까지 텅 비어 있었던 것이다.
 "하지만 대신 이렇게 대답해주지. 다리로는 걷지 못하지만 그 대신 손으로는 걸을 수 있다고 말일세. 나의 처지는 이러나 자네가 한 말의 의미는 잘 알겠네. 그럼 무운(武運)을 비네!"
 순간 그의 신형이 움직였다. 대공자 비는 말로 하는 대답 대신 직접 몸으로 그 대답을 보여주기로 한 것이다. 질풍 같은 바람이 불어와 종쾌의 몸을 때렸다.

 '이, 이럴 수가……'
 비공답운 종쾌는 벌어진 입을 다물 수가 없었다.
 백수(白壽)를 넘기고도 한참을 더 살았더니 만년에 노안이라도 온 것 아닐까? 솔직히 그는 자신의 눈을 믿을 수가 없었다. 그것은 약관 나이의 젊은이가 보일 수 있는 그런 경지가 아니었다.
 '새, 새를 바, 발판으로 사용하지도 않고 단숨에 저 거리를 뛰어넘다니? 정녕 인간의 능력이란 말인가?'
 제일 관문 천겁간은 너무나 어이없게 한 사내의 발걸음에 의해 무릎을 꿇었다. 그가 비조처럼 벼랑을 가를 때 쭈뼛하게 선 솜털과 오싹하게 돋은 오돌토돌한 소름이 아직도 찌릿한 여운을 남긴 채 완전히 가라앉지 않고 있었다.
 아무것도 없는 공중에서 세 번이나 신형을 튕기다니. 그것은 허공답보(虛空踏步)라 불러 마땅한 경공의 최상승 경지였다.
 그런데 눈이 튀어나올 정도로 놀란 사람은 비단 그 혼자만이 아니었다.

 '이, 이럴 수가……'
 멸겁이관을 지키고 있던 도제(刀帝) 용경의도 눈을 접시처럼 크게 뜬 채 놀라고 있었다. 그가 보고 있는 것은 느닷없는 방문객이 남긴 거미줄같이 빽빽한 도흔이었다. 그것은 무척이나 깊고 선명했으며, 흔적 하나하나에 예리한 기운을 갈무리하고 있었다.

'가, 가공할 도법이다!'

백 년 이상 가슴속에 도를 품고 살아온 그가 타인의 도법을 보고 감탄하기란 극히 드문 일이었다. 하지만 이번만큼은 예외를 인정하지 않을 수 없었다.

금강석처럼 단단하다는 흑요석을 두부처럼 자르는 도기. 아니, 그것은 도기 따위가 아니었다. 그것은 분명 도강(刀罡)임이 틀림없었다.

누에가 실을 뽑듯, 풀려진 실타래처럼 무수한 줄기를 이루며 뻗어 가는 도강이라니……. 도제라 불리며 백 년 동안 도의(刀意)에 대해 참고(慘考)했던 그로서도 전율이 흐를 정도로 무서운 경지였다.

'설마 진짜로 삼 관문까지 단독으로 돌파?'

그렇다면 그것은 초유의 일이 될 것이다. 그리고 그 설마는 사실이 되고 말았다.

'이, 이럴 수가…….'

멸겁삼관을 지키던 마지막 보루였던 검치(劍痴) 섭운명도 예외가 되지 못했다. 하지만 살아 있는 시체처럼 무뚝뚝하기로 유명한 이 사람마저도 동그랗게 부릅뜬 눈으로 경악해버렸으니 앞의 두 사람도 그리 억울하지는 않을 것이다.

'지독한 사검(死劍)이로구나!'

검치 섭운명은 떨리는 눈으로 자신의 손바닥 위에 올려져 있는 말라비틀어진 한 송이 야생화를 바라보았다. 생기라고는 눈곱만큼도 찾아볼 수 없는, 대지로부터 양분을 전달해주는 뿌리와 줄기에서 떨어진 지 족히 수 삼일은 지났을 법한 모습이었다. 그러나 그것은 조금 전 한 사내가 자신의 실력을 입증하기 위해 휘두른 일검에 줄기부터 베인 이름 없는 꽃이었다.
  꽃을 줄기부터 깔끔하게 베는 기술이야 검을 든 자가 조금만 배웠다면 다 할 수 있는 일이다. 하지만 베어진 꽃이 순식간에 생명을 잃고 말라비틀어지게 할 수 있는 사람은 극히 드물다.
  자연의 생명을 압도할 정도의 지극한 살기, 사내의 검에는 그것이 있었다.
  "수라(修羅)의 검인가······."
  일검이 휘둘러진 순간 그의 신경을 자극하던 그 모골 송연한 살기를 잊을 수 없었다. 그것은 죽음의 그림자라 불러 마땅한 것이었다.
  그리고 그 일검이 품은 살기는 검치 섭운명이라는 검의 고수를 상대의 검권(劍圈) 밖으로 무의식중에 물러서게 할 만큼 무시무시한 위력이 있었다. 섭운명은 그 살기에 화들짝 놀라서 본능적으로 사내의 간격 밖으로 벗어났던 것이다.
  검의 대선배로서는 부끄러운 일이었다. 하지만 그런 마음조차 들지 않을 정도로 그 검기에 서린 살기는 대단한 것이었다.
  "내가 지금까지 본 인물들 중 가장 강력한 존재감을 지닌 자였다."
  아직도 꽉 쥐어진 손아귀에 찬 축축한 땀이 마르지 않고 있었다.
  "저 젊은 나이에 그런 초절한 공부를 이루는 것이 정녕 가능하단 말인가?"

 검치는 멍한 눈으로 사내가 사라진 방향을 뚫어지게 바라보았다.

 자신의 눈으로 멸겁삼관을 단독 돌파한 대공자 비의 고절한 능력을 확인한 세 사람은 너나 할 것 없이 동시에 같은 생각을 품지 않을 수 없었다.

 '이번 화산지회에서 번천지복(翻天地覆)한 이변이 일어나지 않는 한 저자의 행보를 막기란 쉽지 않겠구나!'

 세 사람 모두 이미 그가 우승자라도 된 것처럼 확고히 생각을 굳히고 있었다.

깨어난 은설란

"…설…란……."
"…언…니!"
"…은…소…저!"
"…은…소저……!"

 기묘한 부유감 속에서 은설란은 떠다니고 있었다. 지금 자신이 꿈속에 있는지 현실 속에 있는지조차 그녀는 분간할 수 없었다.
 어디선가 자신을 부르는 목소리가 들려왔다. 기기묘묘하게도 그 목소리 중에 자신의 원출신인 곳에 있던 사람들의 목소리는 하나도 들려오지 않았다. 그 목소리들은 하나같이 자신이 조사관의 신분으로 간, 원래대로라면 결코 친해질 수 없는 곳에 있던 사람들의 목소리였다. 자신도 모르는 사이에 입가에 미소가 번진다.
 '여긴 어딜까…….'
 몸이 납덩이처럼 무거워 손가락 하나 까딱할 수 없었다. 주위는 온통 어두컴컴한 암흑으로 덮여 있어 천지사방을 분간할 수 없었다. 아니, 애초에 하늘과 땅이 있는지조차 의심스런 공간에 그녀는 내팽개

처져 있었다. 몸이 배의 닻이라도 된 양 끝없는 심연의 늪 속으로 가라앉고 있었다.
'이대로 나는 눈뜨지 못하는 걸까?'
갑자기 눈앞에 갈효봉의 얼굴이 떠올랐다. 그리고 그를 잃었을 때의 절망스러웠던 비통한 마음이 되살아났다.
'이대로 영원히 눈을 뜨지 않으면 행복할까?'
여기서 다시 눈을 뜨더라도 그녀는 또다시 그가 곁에 없는 현실을 살아야만 하는 것이다.
'그래, 그것이 오히려 더 행복할지도 몰라. 마음 한구석이 텅 비어 버리는 절대공허의 상실감을 두 번 다시 맛보지 않아도 되니깐 말이야.'
그것은 참을 수 없이 매력적인 유혹이었다.
'그래, 그게 오히려 더 편안할지도 몰라……'
그녀가 어둠 속에 완전히 몸을 내맡기며 천천히 눈을 감은 바로 그때였다.
"은…소…저!"
어둠의 안개를 헤치고 심연의 늪을 지나 그녀를 흔들어 깨우는 목소리가 있었다. 그것은 자신을 부르던 여러 개의 목소리 중에서도 가장 애타게 부르짖던 그 목소리였다.
항상 깔끔하고 단정하고 예의바르고 모든 일에 열심인 한 사내의 모습이 떠올랐다. 언제나 최선을 다하기 위해 자신을 갈고닦는 그 모습은 무척이나 아름다운 것이었다. 그리고 그가 자신에게 보여주었던 또 다른 모습이 있었던 것 같은 생각이 든다. 그것은 무엇이었을까? 갑자기 가슴이 벅차오르고, 눈에서는 눈물이 흐를 것 같다. 필사적이었던 그 마음. 잊어서는 안 될 그 마음.

'…지킨다 …지킨다 …그녀 …목숨…….'

명확하게 기억해낼 수는 없었다. 하지만 그것이 무엇이든 간에 반드시 기억해내야 한다는 것만은 확실히 알 수 있었다.

'…휘…….'

그리고 그녀는 천천히 눈을 떴다.

하늘은 가을 하늘답게 높고 청명했다. 태양은 눈부신 빛의 파편을 뿌리며 대지의 생기를 북돋우고, 푸른 하늘에서 날아온 바람은 시원하게 춤을 추며 계절을 잊은 채 피어 있는 신비로운 붉은 매화나무 가지들을 흔들어주고 있었다. 모든 것이 평화롭고 한가해 보이는 오후였다.

"응?"

제일 먼저 그 기척을 알아챈 이는 홍매곡 안을 유유자적 거닐던 비류연이었다. 그리고 그 다음으로 그것을 느낀 이는 나예린이었다. 그녀는 우연인지 몰라도 그의 근처에 있었던 것이다. 물론 두 사람 모두 함께 산책을 거니는 부도덕한 행위로 뭇 사내들의 복장을 뒤집어놓는 비양심적인 행위는 하지 않았다. 그저 우연히 가까이 있었을 뿐이다. 게다가 비류연과 나예린에게는 각각 다른 일행도 있었고.

그 기운은 하늘에서 떨어진 것처럼 갑자기 나타났다. 그 위치는 바로 홍매곡의 입구.

나예린은 놀라지 않을 수 없었다. 홍매곡의 입구를 지나 곡내로 들어오고 있는 한 사람의 기운이 그녀의 눈에 인식되었던 것이다. 저절로 시선이 옮겨지는 것은 어쩔 수 없는 일이었다.
"뭘까? 이 감각은?"
믿겨지지 않았다. 젊은 나이에 저 정도로 압도적인 존재감을 지닐 수 있다니…….
오싹!
갑자기 등골에 소름이 돋았다. 가녀린 그녀의 어깨가 파르르 떨렸다. 안색은 곧 쓰러질 사람처럼 창백하다.
피가 식는 듯한 오한과 함께 참을 수 없는 메스꺼움이 몰려왔다. 순간 망막 앞에 어둠이 들이닥쳤던 것이다. 혼돈이 소용돌이치는 암흑의 심연으로부터 기어나온 수천 마리의 사갈(蛇蝎)들이 자신의 정신을 어둡게 휘감는 것만 같았다.
가슴 깊은 곳을 자극하는 불길한 검은 그림자. 그것은 너무나도 깊디깊은 어두운 암흑 저편에 숨겨져 있어 그 정체를 파악하기란 불가능했다. 하지만 알지 못해도 몸이 떨려왔다. 무엇인가가, 의식 수준에서 인지할 수 없는 무엇인가가 계속해서 그녀에게 경고를 보내고 있었다.
스윽!
비류연의 눈이 순간 태양을 품은 듯한 황금색으로 물들었다. 그는 자신의 신경을 자극하는 기운을 내뿜으며 곡내로 진입한 한 존재의 길을 정면으로 가로막고 섰다. 그가 놀란 것은 나예린과는 다른 이유에서였다.
'이 느낌! 확실히 기억에 있다!'

갑자기 가슴의 상처가 불에 덴 듯 화끈해졌다.

'설마 그놈인가?'

괴상야릇한 은형술 덕분에 얼굴은 직접적으로 확인하지 못했지만 때로는 눈으로 본 것보다 마음으로 본 것이 더 정확하다. 하지만 이내 또 다른 의문이 꼬리를 문다.

'하지만 그놈이 이곳엔 왜?'

아무리 강호정세에 어두운 비류연이지만 상식까지 정신의 한구석에 암매장해놓은 것은 아니었다(다른 사람들이 믿거나 말거나). 적도 사람인데 미쳤다고 자신의 대갈통을 범의 아가리에 '나 잡수쇼!' 하고 집어넣겠는가! 만일 그놈이 맞는다면 여긴 그놈에게 있어서 적진의 한복판인 것이다.

'내 착각인가? 아니면 다른 사람?'

그는 이 가정을 이내 부정해버렸다. 아무리 같은 사문이라고 해도 이렇게까지 같은 기를 내뿜을 수는 없다.

'쳇, 은 소저가 기억만 멀쩡했어도…….'

그러나 그것은 부질없는 기대였다.

바라보고 있는 것만으로도 심장이 떨리게 하는 미녀의 검고 우미한 속눈썹이 산들바람에 흔들리듯 파르르 떨렸다. 동시에 그림같이 반듯한 눈썹이 움찔거린다. 그리고 마침내 수많은 비밀이 담긴 검은 호수가 서서히 그 모습을 드러냈다. 알 수 없는 이유 때문에 계속해서 정신을 잃고 있던 은설란이 마침내 눈을 뜬 것이다.

"정신이 들어요, 은 소저?"

"여…, 여기는?"

마침내 잠에서 깨어난 공주님이 어리둥절한 표정으로 주위를 둘러보며 말했다.

"은 소저, 여기는 화산규약지회가 열리는 천무봉 홍매곡입니다. 이곳은 거기 안에 위치한 의무실이고요. 정신이 들어서 다행입니다."

비류연의 차례를 가로챈 모용휘가 정중한 목소리로 대답했다. 애써 감추고는 있지만 처절할 만큼 고뇌했던 초췌한 흔적이 완전히 씻겨져나간 것은 아니었다.

"천무봉……?"

게다가 화산규약지회가 열리는 홍매곡이라니? 자신이 처한 상황의 인과가 쉽사리 납득이 가지 않았다. 귀신에 홀린 것인가? 아니면 아직도 몽중을 정처 없이 헤매고 있는 것인가? 갑자기 모든 것이 혼란스러워졌다. 분명 자신이 있던 곳은 화음현의…….

그러나 그녀의 생각은 계속 이어지지 못했다.

"어머, 모용 공자! 그 상처는?"

모용휘를 향해 시선을 돌린 은설란이 놀란 목소리로 물었다. 그의 몸 여기저기를 감싸고 있는 하얀 붕대들이 그녀의 눈을 사로잡았던 것이다.

"아, 별거 아닙니다. 수련을 과하게 하다가 입은 상처입니다. …미숙함의 증거지요."

모용휘가 대충 얼버무렸다. 하지만 마지막 말은 쓰라린 진심이었다.

"모용 공자께서 수련중에 상처를 입다니 희한한 일이군요."

지독하다는 소리를 때때로(?) 들을 정도로 매사에 철저한 그인지라 항상 자기관리에 확실했던 것이다. 그런 그가 수련중에 상처를 입다니……. 그녀가 알던 모용휘라면 있을 수 없는 일이었다.

자신을 업고 탈출하다 어둠 속의 괴인에게 당한 상처였지만 정신을 잃고 있던 그녀로서는 그 사실을 알 수 없었다.

모용휘는 모용휘대로 자신의 약함과 미숙함 때문에 그녀를 위험에 처하게 만들었다는 자괴감 때문에 정신적으로 더욱더 괴로워하며 자책하고 있었다. 그 상처의 고통에 비하면 살가죽에 입은 상처 따위는 조족지혈에 불과했다. 은설란은 그의 태도에서 심상치 않은 기운을 읽었지만 내색하지는 않기로 했다.

"정말로 기억나지 않아요? 납치당했던 것 말이에요."

아직도 어리둥절 우왕좌왕하는 그녀를 보고 비류연이 물었다. 원래대로라면 눈을 뜨자마자 그것부터 물었어야 정상이었던 것이다.

"아!"

그제야 그녀는 자신이 무슨 일을 당했었는지 기억해냈다.

"기억났어요?"

"네, 이제야 기억이 나는군요."

그녀는 마치 아주 오래전에 있었던 이야기라도 되는 양 대답했다. 하지만 정신을 집중하자 점점 더 어제의 일이 선명하게 뇌리 속에 떠오르기 시작했다.

"예를 표하지 않을 수 없군요. 큰 은혜를 입었습니다. 정말 감사합니다."

그녀가 고개를 숙여 진심으로 감사를 표시했다. 만일 이들이 위험을 무릅쓰고 모험을 하여 그녀를 구해주지 않았다면 지금쯤 어떻게 되었을까? 상상만으로도 모골이 송연해졌다. 자신의 안위를 돌보지도 않고 타 소속의 사람을 구하러 간다는 게 얼마나 힘든 일인지 그녀도 잘 알고 있었다.

"그런데 어제 풍매객잔에 간 이유가 뭐였죠?"

"네, 어디요?"

그녀가 어리둥절한 목소리로 물었다. 이제 막 정신을 차려 혼란스러워 그러겠거니 하며 비류연은 다시 한번 또박또박 말해주었다.

"풍·매·객·잔·이요!"

"아, 맞아요! 풍매객잔! 중원표국이 묵는다는 그곳 말이죠! 확실히 거기에 갔었어요."

"중원표국?"

갑자기 사람들을 밀치며 장홍이 끼어들었다. 돌발적으로 튀어나온 이름에 흥미를 느꼈던 모양이다.

"한노에게 들었어요. 그곳에 중원표국 사람들이 묵고 있다고."

"흐흠……."

장홍은 팔짱을 낀 채 생각에 잠겼다. 아직 아무런 연결고리가 없지만 그의 직감은 그 단서를 하찮게 여기고 싶지 않은 모양이었다. 천지쌍살이 나타난 것만으로도 이미 그들의 배후로 추정되는 천겁의 그림자가 바로 턱밑까지 그 세력을 잠식해 들어오고 있다는 이야기였기 때문에 그로서는 한 자도 흘려들을 수가 없었다.

"그곳에 간 이유는 뭐였죠?"

비류연의 질문에 그녀는 고개를 가로저었다.

"글쎄요……. 분명히 누군가를 보고 그의 뒤를 밟아…, 악!"

기억을 더듬던 그녀가 갑자기 머리를 감싸쥐며 비명을 터뜨렸다. 머리가 깨질 듯한 두통이 엄습했던 것이다.

"꺅! 언니!"

"은 소저!"

"왜 그래요?"

"무슨 일인가?"

여기저기서 걱정 섞인 염려가 터져나왔다. 특히나 모용휘는 심장이 덜컹거리는 충격을 맛보고 안색이 백지장처럼 새하얗게 변해 있었다.

"하악, 하악, 하악……."

한참을 숨을 고른 후에야 그녀는 간신히 찡그려졌던 미간을 펼 수 있었다. 그녀가 어리둥절한 표정으로 말했다.

"이상하네요."

"뭐가요?"

"기억이 나질 않아요. 그 뒤를 밟을 정도라면 분명 제가 아는 중요한 인물이었을 텐데 말이에요."

그 부분의 기억이 도둑이라도 맞은 것처럼 텅 비어 있었다. 그리고 그 텅 빈 부분을 되살리려고 노력할 때마다 머리가 깨질 듯한 두통이 그녀를 괴롭혔다. 어떤 장애물로 인해 그 부분으로 통하는 기억의 길목이 꽉 막혀 있는 듯한 기분이었다.

"누군가가 그녀의 기억에 수작을 걸었어!"

기묘하게 일렁이는 눈빛으로 그녀를 탐색하던 비류연이 말했다.

그는 무엇을 보고 있었던 걸까?

"설마……!"

염도와 모용휘가 서로를 마주보았다. 그러고는 동시에 외쳤다.

"심령금제(心靈禁制)!"

비류연이 고개를 끄덕였다.

"정답! 바로 그것이지."

"어, 어떤 놈이 그런 끔찍한 짓을……."

심령금제, 그것은 사람의 정신에 치명적인 부작용을 안겨줄 수도 있는 엄청나게 위험한 수법이다. 게다가 실패의 확률도 무지막지하게 높아 강호에서는 암묵적으로 금기시되고 있었다. 자칫 잘못하면 백치가 되거나 미쳐버릴 수도 있기 때문이다. 그런 위험천만하고 잔혹무도한 수법을 이런 가녀린 미녀에게 사용하다니……. 천참만륙(千斬萬戮)해야 마땅한 일이었다.

"그럴 만한 잡놈이 저쪽에 하나 있지요. 그 찢어 죽여도 시원치 않을 원수 놈이 개입한 게 틀림없습니다. 어제도 직접 만나보지 않았습니까! 이로써 그 잡놈들과 부딪친 것도 두 번째로군요."

뿌드득!

어금니를 으스러지도록 깨물며 증오에 가득 찬 목소리로 효룡이 말했다.

"천지쌍살!"

중인들이 이구동성으로 외쳤다. 확실히 쌍살 중 천살의 최고 비술인 초혼섭령대법(招魂攝靈大法)이 지닌 공능(功能)이라면 충분히 가능했다. 그것은 시술자에게 제대로 펼쳐졌을 경우 시술자의 정신을 시전자가 자유자재로 조정할 수 있는 희대의 사공(邪功)인 것이다.

"그놈이 형에 이어서… 은 소저까지……."

연인 남녀 모두가 한 사람에게 정신적 약탈을 당하다니 악연도 이런 악연이 없었다.

"어제 그놈을 만났을 때 오체분시했어야 하는 건데……. 시간만 충분했다면……."

효룡이 이를 빠드득 갈며 씹어뱉듯 말했다. 어제 그들을 눈앞에 두고도 생사결(生死結)하지 못한 이유는 불리한 세 때문도 있었지만, 일조점검 시간을 맞추기 위해 서둘러 움직인 탓도 컸던 것이다. 그는 아무래도 그들을 잘근잘근 씹어 먹지 못한 게 생각만 해도 분하고 원통한 모양이다.

"다음에 만나면 가장 참혹한 죽음을 선사해주겠어!"

모용휘가 증오에 찬 목소리로 맹세했다. 이 청년이 이 정도로 증오를 불태우는 일은 무척이나 드문 편이었다.

"그놈들에게는 먼저 선약이 있다는 것을 잊지 말게, 친구!"

효룡이 냉기가 풀풀 날리는 목소리로 말했다. 그는 지금 손 안에 든 한때 끊어졌던 녹색 머리띠를 바라보고 있었다. 비뢰쌍마에 의해 끊어졌던 것이 이진설의 정성에 의해 감쪽같이 수선되었다. 완벽한 솜씨라고는 할 수 없어도 한 땀 한 땀에 어린 그 정성만은 바느질에 문외한인 그라 해도 충분히 느낄 수 있었다.

효룡은 제정신이 든 지금에도 여전히 머리를 묶지 않고 산발한 채로 방치해두고 있었다. 왜냐하면 이러는 편이 그의 얼굴을 쉽게 숨길 수 있기 때문이다. 그에게는 절대 저쪽 편에 얼굴을 들켜서는 안 될 이유가 있었던 것이다. 뿐만 아니라 그 저주스런 원수들을 쓰러뜨리기 전에는 왠지 형의 유품인 이 녹색 머리띠를 해서는 안 될 듯한 기분도 들었다.

'천지쌍살! 저주를 받을지어다!'

그 둘에 대한 원한과 증오라면 이미 뼛속 깊이 새겨져 있었다. 하지만 증오에 눈이 먼 채 과한 욕심을 부려 우정에 금이 가는 짓은 하지 않았다.

"하지만… 자네의 몫도 남겨주겠네!"

"고맙네!"

친구의 깊은 배려에 모용휘는 솔직히 감사를 표시했다.

"이상하네……."

비류연이 고개를 갸우뚱거렸다. 그는 아까 전부터 무언가를 골똘히 생각하고 있었다.

"뭐가 이상하단 말인가?"

모용휘가 되물었다.

"입단속을 하려면 훨씬 손쉬운 다른 방법도 있었을 텐데 굳이 심령금제라는 난해하고도 복잡한 방법을 사용한 이유가 무엇인가 하는 거지."

여기서 훨씬 손쉬운 방법이라는 것은 하나밖에 없었다.

모용휘가 발끈해서 소리쳤다.

"자네는 그럼 은 소저가 살인멸구(殺人滅口)의 희생자가 되었어야 옳다는 이야기인가?"

저 얌전한(?) 친구가 저런 격한 반응을 보이다니! 중인들이 모두 놀라 그를 바라보았다. 그는 엊저녁부터 이성을 누군가에게 빌려줬는지 그답지 않게 매사에 지나치게 감정적으로 대처하고 있었다.
"흥분하기는! 물론 그런 생각 품은 적은 없어. 이런 미녀를 잃는다는 것은 대우주적 손실이지!"

무림강호만으로는 성이 안 차는 모양이다.
"미안하네! 내가 너무 흥분했던 것 같네!"

흥분을 가라앉힌 모용휘가 사과했다. 사실 따지고 보면 비류연은 그와 그녀의 생명의 은인인 것이다. 자신이 조금 전 취한 행동이 지나쳤다는 데는 그도 이의가 없었다.

"가설은 두 가지. 그녀를 죽여서는 안 될 이유가 있든가 아니면 반했든가!"

"뭐라고?"

반하다니? 웬 아닌 밤중에 홍두깨 같은 말이란 말인가.
"저 정도 미녀라면 누가 반해도 이상하지 않지. 역시 저런 미녀를 죽인다는 것은 대우주의 막대한 손실이니깐 말일세. 대우주의 의지를 거스르는 짓이라 할 수 있지."

그다운 주장이었다.
"어쨌든 한 가지 확실한 건 있어."

"그게 뭐죠?"

"그녀가 알려져서는 안 될, 그러니까 저쪽에서는 절대로 알려주고 싶지 않은 뭔가를 보거나 알아냈다는 것이지. 그리고 그자는 은 소저가 아는 사람일 가능성이 높아. 누군가로 추측되는 사람—지금은 물론 기억이 금제되어 기억하진 못하지만—을 쫓아갔다가 봉변을 당했다고 했으니까. 아마 그 사람은 그녀의 호기심을 자아낼 정도로 유명하지만 그렇게 친한 사람은 아닐 거야. 서로 알지만 거리를 두는 인물임에 틀림없어!"

비류연의 말에는 조금의 흔들림도 없었다.

"그렇게 장담하는 근거는 뭔가, 류연?"

장홍이 반문하자 비류연이 망설임 없이 대답해주었다.

"그녀가 그를 본 즉시 따라 들어가지 않고 남의 이목이 없는 야음(夜陰)을 틈타 그가 있는 곳으로 몰래 접근했으니깐! 친분이 두터운 사람이었다면 보통 그런 일은 하지 않을걸? 상당한 직위에 있는 사람이 틀림없었을 거야. 이렇게 무림인들이 복작대는 그 거리에 있는 게 이상할 정도로!"

비류연의 이번 추론은 그가 내놓은 것치고 지나치게 타당한 것이라 중인들은 놀랄 수밖에 없었다. 저 막무가내의 화신에게도 생각할 수 있는 머리가 있다는 것은 경이를 넘어 우주의 신비라 할 만하다고 주작단원들은 한결같이 생각했다.

"그렇다면 앞으로도 조심해야 되겠군!"

잠시 생각에 잠겨 있던 장홍이 입을 열었다.

"뭘?"

"만일 적이 우리가 짐작하는 '그들'이라면 이 정도로 포기하지는 않을 것이 틀림없기 때문이지!"

여기 모인 모든 이들은 장홍이 말한 '그들'이 누구인지 굳이 직접적인 단어를 언급하지 않더라도 내심 짐작하고 있었다. 다만 그 이름의 불길함 때문에 입 밖으로 내지 않고 있을 뿐이었다. 그들이라면 충분히 그럴 만큼 집요했다. 그들은 지난 백 년 동안 암중으로 무림을 괴롭혀온 어둠의 권속들이었다.

'천겁의 그림자를 조심해라!'

효룡의 머릿속에 형이 남긴 마지막 말이 생생하게 떠올랐다. 불길함이라는 뱀이 목덜미에 똬리를 튼 채 검붉은 혀를 날름거리고 있는 것만 같았다.

"비록 이곳이 화산규약지회가 열리는 무림의 비처인 천무봉 안이기는 하나 방심은 금물이라는 게 내 생각일세."

"음……."

장홍이 자신의 의견을 신중하게 피력하자 모두들 긍정의 의미로 고개를 끄덕였다.

'이번에는 반드시 지켜내겠어!'

두 번의 실수는 없다. 난 더욱더 강해진다. 어제와 같은 치욕은 두 번 다시 사양이다. 모용휘는 남몰래 마음속으로 맹서(盟誓)했다.

"자, 너무 오래 떠들었다. 아직 그녀는 환자다. 금제가 걸린 상태에서 억지로 기억시키려 해봤자 부작용만 심해질 뿐이다. 피곤할 테니 오늘은 그만 쉬게 해주어라."

염도가 오랜만에 노사다운 모습을 보여주었다. 그제야 중인들은 자신들이 피곤한 사람을 붙잡고 오랜 시간을 끌었다는 것을 상기해 냈다.

"가자!"

염도가 앞장서서 문 밖으로 걸어나가자 다른 사람들도 주섬주섬 자리에서 일어났다. 문을 나서려는 그를 향해 은설란이 고개를 숙이며 인사했다.
"구해주서서 감사합니다, 노사님!"
염도는 오른손을 훌쩍 들어 보이며 뒤도 돌아보지 않고 말했다.
"별거 아니네. 게다가 난 들러리였을 뿐이고! 대신 자네를 위해 애쓴 저기 있는 젊은 친구에게 입맞춤이라도 해주라고! 특히나 자네를 지키려다 온몸에 붕대를 칭칭 두른 멍청이에게 말이야. 아마 목 빠지게 기대하고 있을 걸세, 하하하하!"
"노사님!"
노사의 짓궂은 농담에 얼굴이 잘 익은 홍시처럼 새빨개진 모용휘가 버럭 소리를 질렀지만 염도는 이미 문을 나선 이후였다.
"모용 공자!"
은설란이 눈을 크게 뜨고 다시 한번 모용휘를 바라보았다. 여기저기 감긴 새하얀 붕대 위로 점점이 배어나와 있는 붉은 핏자국이 선명하게 눈에 들어왔다. 그렇다면 저 상처가…….
갑자기 가슴속 깊은 곳에서 뜨거운 것이 왈칵하고 솟아올랐다.
"저……."
은설란이 무어라 말을 이으려 했지만 그녀의 의도는 실패했다.
"저, 저는 그럼 이만!"
모용휘는 가타부타 대답이 없이 후다닥 도망치듯 자리를 피했기 때문이다. 자리를 피할 때 그가 선보인 경공은 정말 독보적인 것이었다. 아무래도 그는 더 이상은 이곳에 있을 용기가 없었던 모양이었다.
"모용 공자!"
뒤늦게 그녀가 소리 높여 그를 불러봤지만 들릴 턱이 없었다.

"쯧쯧쯧! 강호의 이름 높은 후기지수이자 검성의 후계자인 그도 미녀 앞에서는 맥을 추지 못하는 모양이로군. 칠절신검이란 별호가 아깝네, 아까워!"

이제는 텅 비어버린 빈 자리를 바라보며 장홍이 한심스럽다는 듯 혀를 찼다.

"아마 칠절(七絶)에 여자〔女〕는 포함되어 있지 않나보지!"

"거참 쓸모없는 칠절이로구만!"

자신의 존재를 강력하게 피력할 수 있는 기회를 저리도 손쉽게 차버리다니……. 아직도 수련이 한참이나 부족한 게 분명했다.

"쟤가 그렇지 뭐! 괜히 '모용 순진남' 이겠어!"

장홍과 함께 한참이나 모용휘를 가지고 놀던 비류연이 마지막 선고를 내렸다. 바른생활 청년 모용휘에게 별명이 하나 더 붙는 순간이었다.

두 번째 충돌

태풍의 눈처럼 거대한 기파의 폭풍우를 몰고 오던 사내가 곡 입구에서 멈춰 섰다. 이쪽을 눈치 챘음인가? 이윽고 그 사내, 대공자 비의 시선이 비류연을 향했다. 십장을 격한 거리였지만 비류연은 충분히 그 시선을 느낄 수 있었다.

'호오, 눈치 챘다 이건가? 내가 보고 있다는 사실을?'
비류연의 눈에 더욱 강렬한 기광이 어렸다. 역시 상대는 자신의 시선을 의식할 수 있을 만큼 상당한 고수였다. 게다가 누군가의 시선을 느끼자마자 피어오르는 저 농후한 살기.
'누군가에게 파악되고 싶지 않다는 건가?'
범상치 않은 자임에 분명했다. 게다가 즉각적으로 피어오르는 저 농밀한 살기로 미루어보아 마음은 얼음처럼 차가우리라.
"뭐, 좋아! 그 정도는 돼야 재미있지!"
상대편의 위압적인 기파는 충분히 느낄 수 있었다. 상당히 오만한 기. 남들 위에 군림하는 자의 기였다. 기파의 역량으로 미루어보아 아마 그에 걸맞는 실력 또한 겸비하고 있을 터였다. 그런 자들은 자신의 영역이 타인에게 침범당하는 것을 결코 반기지 않는다. 그리고 어떤 이는 그런 건방진 존재를 반드시 말살하려고 든다. 지금 바로 눈앞에 있는 사내처럼······.

'해보겠다는 건가?'

비류연의 입가에 그림 같은 미소가 맺혔다.

대공자는 기분이 무척 나빠졌다. 누군가의 시선이 자신을 침범한 탓이다. 그는 먹이를 노리는 사냥꾼의 시선을 가졌으면 가졌지 그 반대의 경우를 당한 적은 없었다. 그것은 그의 자존심이 용납하지 못하는 일이었다.

'누구냐?'

기분 나쁜 시선의 출처는 금세 밝혀졌다. 그곳에는 긴 앞머리로 눈을 가린 채 손목과 팔목에 기이한 장신구를 찬 청년이 서 있었다. 비류연을 바라본 대공자는 세 가지 사실에 놀라고 말았다.

첫 번째는 상대의 기운이 낯설지 않다는 것이었다.

'왜?'

저런 볼품없는 자를 예전에 만났을 리가 없었다. 어두운 밤 비류연이 그의 얼굴을 확인하지 못했던 것처럼 그도 비류연의 얼굴을 확인하지 못한 터라 정체를 한눈에 파악하기란 불가능했다.

두 번째는 상대의 품 안에 깊숙이 갈무리되어 있는 알 수 없는 존재감 때문이었다.

그도 그럴 것이 겉으로 보기에는 아무런 위력적인 기운도 느껴지지 않았다. 좀더 시야를 확장시키지 않았다면 그 자신도 모르고 지나쳤을지 모른다. 하지만 자신의 신경을 자극하는 무언가가 있는 것만은 확실했다. 그러나 정말 용한 재주 없이는 그걸 말로 꺼내 설명하기가 불가능했다.

그리고 마지막 세 번째는 그가 자신의 길을 보란 듯이 가로막았다는 사실에서였다.

그는 놀람과 분노를 뛰어넘어 어처구니가 없었다. 그도 그럴 것이 그 앞에서 이런 무례하고 오만불손하며 막돼먹기까지 한 짓거리를 한 자는 이제껏 아무도 없었던 것이다. 물론 그 자신 또한 그런 행위를 용납할 의사는 전혀 없었다. 자신의 길을 가로막는 자에게는 죽음조차도 너무나 은혜로운 선물인 것이다.

그런 어리석은 자들에 대한 징계는 하나뿐이었다.

이 세계로부터의 소거(消去).

그들에게 선택권 따위는 존재하지 않았다. 하지만 아직 할 일이 남았으니 죽음만은 면하게 해주기로 했다. 그래도 영원히 지워지지 않는 낙인을 찍어 자신의 우행을 반성하는 교훈 정도는 남겨둬야 할 것 같았다.

'어리석은 자여, 낙인을 지고 살면서 자신의 어리석음을 영원히 속죄하라!'

순간 그의 몸에서 대기를 진동시킬 정도로 엄청난 살기의 파도가 뿜어져나왔다. 이제 한 발짝만 더 내디디면 그 살기는 유형의 기운이 되어 상대를 유린하기 위해 돌진할 것이다. 그것은 그 자신에게 있어서는 평범한 한 발자국이겠지만 상대에게 있어서는 영원히 잊을 수 없는 크나큰 한 걸음이 될 터였다. 확실히 그럴 예정이었는데…….

그러나 대공자는 그 한 발자국을 내딛지 않았다. 아니, 내딛을 수 없었던 것이다.

그 한 발자국을 내딛는다는 것은 스스로 상대의 간격 안으로 걸어 들어가는 것과 마찬가지 행동이다. 처음에는 무척이나 왜소해 보였던 간격이라 깔보는 마음이 없잖아 있었는데, 그 간격이 순식간에 확장되면서 그의 면전을 압박해 들어왔던 것이다.

상대의 간격 안에 자신을 둔다는 것은 곧 자신의 목을 상대에게 내준다는 것과 동일한 의미였다. 물론 비 정도의 실력자라면 그 간격을 무시하고 들어가서 상대의 생명을 취할 수도 있었다. 하지만 그는 그러지 않았다. 두 번째 이유가 그의 발걸음을 가로막았기 때문이다. 그러나 이 한 발자국을 내딛지 않으면 그도 상대를 자신의 간격 안에 넣을 수 없다.

"간합(間合)은 정확하게 읽었다 이건가?"

과연 어디까지 제대로 읽었을까? 비류연은 한번 시험해보기로 했다.

대공자 비는 분노를 넘어 황당해졌다.

상대의 도발이 너무나도 노골적이었던 것이다. 상대에게서 뿜어져 나오는 기세는 너무도 명확하게 자신의 간격을 드러내 보이고 있었다. 마치 용기가 있으면 들어와 보라고 시위라도 하는 것 같았다.

도발은 단순했지만 그렇기 때문에 더욱 효과적이었다. 그것은 상대에게 두 가지 선택권밖에 주지 않기 때문이다.

앞으로 걸어가든가, 뒤로 물러나든가!

물론 뒤로 물러나거나 이리저리 망설이다 엉거주춤 멈춰 서 있게 되면 그의 패배였다. 실질적인 것은 아니더라도 심리적인 패배감을 안겨줄 수 있다. 어느 쪽이든 비류연으로서는 이득이었지만 비에게는 그렇지가 않았다.
대공자 비에게 패배란 허락되지 않는 것이었다. 그리고 용서받지 못할 죄악이었다. 이제 그에게 남겨진 길은 하나밖에 없었다. 그것은 자신의 승리를 증명하는 것이었다. 그것이 그의 의무였다.
"이 도전! 받아주마!"
비가 거침없이 한 발자국을 내딛었다. 그곳은 정확하게 상대가 펼쳐 보인 간격의 경계가 되는 부분이었다.

"뭐, 뭐야!"
주변 시찰이라는 명목 하에 아침부터 비류연에 의해 끌려나온 남궁상은 순간 대경실색하며 몸 안의 호신지기(護身之氣)를 극성으로 끌어올렸다.
미증유의 압력이 폭풍우처럼 그의 몸을 휩쓸었던 것이다. 무시무시한 압력이 그의 어깨를 짓누르며 그의 심장과 폐부를 압박하고 있었다. 숨막히는 살기……. 조금이라도 방심하면 이 살기의 회오리바람 속에 갈가리 찢겨나갈 듯한 공포가 그를 엄습했다.
'도대체 누가?'
어느 무식한 인간들이 이런 장소에서 이렇게 흉험한 기운을 내뿜는단 말인가? 생사를 가르는 사생결단의 순간에도 쉽게 찾아볼 수 없는 흉맹한 기운들의 격돌이었다.
"여, 역시!"
 원인은 금방 파악할 수 있었다. 혹시나 했는데 역시나! 그 축의 한 편에는 자신의 대사형이, 그리고 다른 한 축에는 처음 보는 남자가 서 있었다.
"저 남자는 누구지?"
 비류연은 그렇다 치고(이미 그러려니, 혹은 그러면 그렇지 하고 마음속 깊은 곳으로부터 자포자기하고 있는 심정이었다), 저 눈앞에 나타난 낯선 사내는 달랐다. 저 무식과 흉폭의 대명사인 대사형과 저토록 미련하게 정면으로 맞서다니······. 범상한 사내가 아니었.
 얼음조각 같은 수려한 용모, 무심히 빛나는 암울한 두 눈동자. 게다가 무정한 두 눈동자는 빛을 삼키며 어둠을 내뿜고 있는 것 같았다. 전신에 넘치는 비범한 기개, 위엄 넘치는 왕후(王侯)의 풍모. 남궁상은 놀라지 않을 수 없었다. 그리고 자신이 성취가 너무 부끄러워졌다. 나이는 자신과 그다지 많은 차이가 나지 않는 것 같은데 일신에서 일파의 장문인도 능가하는 기파가 뿜어져나오고 있었던 것이다. 반면 자신은 어떤가?
'겨우 이 정도 실력밖에 안 되면서 천무구룡의 일인이라고 우쭐대고 있었으니······. 궁상아! 궁상아!'
 자신이 참으로 한심스럽고 어리석게 느껴졌다. 하지만 이로 인해 다시 한번 자신을 되돌아보는 자아성찰의 계기를 얻게 된 남궁상이었다.

사르르륵!

공기가 대지를 미끄러지듯 움직이기 시작했다. 그 궤적을 확인이라도 시켜주듯 가볍게 먼지가 일었다. 대지를 쓸 듯 미끄러지는 공기는 두 접점을 향해 거대한 나선을 그리며 움직이고 있었다. 그러나 그것은 시작에 불과했다. 점점 더 많은 먼지들이 이곳저곳에서 일어나기 시작했다. 처음에는 무척 천천히 미끄러지듯 움직이던 공기의 속도가 점점 더 빨라지더니 마침내 바람이 되어 대지를 질주했다. 무수한 나선의 궤적이 춤을 추는 것처럼 켜켜이 얽히기 시작했다.

"바, 바람이 요동치고 있어!"

두 사람에게 인력이라도 발생한 것처럼 공기가 나선의 궤적을 그리며 빨려들어갔다가 다시 나선을 그리며 돌아나왔다. 돌아나온 나선의 바람은 날카롭기 그지없었다.

팟!

남궁상은 깜짝 놀라 자신의 앞섶을 내려다보았다. 질주하는 바람에 스친 옷의 가슴 앞섶 부위가 칼날에라도 베인 것처럼 예리하게 잘려나갔던 것이다.

'말도 안 돼! 바람에 검기를 실어서 날려 보낸다는 게 가능하단 말인가?'

믿을 수 없는 일이었다.

팟! 슉! 슉! 팟! 팟!

마치 현란한 검투라도 벌이는 듯 바람과 바람의 나선이 허공에서 부딪쳤다. 그것은 곧 치열한 접전으로 변했다.

"공기가……."

놀란 것은 비단 남궁상뿐만이 아니었다. 그를 따라 나왔던 진령도 놀라기는 마찬가지였다. 이것이 어찌 된 조화일까?

"공기가 칼날 같아!"

그녀의 말은 짧지만 정확한 표현이었다.

나선을 그리며 질주하는 바람이 마치 칼날처럼 주변을 베어가고 있었다. 강력한 두 힘이 한 접점에서 부딪치면서 발생한 거대한 압력이 공기를 압축, 왜곡시키며 주위에 영향을 주고 있는 것이다.

남궁상은 얼른 호신지기를 끌어올리며 자신과 진령의 앞을 보호했다. 공기 중에 얇은 막 하나가 생겨나며 풍인으로부터 그 둘을 보호했다. 진령 역시 호신지기를 끌어올려 남궁상의 방어를 돕자 막이 더욱 단단해졌다.

비류연과 대공자, 두 사람은 서로를 지켜본 채 더 이상 접근하지 않았다. 둘은 서로 약속이라도 한 듯 제자리에 붙박여 선 채 서로를 노려보고만 있었다. 지금 남궁상이 느끼고 있는 이 전율스럽고 무시무시하기 짝이 없는 압력은 딱 그 중간 지점에서부터 발생하는 것이었다.

'괴물이 두 마리인가?'

한 마리만으로도 벅찬데 두 마리라니……. 하늘을 원망하고 싶은 마음이었다.

'이 피부를 에는 듯한 무시무시한 살기는 도대체 뭐란 말인가?'

인간이 내뿜을 만한 살기가 아니었다. 남궁상은 숨을 죽인 채 두 사람의 대치를 바라보았다.

그의 수준을 훨씬 뛰어넘는 공방이 지금 두 사람 사이에서 벌어지고 있다는 사실을 그는 꿈에도 몰랐다. 만일 알았다면 그는 더욱더 절망하고 말았으리라.

쾅!

번천지복할 충돌음이 곡내를 진동시켰다.

자갈과 먼지들이 무수히 주변을 때린다. 돌의 우박이나 다름없다. 저기에 얻어맞았다가는 온몸이 걸레짝 되기 십상이다. 휘말리면 자신만 손해인 것이다. 난폭하게 요동치는 바람이 주변을 마구잡이로 휩쓸고 들어갔다.

돌풍이 휘몰아쳤다.

"크윽!"

남궁상과 진령은 호신지기를 유지하는 데 전력을 기울여야 했다.

후두둑 공중으로 밀려올라갔던 작은 돌멩이들이 비가 되어 떨어졌다. 화려하게 피어오른 황토빛 먼지구름이 잠잠해지기까지는 상당한 시간이 소요되었다.

그리고 마침내 먼지구름이 살포시 내려앉자 남궁상은 확인할 수 있었다. 그 두 사람이 미동도 하지 않은 채 그 자리에 묵묵히 서 있는 것을.

그들은 단 한 발자국도 움직이지 않고 있었다. 게다가 이 거센 돌풍의 중심에 서 있으면서도 그들은 어떤 영향도 받지 않은 것 같았다. 여전히 두 사람의 머리와 옷은 처음 상태 그대로의 단정함을 유지하고 있었다.

실제로 처음부터 목격하지 않았다면 그런 격돌이 있었다는 사실조차 믿지 못했을 것이다.

마천칠걸(摩天七傑)

이때 저 멀리 떨어진 곳에서도 두 사람의 대치를 바라보는 한 쌍의 눈이 있었다. 그 눈은 대공자가 곡 입구에 들어섰을 때부터 그 자리에 못 박혀 있었다.

사내의 부리부리한 두 눈은 먹이를 노리는 매처럼 날카롭고 매서웠다. 이 눈동자의 주인이 서 있는 곳은 두 사람이 격돌한 돌풍의 진원지로부터 삼십여 장이나 떨어진 곳에 위치한, 십여 장은 족히 될 듯한 삼나무 위였다. 매화나무가 무성한 홍매곡에서 몇 그루 안 되는 삼나무였다.

그는 뾰족하게 솟은 이 아름드리나무의 가장 꼭대기에서 허리를 곧게 펴고 팔짱을 낀 채 아래를 내려다보고 있었다. 높이가 높이인 만큼 옷자락이 펄럭거릴 정도로 심상치 않은 바람이 불어오고 있는데도 바늘 끝 같은 곳에 선 그의 신형은 탄탄한 대지 위에라도 디디고 선 것처럼 안정감이 넘쳤다. 사내는 위에 소매가 없고 몸에 착 달라붙는 검은 가죽옷을 입고 있었는데 그의 단단히 단련된 강철 같은 신체로부터 칼날같이 삼엄한 살기가 뿜어져나왔다. 그리고 그의 등 뒤에는 칠흑처럼 검고 무척이나 특이하게 생긴 거대한 기형병기가 걸려 있었다.

"주군께서 오셨다."

그의 화강암처럼 굳게 다문 입이 열리자 무뚝뚝한 목소리가 흘러나왔다.

"주군의 길을 막는 자는 죽는다."

감정의 편린이라고는 찾아볼 수 없는 목소리. 마치 생명이 없는 자가 말하는 듯한 목소리였다.

"처벌감이군. 교훈이라도 내려줄까?"

다른 목소리가 바로 밑의 나뭇가지에서 들려왔다. 그는 탄탄하게 생긴 채찍 끝에 달린 검날을 이리저리 장난스럽게 가지고 놀고 있었다. 두 사람의 격돌을 지켜본 사람은 한 명이 아니었던 것이다. 이 무뚝뚝한 남자 말고도 여섯 개의 그림자가 더 있었다.

"주군의 허락 없이 괜찮을까?"

나머지 여섯 중 하나가 물었다. 그래도 다른 사람보다는 신중한 모양이었다.

"재주가 있으면 살아남을 수 있겠지. 아니면 죽음뿐이지."

한 사람의 생명을 이들은 아무렇지도 않게 말하고 있었다. 생사를 주관하는 권리가 모두 자신들의 손에 있다는 듯한 태도였다.

"젊은 나이에 아깝네!"

이런 삭막한 일행들에게는 어울리지 않는 간드러진 목소리가 울렸다. 여자도 끼어 있는 모양이었다.

"괜찮겠습니까?"

팔짱을 낀 채 착 달라붙는 흑의무복을 입은 사내가 고개를 끄덕였다. 아무래도 그의 위치가 이들 일곱 중에서 제일 높은 모양이었다.

"주군의 앞을 가로막은 자다. 주군의 앞을 가로막는 자를 처단하는 것이 우리의 사명. 주군께서도 허락하실 거다."

그의 충성심은 절대라고 봐도 좋았다. 암묵적인 동의가 돌아왔다.

사내가 등뒤에서 거대한 '그것'을 꺼내들어 손에 쥐었다. 거대한 묵검날을 중동에서부터 구부려놓은 듯한 모양이었는데, 좌우대칭으로 가운데서부터 좌우로 뻗어갈수록 점점 더 날이 가늘어졌다. 사람 인(人)자를 조금 더 넓게 벌려놓은 듯한 독특한 무기였다. 앞뒤 모두 칼날이 세워져 있었는데 사내가 잡은 그곳만은 날이 달려 있지 않았다. 투척 무기로, 던졌다가도 다시 제자리로 돌아오는 묘용이 있는 회선인(回旋刃 : 부메랑과 비슷한 무기)의 일종이었다. 사내는 이것을 흑응익(黑鷹翼)이라고 불렀다.

"하압!"

사내가 몸 안의 진기를 잔뜩 끌어올렸다.

우드득, 사내의 솥뚜껑만한 거친 손이 으스러질 정도로 강하게 검은 날개를 움켜쥔다. 손등에 검붉은 핏줄이 툭툭 튀어나온다. 뼈가 어그러질 듯하다.

투둑, 거대한 기형병기를 든 사내의 어깨 근육이 잔뜩 부풀어올랐다. 어깨부터 팔뚝으로 이어지는 모든 부분에서 핏줄이 고무줄처럼 불끈불끈 치솟아오른다.

"오랜만에 볼 수 있겠군! 일걸의 절기인 '흑풍난무(黑風亂舞)'!"

창을 든 옆의 동료가 그 모습을 지켜보며 말했다.
"핫!"
짧고 우렁찬 기합과 함께 '흑응익'이 거칠게 회전하며 날아올랐다.
콰콰콰콰콰!
쾌속하고 파괴적인 기동을 시작한 그 검은 그림자 뒤로 거친 파공음이 뒤따랐다. 전쟁터를 누비는 전차의 바퀴보다 더 격렬한 회전으로 바람을 휘감으며 그것은 날았다.
이것이 신호이기라도 한 듯 동시에 일곱 개의 그림자가 삼나무 꼭대기에서 감쪽같이 사라졌다.

쒜에에에엑!
대기를 거칠게 휘감으며 그것은 날아왔다.
잔상을 남기며 매미 날개소리 같은 카랑카랑한 소리를 내며 그것은 대기를 유린했다.
"뭐지?"
가장 먼저 그 날카로운 살의에 대해 민감하게 반응한 사람은 나예린이었다. 그 살의는 맹렬한 속도로 한 곳을 향해 날아오고 있었다. 바로 그곳에 약속이라도 한 듯 정확하게 서 있는 비류연은 대공자에게 온 신경을 집중시키고 있는 터라 그것에 대해서는 신경 쓸 겨를이 없는 듯했다.
"위험해요!"
그러나 날아온 '그것'이 그녀의 말보다 더 빨랐다.
쒜에에엑!

거대한 검은 바퀴는 맹렬한 속도로 회전하며 인정사정없이 비류연의 몸을 대지와 함께 좌우로 양분했다.

콰과과콱!

그 무시무시한 위력에 대지가 파이며 자갈이 날리고 큰 상처 같은 고랑이 파였다.

"꺄아아악!"

나예린과 함께 멀리서 지켜보던 이진설의 입에서 비명이 터져나왔다. 그녀의 눈에는 비류연이 두 쪽으로 찢겨나간 것처럼 보였던 것이다.

"괜찮다!"

오히려 나예린은 그녀보다 훨씬 냉정한 편이었다. 두 쪽으로 갈라졌던 비류연의 신형이 공기 중에서 안개처럼 흐트러졌다. 당연히 튀었어야 할 피도 보이지 않았다.

"잔상(殘像)?"

그제야 이진설은 자초지종을 알 수 있었다. 그녀의 지금 실력으로는 눈부시게 빠른 비류연의 이동을 따라잡기에 모자란 감이 있었다.

허깨비처럼 사라졌던 비류연은 애초에 자신이 서 있던 곳에서 삼장 정도 떨어진 곳에 그 모습을 드러냈다.

콰콰콰콰!

비류연을 양단했던(비록 허상이긴 했지만) 그 검은 바퀴는 힘이 남아도는지 몇 개의 암석과 잡목들을 인정사정없이 두 동강 내고 나서야 맹렬했던 회전력이 조금 감소하는 듯했다.

이진설은 파괴의 난봉꾼이라고 불러 마땅할 그것의 무시무시한 위력에 가슴이 서늘해지고 말았다.

그것은 그녀로서는 처음 보는 무기며 수법이었다. 어떤 무기가 저런 무시무시한 위력을 발휘할 수 있단 말인가? 두려움과 함께 호기심이 일지 않을 수 없었다.

"어떤 무기가 저렇……."

그러나 나예린을 향한 그녀의 질문은 계속해서 이어지지 못했다.

한껏 위력이 감소된 검은 날개는 발톱을 세운 매처럼 허공을 맴돌더니 대공자 쪽으로 그 발톱을 돌렸다. 힘은 현저히 감소되었지만 여전히 위력적인 상태였다.

그때 누군가가 빠른 속도로 그녀들의 옆을 스치고 지나갔다. 쏘아진 화살처럼 무척이나 쾌속한 경공이었다. 그자는 대공자의 오장 앞에서 도약하여 허공에서 신속하게 몸을 뒤집더니 마치 그를 지키기라도 하듯 앞을 가로막았다.

휘리리리릭!

검은 매가 빨려들어가듯 그자의 손에 잡혔다.

탁!

아무리 위력이 감소했다 해도 그 여력이 완전히 해소된 게 아닐 텐데도 그는 그것을 아무렇지도 않게 받아내고는 그 자리에서 미동도 하지 않았다.

마치 철벽과도 같이 굳건한 태도였다.

"누굴까요?"

그러나 그녀는 그 대답을 들을 짬을 얻지 못했다.

쉬에에에엑!

다시 한번 대기가 꿰뚫리는 바람 소리가 곡내에 울려퍼졌다. 그것은 조금 전에 울려퍼졌던 거칠고 파괴적인 소리와는 다르게 날카롭고 예리하고 가늘었다.

"이, 이번엔 또 뭐, 뭐야!"

이진설은 마치 그 소리가 자신을 향한 것이라도 되는 양 기겁했다. 하지만 그녀는 그럴 걱정을 할 필요가 전혀 없었다. 이 파공음의 목표는 애초부터 정해져 있었던 것이다.

슈와!

퍽!

창이 비류연의 심장을 정확히 꿰뚫으며 땅에 박혔다. 창이 만들어 낸 와선의 소용돌이가 비류연의 신형을 휘감으며 허공에 흐트러뜨렸다.

"꺄악!"

이진설이 또다시 비명을 터뜨렸다. 아직 적응이 안 되는 모양이었다. 확실히 그녀의 시야로는 현 상황을 냉정하게 판단하기에 무리가 있었다.

또다시 소용돌이 속에 휘말린 비류연의 신형이 안개처럼 공기중에 흩어졌다. 이번에도 역시 잔상이었다.

스읔!

비류연이 일장 정도 떨어진 아래쪽에 그 모습을 다시 드러냈다.

슈와!

다시 그의 신형이 나타난 지점에 또다시 정밀한 공격이 가해졌다.

스륵! 퍽!

그러나 이번에도 비류연의 움직임이 반 박자 빨랐다. 조금 더 아래쪽에 그 신형이 나타났다.

쉐엑!

어김없이 그 자리에도 위력적인 속도의 창이 투척되었다.

스륵! 퍽! 스륵! 퍽! 스륵! 퍽!

이진설은 숨을 죽인 채 가슴을 졸이며 이 숨막히는 공방을 바라보았다. 마치 생명을 걸고 숨바꼭질이라도 하는 것 같았다. 창이 하나하나 날아오며 파공음이 들릴 때면 마치 자신의 심장이 관통당하는 듯한 두려움이 밀려들었다. 목이 타는 듯한 갈증이 밀려왔다. 하지만 그럼에도 그녀의 호기심이 두려움을 이겨낸 모양인지 그 자리를 벗어나지 않았다. 힐끔 시선을 돌려 자신이 그 소매를 꽉 붙잡고 있는 나예린을 바라보았지만, 얼핏 본 그녀의 눈은 심연처럼 차분하게 가라앉아 있어 무슨 생각을 하고 있는지 짐작조차 할 수 없었다.

비류연이 바람처럼 신속하게 움직였음에도 불구하고 창은 정확히 그가 나타난 곳에 있던 그의 심장을 꿰뚫었다. 하지만 비류연의 움직임이 반 박자 빨랐던 탓에 모두 허상만을 꿰뚫은 채 땅에 박혔다.

비록 빗맞히기는 했지만 놀랍도록 예리한 안력이었다. 미꾸라지보다 더 미끄럽고 날다람쥐보다 더 날래다는 비류연의 몸놀림을 이 정도까지 쫓아올 수 있는 이는 많지 않았다.

술래잡기는 처음 이후로 다섯 번이나 더 반복되었다. 그리고 이제 끝인가 하고 생각했을 때 다시 그것이 날아왔다.

쉐에에에에엑!

"조심!"

가슴을 졸이며 바라보던 이진설과 다르게 묵묵히 그 광경을 바라보던 나예린의 입이 처음으로 열렸다. 이번 것이 일으키는 소리는 이전의 여섯 번과는 비교도 안 되는 것이었다. 이번에 비하면 앞의 여섯 번은 장난이나 다름없었다.

쾅!

뇌탄이라도 터진 듯한 요란한 폭발음이 들렸다. 그 여파로 창을 중심으로 거센 돌풍이 파문처럼 주위를 휩쓸었다. 충격파 때문이었다. 나예린과 이진설의 옷자락이 그 바람에 심하게 흔들렸다.

이진설은 그 거친 바람에 본능적으로 눈을 감고 말았다. 하지만 나예린은 어떤 흔들림도 없이 시선을 비류연에게 고정해두고 있었다.

"어, 어디 갔지?"

잠시 뒤 눈을 뜬 이진설이 주위를 두리번거렸다. 비류연의 흔적은 어디에도 보이지 않았다. 눈을 동그랗게 부릅뜨고 있을 때도 그 움직임을 쫓지 못했는데 눈을 감고서야 어떻게 그 자취를 찾을 수 있겠는가. 하지만 이번 일격은 그 안에 휘말려 가루가 됐다 해도 쉽게 믿을 수 있을 만큼 위력적인 공격이었다. 그래서 그녀는 더더욱 주위를 둘러보며 비류연을 찾으려 애썼다.

그때 대공자 앞에 또 한 사내가 내려섰다. 이목구비가 반듯하고 훤칠하게 생긴 청의 사내였는데 아무래도 창을 던진 장본인인 것 같아 결코 호감이 가지는 않았다.

마지막 창이 꽂힌 자리에는 직경이 일장은 족히 될 듯한 커다란 구덩이가 파여 있었다. 그 위에 흙만 덮으면 훌륭한 무덤이 될 것 같은 그 모양이 소녀의 불안감을 부채질했다.

"서, 설마!"

이진설이 조심스럽게 시선을 돌려 나예린을 올려다보았다. 밤하늘 같은 눈동자는 여전히 그 자리에 고정되어 있는 채였다. 그녀의 석류처럼 붉은 입술은 굳게 다물어져 있었다. 그녀가 한마디도 하지 않은 채 묵묵히 서 있는 게 이 소녀로서는 더 무서웠다.

그때 무심하게 가라앉아 있던 나예린의 눈이 별처럼 빛났다. 반대로 두 번째로 나타난 청의 사내의 눈빛은 딱딱하게 굳어졌다. 아무래도 이를 악물고 있는 듯했다.

스으으윽! 턱!

거대한 충격파를 몰고 온 창대 위에 한 사람의 인영이 깃털처럼 내려앉고 있었다. 바로 비류연이었다.

창이 날아온 횟수는 모두 일곱 번! 대지에 꽂힌 창은 북두칠성의 모양을 그리고 있었다. 물론 일부러 창을 그렇게 던진 것은 아니었다. 비류연이 칠성의 방위를 밟아 움직였기 때문에 나타난 현상이었다.

창의 차례는 끝났지만 그 다음 대기 순번이 아직도 남아 있었다.

"또?"

이진설의 이런 반응도 무리는 아니었다. 공격은 집요할 정도였다. 목숨을 반드시 취할 작정인가? 그렇지 않고서는 이렇게까지 인정사정없이 몰아붙일 이유가 없었다.

쉬리리리릭! 촤라라라락!

공기가 이리저리 헤집어지는 듯한 기괴한 소리였다.

이번에는 채찍이었다. 그것도 그 끝에 날카롭게 빛나는 칼날이 달린 그런 채찍이었다. 그 쾌속함은 공기를 찢고 바람을 희롱할 정도였다. 허공에서 일순간에 수십 번씩 변화하니 현란함에 현혹되지 않고 그 움직임을 예측하기란 쉽지 않았다. 채찍의 끝에 달린 검날이 독사의 혀처럼 날름거리며 독기를 내뿜는다.

촤악! 촤악! 촤악!

대기를 매질하며 채찍이 떨어졌다. 비류연은 봉황무의 신법을 밟으며 이리저리 신형을 옮겨 그것을 일일이 피해냈다. 다음에 내리쳐질 방향이 어딘지 이미 예측이라도 하고 있는 듯했다.

그러나 독사같이 집요한 채찍은 쉽게 포기하지 않았다. 근성 있는 독사인 것일까? 채찍은 집요한 기동을 하며 비류연의 숨통을 노렸다. 다시 한번 비류연이 신형을 위로 띄우며 그것을 피해냈다. 채찍 끝에 달린 검날이 땅을 파고들었다. 보통의 채찍이라면 여기서 움직임이 봉쇄되어야 정상이다. 그러나 이 묵빛 검편은 그렇게 무르지 않았다.

콰쿠쿠쿠쿠!

땅을 파고든 채찍이 꿈틀꿈틀거리더니 단숨에 땅을 뒤엎었다. 이런 장애 따위는 아무것도 아니라는 듯한 태도였다. 채찍답지 않은 무시무시한 위력이었다. 흙먼지가 자욱이 일어나며 비류연의 신형을 감추었다.

그제야 이진설과 나예린은 채찍을 휘두른 주인을 확인할 수 있었다. 검붉은 무복을 걸친 차가운 인상의 남자였는데, 눈이 가늘게 좌우로 찢어진 것이 마치 뱀눈처럼 사이해 혐오감을 안겨주었다.

뱀눈 사내의 오른쪽 손목은 더 이상 움직이지 않고 있었다. 먼지가 걷히자 그 이유가 밝혀졌다. 비류연의 발이 어느 샌가 뱀눈 사내의 채찍 끝에 달린 검날을 찍어 누르고 있었던 것이다. 다시 자유를 되찾기 위해 채찍을 당겨보았지만 소용이 없었다. 그러나 비류연은 곧 자신이 밟고 있던 독사의 흉폭스런 혓바닥을 놓아줄 수밖에 없었다.
 바로 그때 또 다른 공격이 그의 목숨을 노려왔던 것이다.
 "도대체 몇 놈인 거야?"
 대답이 돌아올 리가 없었다. 어쨌든 발등에 떨어진 불이 급한지라 자신의 심장을 향해 달려오는 살기를 피하기 위해 몸을 움직여야만 했다.
 채찍의 봉쇄가 풀린 뱀눈 사내 역시 앞의 두 사람 옆으로 뛰어가 나란히 섰다.

 쉬리리리릭!
 무척 날카로운 소리가 공기를 긁으며 날아왔다. 그것은 마치 먹이를 노리는 뱀처럼 무척이나 위협적이었다.
 "저 수법은!"
 함께 끌려나와 있었던―본인 주장에 의하면―장홍의 눈이 찢어질 듯 부릅떠졌다.
 앞의 세 공격은 누구의 것인지 알지 못했지만 네 번째 공격을 가한 장본인은 누군지 똑똑히 알고 있었다. 그 수법이 얼마나 위험한지는 직접 맞닥뜨려본 그 자신이 더 잘 알고 있었다. 아직도 저 요검에 찢겨나갔던 등짝이 비만 오면 욱신거리는 것 같았다.
 '그렇다면 설마 저들이 바로 그들이란 말인가?'

그렇다면 정말 놀라운 일이 아닐 수 없었다.
"류연, 조심하게! 그자의 수법은 매우 잔인하다네!"
장홍이 다급한 목소리로 외쳤다.

사교독검편(蛇螯毒劍鞭)!
독사의 아가리처럼 날카롭고 잔인하다 해서 붙여진 이름. 그러나 그것은 채찍이되 채찍이 아닌 물건이었다. 그것은 짧게 잘려진 검편(劍片) 수십 개를 특수한 끈으로 꿰어 붙인 듯한 모양으로, 일종의 검편들을 이어 만든 무기라 할 수 있었다. 특이한 만큼 익히기가 어렵지만, 제대로 익히기만 하면 웬만한 것들은 단숨에 쓸어버릴 수 있는 무척이나 잔인하고 흉폭한 기술을 손에 넣을 수 있다. 그 공격 방향을 짐작하기 힘들고 변화가 무쌍하며 예측을 불허한다. 파괴력 또한 만만치 않으니 정면 공격은 절대 금물이었다. 독을 품은 구렁이의 똬리에 휘감기면 그것으로 끝장인 것이다.
'그때보다 수법이 한층 더 무섭고 잔인해졌구나!'
십 년 전 그때랑은 비교도 할 수 없을 정도로 강맹한 공격이 연이어지며 비류연을 노리고 있었다. 그때는 무척이나 어렸는데 이제는 그 흔적조차 찾을 수 없을 정도로 위풍당당한 풍채다. 벌써 강산이 한 번 바뀔 정도의 시간이 지난 것이다. 그가 아직 어리고 미숙하지 않았다면 아마 이기지 못했을지도 모른다고 종종 생각하고 있던 터였다.
그는 세 번의 연이은 공격이 모두 무위로 돌아가고 쓸데없이 애꿎은 자연경물만 망가뜨리자 슬슬 약이 오른 모양이었다. 독룡처럼 공중을 휘젓고 다니던 검편이 눈부실 정도로 화려하게 파르르 떨렸다. 범상치 않은 기운이 뿜어져나왔다. 새하얀 기운이 마치 뱀 무리처럼 검편을 감쌌다.

"헉! 위험해!"

장홍은 저것이 무엇의 전조인지 너무나 잘 알고 있었다. 십 년의 세월로도 잊을 수 없었던 수법. 백 마리 뱀이 용도 물어 죽인다는 이름을 지닌 무시무시한 기술.

사교검(蛇餃劍) 비식(秘式) 백사교룡살(百蛇餃龍殺)

마침내 그의 등짝에 지워지지 않는 상처를 새겨준 기술이 폭출되었다. 무시무시한 기운이 소용돌이치고 무수한 살기의 회오리가 비류연을 휘감았다. 이번만큼은 그도 속수무책일 것 같았다. 그러나 이 친구의 대응은 실로 기민했다. 봉황무(鳳凰舞) 오의(奧義) 봉익비상(鳳翼飛上)의 수법으로 그는 세 번의 측면이동과 네 번에 걸친 상승이동을 통해 잔폭한 뱀의 아가리를 빠져나갔던 것이다. 뱀과 미꾸라지의 싸움은 미꾸라지의 승리로 끝을 맺었다.

촤라라라락!

똬리를 풀었던 독사가 다시 원상태로 몸을 꼬았다.

사교검의 주인은 더 이상 공격을 하지 않고 앞의 세 사람 옆에 나란히 섰다.

"조심하게! 아직 셋이 더 남았네!"

장홍이 다급한 목소리로 경고했다. 그는 이제야 비로소 이들이 누군지 알아챘던 것이다.
 휘리리리리릭!
 장홍의 경고대로 상대의 공격은 아직 끝나지 않았다.

 위이이이이잉!
 이번에는 뭔가 무거운 것이 허공을 갈랐다. 귀를 쫑긋거리는 것만으로도 그것이 매우 묵직한 무게를 지닌 파괴적인 무기라는 것을 짐작할 수 있었다.
 '이번엔 또 뭘까?'
 위압감보다는 이제 호기심이 더 앞서는 비류연이었다.
 '저놈을 지키기 위해 나타난 이자들은 뭘까? 아직 셋이 더 남았다고?'
 이 연환공격(連環攻擊)이 끝나기 전까지는 아무래도 저들의 정체를 알 수 없을 것 같았다. 그렇다면 이 궁금증을 해결하기 위해서라도 저들의 공격에 맥없이 당해줄 수 없다고 그는 결론 내렸다.
 이번에 날아온 무기는 일견에도 묵직해 보이는 추가 달린 쇠사슬이었다. 그것은 쇠로 만들어졌음에도 마치 생물처럼 기민했다. 어느새 다가온 갈색 무복의 사내가 보였다. 머리에는 백건을 두르고 있었는데 두 눈은 호목을 연상케 하고 수염이 무척 거칠게 난 사내였다.
 '어라? 저건!'
 비류연의 시선이 사내의 왼손으로 쏠렸다. 사내는 오른손을 민첩하게 움직이며 쇠사슬을 마치 요술처럼 자유자재로 부리고 있었는데 그의 왼손에는 날이 시퍼렇게 선 낫 철겸(鐵鎌)이 들려 있었다. 그리고 사슬의 다른 한 끝은 그 낫의 자루 밑에 달린 고리에 연결되어 있었다.

비류연으로서는 처음 보는 무기였다. 그것이 저 '왜(倭)'라는 작은 섬나라 무사들이 사용하는 사슬낫이라는 무기임을 그는 알 수 없었다. 무기가 무엇인지는 중요하지 않았다. 물론 알면 편하긴 하지만 비류연에게는 해당사항이 되지 않았다. 지금까지 저들의 무기는 대부분 긴 간격을 가지는 장거리용 무기였다. 하지만 거리나 속도, 변환에 있어 비뢰도보다 더 빠르고, 더 변화무쌍하고, 더 넓은 거리를 이동할 수 있는 수법은 존재하지 않는다는 게 바로 비뢰문의 자존심이었다. 사부도 자신 있게 말했다.

'어떤 장거리 무기도 우리 비뢰도의 움직임을 능가할 수 없다. 장거리 무기가 지닐 수 있는 그 모든 가능성을 포함하고 있기 때문이다.'

필요한 것은 그 무기의 거리와 간격을 읽어내는 것뿐이다. 공격방향이야 공기의 떨림과 직감으로 알아내면 되는 것이다. 속도는 두말할 것도 없다. 비뢰도의 속도에 익숙해지면 웬만한 것들은 그냥 굼벵이 춤으로밖에 보이지 않는다. 때문에 비류연은 앞의 네 공격을 생각 이상으로 수월하게 피할 수 있었던 것이다.

그런데 이 다섯 번째 사내에게는 또 다른 비장의 수법이 하나 있었다. 사슬의 모든 움직임을 수월하게 피해내면서 다소 방심하고 있던 비류연에게 그것은 의외의 복병이었다.

쉬익! 쉑!

좌수 철겸이 쾌속한 움직임으로 휘둘러지자 십자의 검기, 아니 겸기(鎌氣)가 비류연을 향해 날아갔다. 이에 발맞춰 등뒤를 노리며 날아오던 사슬추가 어찌 된 조화인지 부르르 떨리며 일곱 가닥의 분영(分影)을 그려냈다.

쐐쐐쐐쐐쐐쐐쐐엑!

비록 양손에 쥐고 있지만 한쪽을 제대로 다루기에도 벅찬 기문병기를 가지고 좌우 동시에 조화를 부리다니 놀라운 실력이었다.

앞에는 십자인의 겸기, 뒤에는 일곱 가닥 사슬추의 연쇄공격! 진퇴양난의 상황이었다. 순간 비류연의 황금빛 시야가 다시 한번 열렸다. 그 안으로 시간이 느리게 흐르기 시작했다.

이번에 비류연이 취한 방법은 정말 무식했다. 그는 그 자리에 붙박인 채 허리를 직각으로 뉘였다. 그리고 등판이 지면과 수평이 됨과 동시에 오른발을 이용해 날아오던 십자겸기를 힘차게 차올렸다.

팡!

거의 자살행각으로밖에 보이지 않던 이 행동이 의외로 효과가 있었다. 그것도 즉효였다. 날아오던 십자인이 물수제비처럼 방향을 바꾸어 그의 가슴 저 위편을 쓸고 지나갔다. 강호의 상식으로는 있을 수 없는 무모한 행위였다. 동시에 지면과 수평으로 뉘여 있는 그의 왼쪽 어깨가 비스듬히 들렸다.

쐐애애애액!

그러자 그곳으로 첫 번째 사슬추가 지나갔다. 그리고 곧이어 오른쪽 어깨 위로 두 번째 추가 지나갔다. 비류연과의 거리는 종이 한 장 차이밖에 되지 않았다.

다시 비류연이 왼손을 내리며 오른쪽 어깨를 들어올렸다.

쐐애애애액!

이번에는 반대의 상황이 벌어졌다. 들려진 오른쪽 어깨 밑으로 세 번째 추영(鎚影)이, 반대로 내려진 왼쪽 어깨 위쪽으로 네 번째 추가 지나갔다. 그러나 다섯 번째는 비류연의 대갈통을 정면으로 노리고 있어 어깨의 이동만으로는 그것을 피하기가 불가능했다.

비류연은 전혀 당황하는 기색 없이 살짝 고개를 들어올렸다. 그것은 현재 그가 취할 수 있는 가장 적절한 조치였다. 다섯 번째 추는 그의 뒷머리카락을 아슬아슬하게 지나 가랑이 사이로 빠져나갔다. 조금만 늦었어도 그의 머리는 수박 깨지듯 산산조각났을 것이다.

쐐애액! 쐐애액!

여섯 번째 사슬추는 지면에 붙박여 있는 그의 왼쪽 다리를 노렸다. 비류연은 오른쪽을 축으로 왼쪽다리를 살짝 들어올렸다. 그 다음 찰나의 시간차를 두고 그 문제의 오른쪽 정강이를 향해 마지막 일곱 번째 추가 날아왔다. 이미 들어올린 좌각을 내리고 다시 우각을 들어올리기에는 시간이 부족했다.

일곱 번째 추가 그의 우측 정강이를 박살내려는 순간 비류연은 또 한 번의 멋진 몸놀림을 선보였다. 그는 그냥 망설임 없이 우측 다리도 들어올려버렸다. 대신 그는 양손을 이용해 바닥을 짚었다. 그리고는 양손으로 바닥을 가볍게 밀어 몸을 뒤집은 뒤 아주 사뿐하게 일어섰다. 사슬추의 칠 연속공격은 십자인과 마찬가지로 모두 무위로 돌아가고 말았다.

말로 설명하기에는 무척이나 긴 동작이었지만 이 세 가지 동작이 이루어진 시간은 일반인의 눈에는 불과 눈 한 번 깜빡할 정도밖에 되지 않았다. 그 짧은 시간 동안 비류연이 이 모든 동작을 가뿐하게 해낸 것이다.

이런 절체절명의 공격을 받아놓고도 다시 몸을 일으켜 세운 그의 얼굴에는 어떠한 동요도 보이지 않았다.

"이게 끝?"

이미 대공자 앞에 가서 선 사슬낫의 사내를 향해 비류연이 놀리듯 말했다. 사내의 우락부락한 얼굴은 꽤나 보기 좋은 모습을 하고 있었다.

스윽!

그때 섭섭한 말 하지 말라는 듯 여섯 번째 공격이 들어왔다. 이번 공격은 요란무쌍하고 난폭파괴적이었던 앞의 다섯 공격과는 다르게 아주 조용하고 은밀했다. 허공 중에서 불쑥 튀어나온 그 얇고 가느다란 꼬챙이 같은 검은 비류연의 측신(側身) 쪽을 노리며 허깨비처럼 홀연히 나타났는데 어떠한 소리도 기척도 사전에 감지되지 않았다. 흡사 안개 속에서 빠져나온 듯한 검이었다. 그것은 무인의 검이 아니었다. 암살자의 검이었다. 그것도 특급 암살자만이 지닐 수 있는 그런 검이었다.

어지간한 수련을 거친 무인이라도 이런 의외의 일격에는 고기산적처럼 허파를 꿰뚫리고 말았으리라. 하지만 비류연은 달랐다. 암습은 약한 자들의 전유물이라는 게 사문의 지론이었다. 그러므로 암습 따위에 당하는 것은 약한 자보다 더 약한 자라는 의미밖에는 되지 않는다는 게 사부의 말이었다. 그러니 암습 따위에 당하는 불명예를 입어서는 안 되는 것이다. 그리고 그러기 위한 단련도 충분히 받았다. 그는 수년에 걸쳐 사부의 예고 없는 암습으로부터 몸을 지켜내야만 했던 것이다.

초반에는 사부로부터 마구 희롱당하면서도 속수무책일 수밖에 없었다. 그에게는 그 암습을 방비할 능력이 부족했던 것이다. 벌어온 돈을 몽땅 뺑 뜯기는 일도 번번이 있었다. 믿기 어렵겠지만 그것은 어김없는 사실이었다. 착취만으로도 모자랐는지 술값이 부족한 날, 그날은 어김없이 사부의 암습이 있었다. 분명 자신이 암중으로 추가 수당, 업무 외 수당을 벌어들이고 있다는 정보를 입수한 것이 틀림없었다.

이를 악물어야 했다. 돈을 지켜야만 했다. 이대로 계속 당하고만 있을 수는 없는 일이었다. 그래서 사부에게 당하지 않기 위해 필사적으로 무공에 매진했다. 피도 눈물도 없는 사부에게 애걸복걸해봤자 효과도 없거니와 오히려 자존심만 상할 뿐이었다.

그러므로 방법은 오직 하나, 당하지 않을 만한 실력을 일신에 갖추는 것뿐이었다. 그가 사부에게 일방적으로 당하지 않게 된 것은 상당한 세월이 지난 후였다.

사부의 무자비한 암습에 비하면 이런 공격 따위는 날카롭기는 해도 아무것도 아니었다. 비류연은 일격필살을 노린 검을 종이 한 장 차로 배 위로 흘려보내며 곧바로 허공 중에 몸을 숨긴 암살자를 향해 달려들었다.

아무런 지형지물 없이도 공기 중에 몸을 숨기는 그 은형술(隱形術)은 타의 추종을 불허하는 독보적인 것이었지만 비류연의 열린 눈에 걸리면 그 실체 따위는 금방 폭로되고 만다. 공기 저편에서 상대가 흠칫 놀라는 기색이 전해졌다. 그가 숨어 있는 것을 이렇게까지 정확하게 짚어낼 줄은 짐작도 하지 못했던 것이다.

비류연이 손가락을 쭉 뻗었다. 그러자 상대는 더 이상의 공격을 포기하고 은신을 푼 다음 대공자 앞에 가서 나란히 섰다. 그는 스스로 암살자라고 주장이라도 하듯 얼굴을 검은 복면으로 가린 채 전신에 흑의경장을 두르고 있었다. 그의 옷은 소리가 최대한 나지 않도록 매듭이나 주름이 없이 몸에 착 달라붙어 있었다.

"이제 하나 남았네!"

장홍이 신이 나서 외쳤다. 이들 일곱의 연환공격을 멀쩡히 받아낸다는 것은 천무학관의 사기를 높이고 반대로 마천각의 콧대를 뭉갤 수 있는 절호의 기회가 될 터이기 때문이었다.

마지막 공격은 무척이나 화려하고 교태로웠다. 하지만 그렇다고 해서 그 안에 실린 사나움이 사라지는 것은 아니었다.

수십 개의 수바늘이 알록달록한 오색 색실들을 달고 날아들었다. 마치 가지각색으로 물든 오색의 비처럼 보였다. 여인의 손에서 아름다운 문양들을 만들어내는 수에 바늘에 서린 것치고는 너무나 매서운 살기였다. 그러나 이번 공격은 앞의 여섯 공격에 비하면 그 위력이 현저히 떨어졌다. 비류연은 산책이라도 하듯 유유자적한 태도로 오색 바늘비를 피했다. 앞의 여섯 명이 발휘했던 집요함은 보이지 않는 그런 공격이었다. 마지막이라고 잔뜩 기대하고 있던 비류연으로서는 맥 빠지는 결과가 아닐 수 없었다.

붉은 그림자가 도약하더니 대공자 앞으로 나비처럼 날아가 깃털처럼 사뿐히 섰다. 이 마지막 공격을 펼친 이는 여인이었다. 그녀는 풍만한 몸매가 두드러지게 강조되는 붉은 비단옷을 걸치고 있었는데

서 있는 것만으로도 교태가 넘쳐흘렀다. 반면 얼굴은 다 보여주기 아깝다는 듯 연분홍빛 면사로 가렸지만, 그 드러난 두 눈동자에서는 사내를 유혹하는 빛이 면면히 흘러나오고 있었다. 그녀의 강렬한 시선이 비류연을 향했다. 그녀의 최강공격은 조금 전의 투침수법이 아니라 바로 이 눈빛 그 자체라고 온몸으로 말하고 있는 듯했다. 어떤 사내라도 그 눈빛을 받으면 뼈가 흐물흐물해지리라. 그것은 그러기 위해 훈련된 눈빛이었다.

그렇다면 과연 비류연은 어떨까? 나예린이 비류연을 바라보았다. 그러나 의외로 비류연은 덤덤하게 그 시선을 받아내고 있었다. 시선을 돌려 피하거나 하지 않고 아무렇지도 않게 담담히 받아넘기고 있었다. 솔직히 나예린으로서도 의외였다.

대공자를 호위하듯 둘러싼 일곱 명의 시선이 일제히 비류연을 향했다. 비류연은 건방진 자세로 그 시선들을 태연히 받아넘겼다.

그러자 이들 일곱 명은 아무런 감정 표현도 하지 않은 채 대공자를 향해 뒤로 돌아섰다. 그들에게는 그와 드잡이하는 것보다 더 중요한 일이 있었던 것이다.

"기다리고 있었습니다, 대공자님!"

일곱 명이 일제히 공수(拱手)하며 깍듯이 인사했다. 대공자는 가볍게 끄덕이는 것만으로 그 인사를 받았다.

'저자가 바로 그 비밀에 싸인 실력자 대공자 비인가?'

장홍은 예사롭지 않은 시선으로 그 광경을 바라보고 있었다. 그에 대한 정보는 겹겹이 비밀로 둘러싸여 있어 한정된 몇 가지 정보 이외에는 그 실체를 알기가 어려웠다. 오죽하면 이름 석자 대신 '비(秘)'

라고 불리겠는가.

 하지만 아무리 그렇기로서니 하나하나가 구룡칠봉에 맞먹는 실력을 지닌 자들이 저렇게 깍듯하게 예의를 갖추다니……. 마치 주인을 영접하는 하인들 같은 태도였다.

 '저 일곱, 소문은 들었지만 저 정도일 줄이야…….'

 그의 예리한 눈썰미는 저들 일곱의 태도에서 잠재적으로 풍겨나오는 절대적인 복종과 충성의 기운을 놓치지 않고 감지해내고 있었다.

 '대공자 비, 확실히 가장 경계해야 할 대상이로군.'

 장홍은 조용히 속으로 경계심을 발동시켰다.

 조금 전까지의 살벌하고 어지러웠던 소란과는 정반대의 정적이 잠시 동안 주변을 장악했다. 모두의 시선이 이들 여덟 명의 일거수일투족을 향해 집중되었다. 아직도 이들은 대공자 비에 대한 예를 풀지 않고 있는 상태였다. 그것이 비류연의 눈에 좋게 비춰졌을 리가 만무했다.

 짝짝짝짝!

 그들 일곱의 등뒤에서 난데없이 박수소리가 들려왔다. 이들 일곱의 서릿발 같은 시선이 뒤를 향해 돌아갔다.

 "좋아요, 아주 좋아요!"

 성질이라도 돋우고 싶은 건지 비류연은 연신 감탄사를 발하며 박수를 처대고 있었다. 재미있는 한 편의 경극이라도 관람한 관객 같은 태도였다. 상대의 복장을 효과적으로 뒤집는 그런 행동이었다.

 "재미있는 놀이였어요. 그런데 더 보여줄 것이 아직 남아 있나요?"

조금 전에 있었던 일련의 연환공격에 대한 이야기였다. 그리고 이제 밑천이 다 떨어졌으면 얌전히 퇴장하라는 소리 같았다.
"발만 빠른 쥐새끼가 하늘 높은 줄 모르고 까부는구나!"
검극편을 든 적흑색 무복의 사내가 사나운 목소리로 말했다. 그는 이들 일곱 중 유일하게 무기가 봉쇄당하는 가장 큰 수모를 겪었기에 감정이 좋지 않았다.
"말이 험한 아저씨로군요. 쯧쯧쯧! 세치 혀는 자멸의 씨앗이라는 옛 격언도 알지 못하다니 불쌍한 사람이로군요."
비류연의 머릿속에 든 계산첩에 사내의 얼굴이 기록되었다.
"너의 발이 빠르고 몸놀림이 영활하다는 것은 인정한다. 하지만 우리가 이번 공격에 전력을 다했다고 생각하느냐?"
창을 던졌던 두 번째 사내가 조용한 목소리로 말했다 상처 받았던 자존심은 이미 회복된 뒤였다. 아직 그들은 전력을 다하지 않았다는 자긍심이 있었다.
"이번에는 용케 피했다. 칭찬은 해주마. 하지만 다음에도 피할 수 있을까?"
이들은 아무래도 비류연에게 있는 건 빠른 발뿐이라고 생각한 모양이었다. 그러자 비류연이 혀를 차며 딱하다는 어조로 말했다.
"상대의 기량을 읽는 것도 실력! 읽어낸 기량을 제압하는 것 또한 실력! 전력을 다하지 않았다는 말은 오직 패자만이 할 수 있는 변명! 승자에게 구차한 말은 필요치 않지요. 승자는 어떤 경우에도 승자일 뿐이니깐."
그의 말은 청산유수와도 같이 도도했고, 또한 칼날처럼 날카롭고 인정사정없었다. 하지만 이 청산유수는 사람들의 자존심에 상처를 팍팍 입히는 묘용이 있었다.
"이놈이 감히!"
그러나 이들의 즐겁고 피가 튈 정도로 발랄한 대화는 안타깝게도 계속 이어지지 못했다. 그것은 바로 한 여인의 등장 때문이었다.

"대공자!"
비류연에게서 시선을 떼지 않고 있던 나예린 옆에서 은설란이 놀란 얼굴로 외쳤다. 귀에 익은 목소리에 그의 고개가 돌아갔다. 그의 무심하던 눈이 크게 떠졌다. 덕분에 감정이 메말라 있던 그의 목소리에도 감정의 편린이 실릴 수밖에 없었다.
"아란(阿蘭)… 소저…….'
처음으로 대공자의 얼굴이 경악으로 크게 흐트러졌다. 준비되지 않은 상태에서 접한 돌발 상황이었기에 더욱 그러했다.
왜 이곳에? 그리고 그전에 가지고 있던 의문은 납득이 되었다. 그토록 찾았는데도 종족이 묘연해 이상하게 여기던 터였다. 설마 이런 곳에 있었을 줄이야! 그가 놀란 것도 무리는 아니었다.
'처치는 과연 제대로 되었나?'
대공자에게 있어서 무엇보다 급선무는 그 사실을 확인하는 것이었다.
'한 번의 처치만으로는 금제가 완벽하다고 확신하기가 힘듭니다. 최소한 한 번은 더 이중으로 금제를 가해야 안심할 수 있습니다.'
어제 그녀를 놓치지만 않았어도 이런 문제로 고민할 필요는 없었으리라. 부하들이 무능하면 언제나 윗사람이 고생하게 된다. 하지만 아무리 무능해도 적재적소에 배치하여 능력껏 부릴 수 있어야만 진정한 지도자라 할 수 있다.
"오랜만이군요, 대공자!"
다시 안정을 되찾아 원상태로 돌아간, 깊이를 가늠할 수 없는 그의 무정한 시선이 천천히 은설란을 향해 움직였다.

은설란은 이제 몇몇 금지를 제외하고는 아무 곳이나 자유롭게 돌아다닐 수 있다는 통행의 자유를 허락받아놓은 상태였다. 게다가 당장 천무봉을 내려가지 않고 당분간 이곳에 머물러도 좋다는 허락도 덤으로 받아놓은 터였다. 모든 것이 다 화음현에서 만났던 노인 덕분이었다. 그 노인이 힘써주지 않았다면 아마 당장 내쫓겼으리라. 하지만 그 노인의 말에는 큰 힘이 있었는지 노인이 중간에서 몇 마디 해주자 별다른 무리 없이 이곳에 머물 수 있게 되었다. 심심함에 못 이겨 끼리끼리 밖으로 나간 이들을 원망하던 그녀로서는 크나큰 행운이 아닐 수 없었다.
이미 허락을 득해놓은 상태라 마음은 무척 가벼웠다. 조금 전에도 별 생각 없이 산책을 즐기기 위해 임시 숙소를 나섰던 터였다. 천무학관도들이 머무는 숙소에 가보자 이미 나예린과 이진설은 나가고 없었다. 그녀들이 곡구 쪽에 갔다는 소식을 전해들은 그녀는 그 둘을 만나기 위해 이곳으로 오고 있었다. 산책은 역시 혼자보다는 여럿이 하는 게 더 즐겁기 때문이다. 그런데 곡 입구에 다다르기도 전에 그 소란이 일어났다.

번천지복하는 굉음과 흉험한 살기가 한 지점에서 급격하게 소용돌이쳤다. 이십여 장 이상 동떨어져 있던 그녀에게도 그 난폭한 기운은 충분히 느껴졌다.

누가 감히 이런 곳에서 저런 소동을 일으킨단 말인가? 보통 배짱이 아니곤 할 수 없는 일이었다. 아니면 이곳의 권위를 가볍게 여기고 있든가…….

그녀는 서둘러 발걸음을 옮겼다. 그리고 그 현장에서 무척이나 낯익은 얼굴을 발견했다. 그러나 너무 잘 알고 있기에 더더욱 의아스런 만남이었다.

"악!"

갑자기 머리가 깨어질 듯한 두통이 몰려왔다. 귀가 윙윙거리고 속이 메스꺼웠다. 그의 얼굴을 보자마자 생긴 현상이었다. 빈혈에 걸린 사람처럼 그녀의 몸이 휘청거렸다. 그녀는 그로 인해 잠시 걸음을 멈추어야 했다.

'아직도 휴식이 더 필요한 건가?'

심령금제의 후유증이 아직 남아 있기 때문일지도 모른다. 그녀로서는 그렇게밖에 생각할 수 없었다. 잠시 그 자리에 서서 호흡을 가다듬고 나서야 겨우 진정이 되었다. 그런 연후에야 그녀는 겨우 그에게 말을 걸 수 있었다.

"3년 만인가요?"

"정확히는 2년 10개월 만이오!"

대공자 비가 그녀의 말을 정정해주었다. 그녀의 질문에 그는 간신히 천살의 처치가 일단 완벽함을 깨닫고 안심할 수 있었다. 만일 기억이 온전한 형태로 보존되어 있었다면……. 당장 그녀의 존재를 제거할 수밖에 없었다. 또한 그가 세우고 추진하고 있는 계획은 전면수정이라는 불가피한 상황을 겪어야만 했을 것이다.

"언제나 각을 떠나지 않던 분이 이곳엔 어쩐 연유로?"

아까 전부터 계속해서 그녀의 뇌리 한구석을 잠식하고 있던 질문이었다.

"그것은 내가 묻고 싶은 말이오! 이번 참가자 중에 당신의 이름은 올라와 있지 않은 것으로 알고 있소만?"

그는 그녀의 질문을 교묘하게 빠져나가며 오히려 되물었다.

"좀… 사정이 있어서요."

자세한 자초지종은 생략한 채 그녀가 말을 얼버무렸다. 자신도 어찌 된 영문인지 사건의 전말을 제대로 기억도 못하는 데다가 상당 부분이 진실을 말해주기 곤란한 것들로만 잔뜩 이루어져 있었던 것이다. 게다가 왠지 조금 전부터 알 수 없는 기운이 스멀스멀 머리로 올라와 정신을 갉아먹으며 자신을 괴롭히고 있었다.

"하지만 정말 놀랍군요, 당신이 직접 나서다니……. 그런데 아직 그 이유는 듣지 못한 듯하군요."

은설란의 놀라움은 보통이 아니었다. 칠팔 년 동안을 심산유곡에 몸을 위탁한 은자처럼 마천각 내에서 두문불출하던 사람이었다. 이번 화산지회에도 참가할 의사가 전혀 없는 듯했었다. 많은 사람들이 그에게 참가를 종용했지만 그는 언제나 극구 사양했다. 그것은 겸양과는 달랐다. 그 사양의 이유가 실력부족 때문이 아니라는 것을 은설란은 누구보다 잘 알고 있었다.

'십 년 전의 그 사건…….'

그 사건은 많은 사람의 인생을 바꿔놓는 계기가 되었다. 아무리 마천각의 노사들과 장로들이 끈질기게 설득하고 회유해도 돌부처처럼 꿈쩍도 하지 않던 사람이었다. 솔직히 의외였다.

해소되지 않은 의문의 파도 속에서 고민하는 그녀를 바라보며 대공자는 전혀 흔들림 없는 목소리로 아무렇지도 않게 말했다.

"한 번쯤 이런 대회에서 우승해보는 것도 좋을 것 같다는 생각이 문득 들더군요."

우승! 그는 그 어렵다는 화산규약지회의 우승을 아무렇지도 않게 입에 담았다. 무척이나 당연하다는 듯이, 그리고 별거 아니라는 듯이…….

이 태도는 여러 사람의 가슴에 분노를 불러일으킬 만한 것이었다. 하지만 아무도 그 말에 전면적으로 반박하고 나서지 않았다. 그의 몸에서 풍기는 절대강자의 위엄이라 부를 만한 기도 때문이었다.

'그래, 저 사람이라면 그게 가능할지도 몰라…….'

오히려 무의식중에 이런 생각에 사로잡힌 이들도 있었다.

하긴 그라면 불가능하지도 않을 것이라고 그녀는 생각했다. 하지만 지금 눈앞에 있는 이 사람이 십 년 전 그 사람과 과연 동일인이라는 게 맞기는 맞는지 보면 볼수록 놀랍기만 했다.

"그때는 그렇게 쾌활하고 명랑했었는데……."

그의 십 년 전 과거를 그녀는 누구보다 선명하게 기억하고 있었다.

"이미 지나간 과거는 의미가 없소."

대공자는 단칼에 그녀의 추억을 부정했다.
"그렇군요, 그건 이제 과거의 추억에 불과할 뿐이로군요. 결코 돌아오지 않는……."

그때 곁에 있던 님은 이제 없는 것이다.

조용히 중얼거리는 그녀를 주시하는 그의 눈동자는 여전히 무심해 무슨 생각을 품고 있는지 좀처럼 파악할 수가 없었다.

그렇게 암묵적인 합의 하에 2년 10개월 만에 시작된 두 사람의 대화는 끝이 났다.

"자네의 이름은?"

대공자 비가 꽤나 흥미진진한 눈빛으로 두 사람 사이를 바라보고 있던 비류연을 향해 시선을 돌렸다. 그가 상대의 이름을 묻다니……. 측근들이 알면 아마 놀라 두세 번은 연속해서 까무러쳤을 것이다. 물론 그것에 대해 비류연이 감격해주어야 할 의무는 절대 없었다.

"존성대명(尊姓大名)이겠지요."

"지금 뭐라고 했나?"

"문자가 좀 어려웠나요? 존·성·대·명!"

물론 대공자가 문자를 못 알아들어 반문한 것은 아니었다.

"허어?"

이쯤 되면 대공자 비도 기가 막힐 수밖에 없다.

"발칙한 놈! 죽고 싶어 용을 쓰는구나!"

채찍을 든 사내가 분노하며 외쳤다. 당장이라 뛰쳐나갈 기세였다. 그 불같은 기세를 대공자가 저지했다.

"그만둬라! 됐다!"

그는 하늘을 찌르는 시건방짐에 대한 훈계보다 자신의 호기심을 우선시하기로 결정한 것이다.

"그래, 묻는 것조차 황감한 자네의 존성대명은 어떻게 되시나?"

이렇게까지 하면서 상대를 인식하려 하다니 대공자 비로서는 이례적인 일이다. 비록 차가운 비아냥거림이 담긴 말이었지만 비류연은 가볍게 무시해버렸다. 그런 사소한 것에 일일이 신경 쓰다가는 큰 그림을 놓치기 십상이다.

"비·류·연!"

짧고 간단하고 또박또박하게 대답해주었다. 이 괴짜 청년은 자신의 이름 석자를 대는 데 거리낌이 없다고 항상 생각하고 있던 터였다 (이 주장에 대해서는 주변에 반대 의견도 많겠지만…).

'비류연?'

무정히 빛나던 두 눈동자에 순간 이채가 번뜩였다. 확실히 들은 기억이 있었던 것이다. 그것도 극히 최근, 바로 그제 오장도 채 안 되는 거리를 격해 들은 이름이었다. 그리고 그 이름을 지닌 자가 행한 짓은 그에게 용납되지 않는 일이었다.

"호오? 자네가……."

무의식중에 그가 오른손 주먹을 꽉 말아쥔다. 그날 놓친 먹잇감이 지금 다시 눈앞에 나타난 것이다. 그러나 그의 중얼거림은 너무 미약해 상대의 귀에까지 전달되지는 못했다. 비류연이 되물었다.

"무슨 할 말이라도?"

"아니, 없네! 하지만 그 이름 기억해두지!"

그의 앞을 둘러싼 일곱 명에게서 흠칫하는 기운이 느껴졌다. 이렇게까지 관심을 표명한 게 뜻밖인 모양이다.
"그건 아주 훌륭한 태도로군요. 권장사항이에요!"
비류연이 태평하게 대답했다.
"그런데 댁의 이름은 뭐죠? 남의 이름을 알아갔으면 자신의 이름도 내놓아야 하는 게 예법 아닌가요?"
그로서는 당연한 요구이자 권리였다. 그러나 그의 권리는 폭력에 의해 처참하게 묵살되고 말았다.
"넌 아직 이분의 성함을 알 자격이 없다."
검은 날개를 연상케 하는 거대한 회선인을 등에 찬 남자가 무뚝뚝한 목소리로 말했다.
"이름에 금칠이라도 해놨나? 아니면 남들에게 알리기 부끄러운 이름이라도 돼요? 철수라든가 영희라든가?"
누가 들으면 길길이 날뛸 만한 말을 아무렇지도 않게 해버린다. 그게 그의 무서운 점이기도 하다.
"더 이상 이분을 모욕하면 넌 죽는다!"
검은 날개의 남자가 다시 한번 말했다.
"자신 있으면 언제든지."
그런 협박에 기죽으면 그건 이미 비류연이 아니었다. 그건 그의 탈을 쓴 다른 생물임이 분명하다.
츠츠츠츠츠츠츠!
다시 이들 사이 공간에 농후한 살기가 구름처럼 일어났다. 공기가 일촉즉발의 상태로 팽팽하게 긴장되기 시작했다.
"됐다! 그만 가자!"

대공자가 그들 일곱을 제지했다.
"하지만…, 대공자님!"
이들은 지금 당장 결판을 내지 않으면 속이 풀리지 않을 듯한 기세였다. 그러나 그의 명령은 한 번 내려진 이상 절대가 되어야 했다.
"비류연이라고 했던가? 오늘은 은 소저를 봐서 이만 용서해주겠다. 가자!"
대공자가 먼저 움직이자 그제야 엉거주춤한 자세로 서 있던 마천칠걸도 뒤따라 움직였다. 아직 불만이 해소되지 않은 것이다.
"음, 근거 희박한 은혜를 받는 것은 좋아하지 않는데……."
비류연은 끝까지 발칙했다.
"오늘 구사일생한 줄 알아라!"
"죽다 살았구나!"
그들은 마지막 한마디를 쏘아붙여주는 걸 잊지 않았다.
은설란은 멍한 눈으로 그가 사라질 때까지 그 뒷모습을 바라보고 있었다.
"이래서 잘나신 분들은 싫단 말이야……."
비류연이 짧게 투덜거렸다.

"괜찮아요, 류연?"
나예린이 물었다. 질문하는 그 목소리에는 어떠한 감정의 기복도 느껴지지 않았지만 그녀가 그런 안부를 물어보았다는 사실 하나만 해도 엄청난 것이었다.
"보시는 대로 말짱해요!"

가벼운 손짓으로 옷에 묻은 먼지를 털며 비류연이 대답했다. 무척이나 여유로운 태도였다.

"그건 그렇고……."

비류연이 시선을 돌려 멀어져가는 대공자 일행을 바라보았다. 일곱 명의 남녀가 그의 뒤를 그림자처럼 뒤따르고 있다. 임금을 섬기는 시종 시녀 같은 모습이었다.

"정말 다양하고 성대한 인사라 어떻게 화답해야 할지 고민이군요."

가려진 머리카락 뒤에서 별의 창처럼 예리하게 빛나는 그 눈을 눈치 챈 사람은 나예린 정도뿐이었다.

받은 만큼 돌려준다.

인과응보, 자업자득은 언제나 그가 좋아하는 말이었다.

마천칠걸의 신상

"설란 언니. 누구죠, 저들은?"
 일곱 명의 호위를 당연하다는 듯한 태도로 받으며 사라지는 그를 보며 이진설이 물었다. 역시 마천각에 대한 일은 그곳 출신인 은설란에게 묻는 게 해답을 얻을 수 있는 가장 빠른 방법이라 여겨졌던 것이다.

"마천칠걸!…대공자 비의 친위수호대라 할 수 있는 이들이죠."
 은설란이 약간 경직된 목소리로 대답했다.
 "역시 그랬군! 설마 설마 했는데 소문이 사실이었어!"
 옆에서 꿈사리 껴서 듣고 있던 장홍이 탄성을 터뜨렸다. 놀라려면 혼자 놀랄 것이지 왜 느닷없이 고함을 질러 주변 사람들까지 놀라게 만드는 걸까? 주위의 흘겨보는 냉랭한 시선을 의식했는지 장홍이 머쓱하게 뒤통수를 긁적거렸다.
 "아저씨, 뭐가 사실이라는 거야?"
 비류연이 되물었다.
 "나도 지나가는 풍문으로만 들은 게 고작이지만 말일세……."
 그러면서 장홍이 이야기를 시작했다.

"마천각의 숨은 실력자 대공자 비를 그림자처럼 따르는 여섯 명의 남자와 한 명의 여인이 있는데 그 개개인의 실력이 너무나 출중하고 비범해 주위에 적수를 찾기 어렵다는 이야기였지. 그래서 이름 붙이기 좋아하는 호사가들은 그들 일곱을 가리켜 '마천칠결'이라 칭한다고 하더군."

지나가는 풍문치고는 지나치게 자세한 이야기였다.

"뭐야, 호위꾼? 그럼 단순한 똘마니에 불과하잖아!"

부드러운 대사란 게 무엇인지 비류연은 누구보다 확실히 알고 있음에 분명했다. 그렇지 않고서는 그런 말들을 저토록 감쪽같이 피해 낼 수 없었을 것이기 때문이다.

은설란이 고개를 가로저었다.

"비 소협, 저들을 무시하면 안 돼요. 비록 강호에 널리 이름이 알려지지 않았지만 그것은 그들이 대공자의 곁을 지키며 그 곁을 멀리 떠나지 않았기 때문일 뿐, 그 지닌바 힘과 실력이 부족해서는 아니랍니다. 상대적으로 기회가 부족했던 것뿐이죠. 사실 마천각 내에서도 소문만 무성할 뿐 그들이 얼마나 강대한 힘을 지니고 있는지 그 진짜 실력을 본 사람은 아무도 없다고 해요."

그녀 역시도 그들의 본실력이라고 할 만한 것을 본 적이 없었다. 다만 몇 가지 간간이 내보이는 몇 수만으로 그 뒤에 숨겨진 잠력을 짐작해볼 뿐이었다.

"마천각 내에서조차 그들은 철저하게 비밀에 싸인 존재들이죠. 사실 이번 화산지회에 참가한 것조차 의외였어요."

왠지 이번 화산지회는 심상치 않을 것 같은 예감이 그녀를 훑고 지나갔다.

"그런데 칠걸이란 호칭 속에 여자까지 끼어들어 있다니 신기하네요. 굉장히 화려한 사람이던데……."

이진설의 말대로 걸(傑)이라 하면 호걸(豪傑), 영걸(英傑) 등 남성을 떠올리게 마련인 것이다.

"혈심란 교옥, 천기련(千妓聯) 련주 홍화선자(紅花仙子) 옥교교의 기명제자로 마천칠걸 유일의 홍일점이죠. 특기는 아까 잠시 선보였던 투침술. 하지만 그것뿐만 아니라 그녀의 손에 걸리면 어떤 장신구도 암기로 뒤바뀔 수 있죠. 게다가 그녀는 그런 암기술보다 훨씬 더 무서운 무기를 지니고 있죠. 그건 바로……."

"매력이로군."

장홍이 끼어들며 말했다. 은설란은 고개를 끄덕였다.

"맞아요. 잘 아시는군요. 어떤 사내도 홀릴 수 있을 듯한 가공할 매력이 그녀의 가장 큰 무기죠."

"아, 조금뿐입니다. 천기련이 어떤 곳인지 떠올리면 금방 알 수 있는 일이죠. 유명한 곳이니까요, 특히 사내들한테는!"

"어떤 곳인데요?"

이진설이 호기심에 가득 찬 눈으로 물었다.

"아…, 뭐……."

장홍은 대답하기가 좀 껄끄러운 듯했다. 하지만 이 다람쥐 같은 아가씨가 자꾸만 재촉하니 대답해주지 않으려야 않을 수가 없었다.

"그곳은 기녀들의 조직이라네!"

"기녀라면 그……."

장홍이 고개를 끄덕였다.
"바로 그 기녀라네."
화악!
무엇을 상상한 걸까? 이진설의 얼굴이 잘 익은 홍시처럼 새빨개졌다.
"하지만 기녀라고 해서 꼭 몸 파는 사람만 있는 건 아니에요. 그건 세간에 퍼진 잘못된 상식이죠. 오직 춤과 노래 같은 기예만을 파는 청기(青妓)들도 있어요. 꼭 몸을 파는 홍기(紅妓)만 기녀인 건 아니죠."
은설란이 보충 설명해주었다.
"게다가 일각에서는 남자가 몸을 파는 곳도 있지. 소수지만 말이야. 세상이란 그런 곳이라고."
장홍이 짓궂게 말했다.
"거짓말!"
이진설이 놀라 외쳤다. 그곳은 그녀가 처음 접해보는 미지의 세계였던 것이다.
"하하하, 아직 순진한 아가씨구만."
장홍이 유쾌한 웃음을 터뜨렸다.
"하지만 천기련은 달라. 그곳은 강호 기루 세력의 반 이상을 암중으로 장악하고 있는 거대 조직이지. 강호의 기루 중에 절반 이상은 모두 그녀들의 입김이 미친다고 생각하면 되네. 물론 총련은 따로 있지만 거의 모든 기루가 그녀들의 하부조직이라고 생각하면 돼. 정확히 말하면 기루가 아니라 기녀들이지. 사실 기루로부터 기녀들의 권리를 보호해주는 역할도 하고 있거든. 때론 그 수법이 상당히 은밀하고 잔인하다는 이야기까지 있어. 하지만 사회적으로 약자인 기녀들에게 있어 그녀들의 조직은 구세주나 다름없는 거야. 때문에 자신들이 보고 들은 것을 사심 없이 그녀들에게 전해주지. 때문에 천기련이 가진 정보량은 어마어마해. 게다가 조직의 특성상 권력과도 깊은 관계를 맺고 있지."

정보 이야기가 나오자 상당히 열을 올리는 장홍이었다.

"게다가 그곳의 특급 기녀들은 오히려 남자들을 매혹시켜서 그녀들의 노예로 부린다고 하더군. 그곳은 어릴 때부터 미색이 출중한 여아들을 모아 특수훈련을 통해 남자들을 유혹하고 농락하는 법을 가르친다는 소문이 있네. 만일 사실이라면 살 떨리는 이야기가 아닐 수 없지."

생각만으로도 추워지는지 과장되게 어깨를 털었다.

"아마 사실일 거예요. 그렇지 않고서야 저리 될 수 없죠."

그녀의 표정을 보니 천기련이 별로 마음에 들지 않는 모양이었다.

"이참에 나머지 여섯에 대해서도 아는 만큼 알려줄게요. 미리 알아두면 나중에 편할 거예요."

사실 그녀는 이들이 마천각에 대해 잘 알지 못하게 해서 나중에 피해를 보게 만들어야 하는 입장이었다. 알아서 편해지게 내버려두면 안 되는 입장인 것이다. 그러나 지금 그녀에게 그런 건 아무 상관도 없는 모양이었다. 아무래도 그녀는 자신의 처지를 좀 망각하고 있는 듯했다.

"쇠꼬챙이 같은 검을 써서 비 공자의 측신을 암습한 사람은 마천칠걸 중 육걸로 잔무일점혈(殘霧一點血) 무정(無情)이라는 사람이에요.

사실 이 사람은 이름하고 별호만 밝혀져 있지 그 신상내력은 모두 비밀에 붙여져 있어요. 출신까지도 비밀이죠. 다만 방금 전 공격으로 알 수 있듯 은신잠행에 능하며 은밀하고 악독한 일검필살의 쾌검을 구사하죠."

비류연은 조금 전 여섯 번째 공격을 떠올려보았다.

"확실히 그것은 암살자의 검이었죠. 상당히 유능한 살수일 가능성이 농후해요. 게다가 전문가이구요."

여기서 전문가란 검에 보다 많은 피를 묻힌 사람을 뜻하는 말이다. 진정한 암살가의 후예라면 저토록 철저하게 자신의 신상을 숨기는 것도 이해가 갔다.

"다섯 번째로 공격했던 사슬낫을 부리는 사람은 쇄풍겸 오문추예요. 왼손으로 낫을, 오른손으로 사슬추를 쓰는 인물이죠."

"꽤 특이한 무기였죠. 처음 보는 것이더군요."

비류연이 회상하며 말했다.

"쿠사리가마(くさりがま)라 불리는 무길세. 중원과는 동떨어진 작은 섬나라 '왜'에 저런 희한한 무기가 있다는 이야기는 풍월로 들은 적이 있네. 그러고 보니 마천각에서 왜의 무사들과 가끔 교류한다는 소문을 들은 적이 있었지."

약방의 감초처럼 장홍이 또다시 끼어들었다.

이것저것 잘도 주워들은 모양이라며 사람들이 감탄했다. 이 정도면 '소문풍문풍월' 집합소라 불러도 그리 틀린 말이 아닐 듯했다.

"쿠사… 뭐라고?"

웬 알아먹지 못할 방언을 씨부리냐는 듯 비류연이 반문했다.

"쿠·사·리·가·마! 저 무기를 뜻하는 왜어일세."

장홍이 다시 한번 또박또박한 목소리로 되풀이해주었다.

"우와, 그런 것도 알아?"

"뭐, 필요했으니깐!"

이것 이외에도 몇 개 더 할 수 있다는 것은 굳이 밝히지 않았다.

이 아저씨, 의외로 평범한 아저씨가 아니었던 것이다.

"사실이에요. 일부 부처에서 왜의 무사들과의 무공교류를 명목으로 사람을 초빙해오기도 했다더군요. 아마 그는 그런 초빙무사 중 한 사람에게 사사 받은 모양이에요. 그들의 무리는 중원과 무척이나 달라 배울 점이 많이 있죠."

은설란이 그의 말을 확인해주었다.

"사걸은……."

그녀가 막 칠걸 중 네 번째 인물을 설명하려고 할 때 또다시 장홍이 끼어들었다. 그런데 이번에는 태도가 이 앞과는 좀 틀렸다.

"사교검(蛇皎劍) 백사영, 나이 28세, 애병은 기문병기 사교독검편(蛇皎毒劍鞭), 독문무공은 사교검(蛇皎劍) 십이맹아(十二猛牙)!"

장홍은 무척이나 사무적인 어투로 그에 대한 정보를 나열했다. 하지만 그 말에는 은근히 불편한 감정들이 실려 있었다.

"어머! 잘 알고 계시네요, 장 공자!"

은설란은 경탄하며 말했다.

"뭐, 조금……."

장홍은 더 이상 그 부분에 대한 이야기를 화제로 삼고 싶지 않은지 말을 대충 얼버무렸다. 은설란도 눈치 빠르게 더 이상 그 부분에 대해 언급하지 않고 다음으로 넘어갔다. 사람이라면 누구에게나 말 못할 사정 한두 가지는 가슴속에 품고 사는 것이다. 눈앞의 이 아저씨는 그게 좀 과하게 많은 듯 보였지만 말이다.

"세 번째로 채찍을 휘두르며 공격한 자는 마천삼걸 사갈검편(蛇蠍劍鞭) 도추운이에요. 맹사문(猛蛇門) 문주 사갈마혼편(蛇蠍魔魂鞭) 도곡의 제자이자 아들인데 검날이 달린 묵빛 채찍을 신체의 일부처럼 자유자재로 부리는데 사갈(蛇蠍)이라는 이름처럼 무척이나 수법이 잔인하고 괴이한 자예요. 생긴 얼굴만큼이나 마음도 음험한 자죠."

"맞아요! 눈이 좌우로 쫙 찢어지고 하관이 얄팍한 게 정말 뱀같이 생겼더라고요. 아까 전에 날 한번 쓱 쳐다보는데 온몸에 소름이 쫙 돋는 거 있죠."

이진설이 질색한 표정으로 말했다. 아직도 그때의 소름이 채 가라앉지 않은 모양이었다.

"여성에 대한 버릇이 좋지 않다는 소문이 파다해요. 진설도 조심해요."

은설란이 경고했다. 아무래도 여러 가지 좋지 않은 소문들을 주렁주렁 달고 다니는 인물인 모양이었다.

"두 번째 창을 이용해 일곱 번 연환공격을 펼친 이는 바로 이걸 칠련창(七連槍) 종리추라는 사람이죠. 일곱 개의 창을 동시에 부린다 해서 붙여진 별호예요. 창에 관한 한 마천각 내에서도 적수를 찾아보기 힘든 고수죠. 한 번 창을 내뻗으면 나무든 바위든 사람이든 가리지 않고 모두 가루로 만들어버린다고 하더군요."

"전 그렇게 창을 빠르게 던지는 사람을 본 적이 한번도 없어요. 정말 무시무시한 빠르기였어요. 특히 마지막 칠격은 정말 전율이 일 정도로 강맹한 위력이었죠."

이진설이 감탄조로 말했다.

"확실히 그 정도 속도와 파괴력이라면 무영창(無影槍)의 달인 질풍묵흔(疾風墨痕) 구천학에게도 전혀 뒤지지 않을 듯하더군."

장홍은 전 철각비마대 대주의 이름까지 거론하며 자신의 의견을 말했다. 그러자 비류연이 한마디 했다.

"아! 그 오성묵룡창(五星墨龍槍)인가 뭔가 하는 창 다섯 자루 들고서 말을 타고 다니던 아저씨 말이지! 하긴 그 아저씨는 다섯 자루고 이쪽은 일곱 자루니 이쪽이 훨씬 더 세겠네!"

구천학이 들었으면 눈 까집고 길길이 날뛸 만큼 이상야릇한 셈법이었다. 진심인지 농담인지 구분하기도 힘들었다.

"그냥 넘어갑시다."

장홍이 가장 현명한 대처 방안을 제시하자 은설란이 고개를 끄덕이며 이에 동의했다.

"마지막으로 거대한 검은 기형병기를 사용해 첫 번째로 공격을 펼친 사람이 바로 마천칠걸 중 서열 일위인 일걸 마검익(魔劍翼) 추명이라는 자예요. 칠걸 중 가장 강하다고 공인받고 있는 남자죠."

"그러고 보니 그의 무기도 참 특이하더군."

비류연이 그의 등에 차고 있던 검은 물체를 떠올리며 말했다.

"회선인의 일종인데 '흑응익' 이란 이름을 가지고 있어요. 그 묵빛처럼 검은 광택이 나는 색깔 때문이죠. 그 검은 날개는 한 번 노린 사냥감을 절대로 놓치지 않을 만큼 집요하다고 하더군요."
하지만 조금 전 비류연은 그 검은 매의 발톱을 보기 좋게 피해냈다.
"무척 과묵하지만 한 번 결정한 일은 무슨 일이 있어도 관철시키는 무서운 의지력의 소유자라고 하더군요. 그의 사문이나 스승에 대해서는 알려진 바가 없어요. 마천칠걸 중에는 그런 자가 한둘이 아니어서 더욱더 주위 사람들의 의혹을 부채질하죠. 궁금증과 호기심은 두말할 것도 없고요. 제가 그들에 대해 아는 건 이 정도뿐이에요."
마천각 토박이라고 할 수 있는 그녀로서도 이게 한계인 모양이었다.
"보통 음지에서만 활동하며 태양 아래는 나타나는 법이 극히 드물다고 들었었는데…, 이렇게 한꺼번에 나타나다니……. 한 번 더 생각하지 않을 수 없네요."
특히 대공자 비는 아무런 이유 없이, 단순한 변덕만으로 움직일 만큼 가벼운 존재가 아니었던 것이다. 하지만 생각하면 생각할수록 더 깊은 수렁에 빠져들기만 할 뿐이었다.
"아까 그 눈동자 봤어요?"
비류연이 나예린을 향해 물었다.
"네!"
나예린이 고개를 끄덕였다. 확실히 그의 눈동자는 쉽게 잊을 수 있는 그런 종류의 것이 아니었다.
"그럼, 그 눈동자 속에 담긴 의미가 뭔지 알아요? 예린이라면 알아차릴 수 있었을 텐데요?"
"약간은요. 그의 눈동자는 더없이 곧고 단단한 확신으로 가득 차 있더군요. 그것이 이 세상의 진리라도 되는 양! 그리고 아마 그에게는 그것이 이 세상의 진리겠지요."

역시 대단하다고 속으로 감탄한다.

"맞아요, 바르게 봤어요. 그는 자신의 승리에 대해 절대적인 자신감에 가득 차 있어요. 터럭만큼의 의심이나 망설임도 없어요. 그 자신감은 너무나 강렬해 마치 태양을 보는 것 같더군요."

그것은 오만과는 차원이 다른 빛이었다. 그는 그것이 절대불변의 진리라고 생각하고 있음이 분명했다.

"그런데 그게 무슨……?"

느닷없이 그런 질문을 한 의도를 파악하기가 힘들었다.

"아, 별거 아니에요. 그런 것만 보면 부숴버리고 싶은 충동이 일어서요. 그 자존심이 뭉개졌을 때 어떤 표정을 지을지 궁금하지 않아요?"

무서운 말을 아무렇지도 않게 내뱉으며 비류연이 씨익 미소 지었다. 다들 황당한 표정으로 이 막무가내의 사내를 주시했다.

'저 머리통 속엔 무엇이 들어 있을까?'

뚜껑을 따서 안을 들여다보고 싶은 충동이 그들의 몸을 간질였다.

"마천칠걸…, 저런 쟁쟁한 인물들을 일곱 명씩이나 하인처럼 부리다니……. 대공자 비! 역시 범상한 인물은 아니로군!"

장홍이 경계 섞인 눈빛으로 저편을 바라보며 말했다.

"확실히 뭔가 어두침침한 걸 잔뜩 품고 왔을걸!"

비류연이 확신에 찬 목소리로 말했다.

"맹독(猛毒)이라……."

그가 조그만 목소리로 중얼거렸다.

"확실히 재미있어지겠군."

그것은 예감이 아니라 확신이었다.

'얼마나 치명적인 독으로 변할지 지켜보는 것 또한 즐거움일지도……'

무시무시한 생각을 아무렇지도 않게 해버리는 비류연이었다.

"저런, 저런!"

노인이 엷은 미소를 머금은 채 얼굴의 주름살을 활짝 펴며 젊은이들을 지켜보았다.

"저렇게나 불타오르다니! 역시 젊음이란 좋은 것이로군."

금방이라도 피가 튈 듯한 상황이었는데도 노인은 마냥 좋은 모양이었다.

"젊었을 때는 다 싸우면서 크는 거지!"

노인의 이론대로라면 젊은이들이 크기 위해서는 전쟁이 일어나도 이상치 않을 것이다.

'자신감이 넘쳐서 보기 좋구먼.'

노인은 그렇게 생각하며 흡족해 했다. 자신감, 확실히 그것은 젊은이의 특권이긴 했다. 하지만 이 특권은 때로 제어와 자제심을 잃고 수시로 폭주하며 자만과 오만으로 이어지고, 마침내 터무니없는 무모함으로 변한다.

"승리라……"

아직 저들은 모르고 있는 것이 틀림없겠지. 분명 그러하리라. 그것은 지난 대회에 참가했던 선배를 통해서도 들을 수 없는 이야기일 테니깐.

"후후…, 이 대회의 실체와 본질을 알고서 실망하지나 말았으면 좋겠구먼."

그렇게 되면 늙은이의 마음이 무척이나 아플 거라고 노인은 한탄했다. 한숨이 절로 나왔다. 그러나 노인의 머리가 펼치는 주장과 달리 노인의 입가에는 즐거워서 어쩔 줄 모르겠다는 미소가 매달려 있었다.

노인은 기다리고 있는 것이다, 그 순간을. 주요리를 기다리는 미식가처럼 경건한 마음으로…….

살 만큼 산 노인의 도락을 그 누가 막을 수 있겠는가!

절대의 명령

"마천칠걸이 주군을 뵙습니다."
마천칠걸, 그들이 대공자에 대해 표하는 예는 평범한 예가 아니었다. 오체를 복지하고 이마를 바닥에 대는 고두례가 평범한 예일 리 없기 때문이다. 그것은 군신지간에나 존재하는 그런 법도였다.

그럼에도 그들의 눈에는 수치심이나 비굴함이 아닌, 앞에 자리한 존재에 대한 경외심으로 가득 차 있었다. 아무래도 조금 전 밖에서 취했던 포권지례는 남의 이목을 생각한 행동인 듯했다.
"일어나라!"
그가 명령하자 그제야 그들은 일제히 일어났다. 대공자가 그들의 얼굴을 한차례 둘러보더니 말했다.
"잘 참았다."
비류연에 대한 일을 말하는 모양이었다. 일곱 명의 공격이 제대로 먹힌 것 없이 모두 무위로 돌아갔는데도 그는 화내지 않았다. 어떻게 보면 믿고 있던 이들 일곱의 패배나 다름없는 모멸스러운 일이었음에도 그는 짜증내지도 분노하지도 않았다. 물론 징벌을 가할 생각도 없었다.
 이미 어찌 된 연유인지를 알고 있었던 것이다.
 "주군의 허락 없이 봉인을 푸는 것은 저희들에게 허가되어 있지 않습니다."
 강철처럼 탄탄한 체구의 사내, 마천칠걸의 필두인 마검익 추명이 기복 없는 목소리로 대답했다. 그의 말이 사실이라면 놀라운 일이었다. 이들은 아직 자신들의 진재절학을 내보이지 않은 것이다. 자신들은 전력을 다하지 않았다고 말하고 있는 것이다.
 그 대답에 만족했는지 비가 고개를 끄덕였다.
 "아직은 너희들의 진정한 힘을 드러낼 때가 아니다. 조금만 더 기다려라. 곧 그때가 온다."
 그는 확고하고 단호한 목소리로 말했다.
 "저희는 그때를 기다리고 있겠습니다."
 일곱 명이 일제히 허리를 숙이며 대답했다.
 "준비는?"
 대공자가 느닷없이 물었다. 하지만 대답은 바로 나왔다 .
 "모든 것이 순조롭습니다."
 이걸 칠련창 종리추가 대답했다.
 "계획에 차질이 빚어지는 일은 없을 것입니다."
 "수고했다!"
 대공자가 치하했다.
 "과찬이십니다."
 "시작은?"

"모레부터입니다."
 즉각적인 대답이 돌아왔다.
"예정대로로군!"
 일정에 차질이 빚어지지 않았다는 것이 그를 흡족하게 했다. 계획 진행 도중 몇 번의 불상사가 있어 계속 마음에 걸렸던 것이다.
"주위의 이목을 조심하도록!"
"명심하겠습니다."
 칠걸이 동시에 대답했다.

"교옥!"
 대공자가 한 명을 호명했다.
"예, 주군! 하명하세요."
 일곱 명 중 유일한 홍일점인 다홍색 비단옷의 여인이 다소곳한 목소리로 대답했다. 백화가 만개한 듯한 화려한 비단옷, 가녀린 어깨선이 강조되도록 틀어올린 윤기 흐르는 검은 머리, 터질 듯 풍만한 도발적인 몸매, 그리고 조용히 내리깔린 사내의 혼을 사로잡는 마성이 깃들어 있는 촉촉하게 젖은 사슴 같은 눈동자. 정(靜)과 동(動), 모든 곳에서 사내를 치마폭 아래 사로잡을 만한 관능적인 기운이 물씬 풍기고 있었다. 때문에 그녀에게는 혈심란이라는 별호 이외에도 매혼매향(賣魂買香 : 영혼을 팔아야만 비로소 그 향기를 살 수 있다)이라는 무시무시한 별칭까지 따로 붙어 있었다.
"비류연이라는 사내를 어떻게 생각하느냐?"
"주군의 앞을 가로막은 그 무뢰배를 말씀하시는 것이옵니까?"

그가 고개를 끄덕였다.

혈심란 교옥, 절대적인 복종심이 배어 있는 그녀의 목소리에는 사내의 가슴을 두방망이질치게 하는 묘한 색기 역시 어려 있었다. 짧은 울림에도 불구하고 그 안에는 사내의 심금을 울리는 애틋함과 사내에게 정복감을 만끽하게 해주는 그런 마력이 동시에 혼재되어 있었다. 저런 목소리를 자연스럽게 낸다는 것은 불가능하다. 철저히 계산된 모종의 가혹한 훈련을 거쳐야만 비로소 저런 애틋한 목소리로 노래하듯 말하는 게 가능한 것이다(이미 그녀는 그런 것을 의식적으로 행하는 단계를 넘어서 있었다). 그래야만 의식중에든 무의식중에든 필요에 의해 사내들을 유혹할 수 있는 것이다. 그것이 그녀가 천기련에서 지금까지 배워온 방식이었다. 나예린과 달리 그녀는 인위적으로 육성된 마성(魔聲), 그 자체라 할 수 있었다.

"그를 사로잡아라!"

대공자는 아주 간단한 문장으로 명령했다.

무엇을 사용해 그 일을 행해야 하는지는 굳이 말해줄 필요도 들을 필요도 없었다. 사내를 상대함에 있어 그녀의 육체보다 더 강력한 무기는 존재하지 않는 것이다.

대공자 비 또한 목적을 위해 수단과 방법을 가리는 푹신푹신하고 야들야들한 정신상태의 소유자는 아니었다. 만일 그런 안이하고 무른 생각을 품고 있었다면 이 자리에 올라오지도 못했으리라.

"그 정도까지 신경 써야 하는 인물입니까?"

교옥이 진심으로 놀라 되물었다. 그의 주인에게 이렇게까지 신경 쓰이게 한 인물은 그녀가 알기로는 그 볼품없는 청년이 처음이었던 것이다. 놀란 것은 그녀뿐만이 아니었다. 대공자가 보인 의외의 태도에 마천칠걸 역시 모두들 경악해마지 않았던 것이다.
"너에게 본인이 그런 판단까지 위탁해야 하는가?"
 대공자의 조용한 반문은 대번에 그녀의 얼굴을 창백하게 만들었다.
"소녀가 주제넘었습니다! 부디 무례를 용서해주세요."
 그녀의 교구가 가늘게 떨리고 있었다. 그것은 맹목적인 충성과 복종 뒤에 숨겨진 공포의 그림자였다.
"아무리 힘을 봉인했다고는 하지만 그대들 일곱의 칠변연환공격을 모두 피해낸 자다. 그런데도 그대들은 그를 무시하는가?"
"단지 미꾸라지처럼 날렵했을 뿐입니다."
 삼걸이 외쳤다. 그러자 대공자의 눈빛이 차갑게 변했다.
"난 그대들이 진심으로 그렇게 생각하지 않았기를 바란다."
 추상같은 말이었다.
"돌발적인 변수가 될 가능성을 품고 있는 요소는 사전에 미리 제거해야만 한다. 교옥!"
"예, 주군!"
"너에게 맡긴다. 그자를 인도해라!"
 수단과 방법을 가리지 말고 유혹해 타락의 늪으로 인도하는 것이야말로 그녀가 태어나서 지금까지 교육받은 목표이자 사명이었다. 하지만 솔직히 이번 상대는 별로 내키지 않았다. 지금까지 그녀가 상대해오던 자들과 달리 너무…….
"불만인가?"
 조용한 반문. 그러나 차가운 냉기가 그녀의 등골을 울리며 지나간다. 순간적으로 내부를 돌던 피가 썰물처럼 빠져나가듯 창백해지는 안색, 그녀는 자신이 해야 할 일을 알고 있었다.
"아닙니다. 명을 받들겠습니다."
거역? 거부? 그것은 그녀의 뇌리 속에는 들어 있지 않은 말이었다. 그것은 오직 가장 참혹한 죽음하고만 연관지을 수 있는 금단의 단어였다.
범해서는 안 되는 금기!
송골송골 맺힌 식은땀이 그녀의 볼을 타고 바닥으로 톡톡 떨어졌다.
"그의 영혼을 사로잡아 그 안에 든 모든 것을 알아내라."
혈심란 교옥에게는 그의 명령에 대한 거부권이 존재하지 않았다. 그는 그녀의 육체와 정신, 양쪽 모두를 관장하고 있는 진정한 주인인 것이다. 그녀의 사명은 절대적인 복종뿐…….
"신명을 바쳐서!"
그것이 그녀에게 허락된 유일무이한 대답이었다.

"새로운 재생을 위해!"
대공자가 한마디 선창하자 모두들 그 말을 복창했다.
"새로운 재생을 위해!"
그것이 마치 기도나 주문이라도 되는 듯이.

화산규약지회의 개회 선언!
- 노야 혁중 등장!

"드디어 오늘이로군요."
 떠오르는 아침 태양을 온몸으로 받으며 윤준호가 말했다. 그의 얼굴은 잔뜩 상기되어 있었고, 그 목소리에는 사춘기 소년 같은 설렘이 가득 담겨 있었다.

"그렇게 좋은가?"
 장홍이 물었다. 윤준호는 기다렸다는 듯 고개를 힘차게 끄덕였다.
"물론이죠. 누가 뭐래도 강호 최대의 대회 아닙니까. 모든 젊은 무림인들이 갈망하는 꿈의 제전. 아아, 설마 나 같은 게 이 화산규약지회에 참가하게 되다니 정말 꿈만 같아요. 눈 시퍼렇게 뜨고 있다가도 몇 번씩이나 볼을 꼬집어본다니까요. 혹시 지금이 꿈이 아닐까 하는 의심이 들어서요."
 아직도 이 심약한 청년은 자신감이 부족한 모양이다. 하지만 이런 대회에 참가하러 와서도 심드렁하게 잠만 퍼질러 자는 누군가보다는 훨씬 나았다.
"뭐, 젊다는 건 좋은 것이지."

그는 그렇게 좋게 생각하기로 했다. 그러고는 윤준호를 향해 큰소리로 외쳤다.
"흑도 녀석들에게 백도 남아의 기개를 보여주라고!"

마천각 대표들이 모인 숙소에서도 한 소년이 떠오르는 태양빛을 온몸으로 받고 있었다. 무척이나 앳된 얼굴에 귀여움이 넘실거리는 소년이었다. 며칠 전 비류연 일행이 홍매곡에 들어올 때 처음 만났던 소유라는 이름의 소년이었다.
"드디어 시작입니다. 고대하고 고대하던 화산규약지회가요! 천무학관 녀석들에게, 자신들이 잘났다고 뻐기고 다니는 정파 녀석들에게 본때를 보여주겠어요."
"기대하지."
왼쪽 빰에 상흔이 있는 사내가 무뚝뚝한 목소리로 대답했다. 며칠 전 비류연 일행의 복장을 뒤집어놓은, '이사형'이라 불리던 사내였다.
그에게는 그것보다 훨씬 중요한 일이 있었다. 이 얼음장을 피부 대신 쓰는 듯한 사내의 신경을 그렇게까지 집중시키게 만드는 것은 무엇일까? 그것은 바로 자신의 목숨을 맡겨야 하는 애병을 손질하는 일이었다.
"그리고 이번에야말로 제가 어엿한 한 남자라는 것을 증명해 보이겠어요."
평소 자신의 소녀 같은 외모에 불만이 많았던 소년은 다짐하듯 말했다.
"그래."

다시 한번 성의 없는 대답이 돌아왔다. 하지만 소년은 상관하지 않았다. 그러고는 눈부시게 빛나는 태양을 보며 맹세했다.
"네! 무슨 수를 써서라도 이기고 말겠어요. 그들을 쓰러뜨리고 저 자신을 증명해 보이겠어요. 백도 녀석들에게 흑도 남아의 기개를 보여주겠어요! 정말 확인시켜주겠어요!"
그러나 이때만 해도 이 소년은 자신이 품었던 기대가 그렇게 멋지게 산산조각나리라고는 꿈에도 생각지 못하고 있었다.

좌백, 우흑.
좌우 반반, 흑과 백으로 명확하게 구분되어 있는 그 흑백포는 바로 율령자의 증거라 할 수 있는 예복이다.
좌(左)의 백(白)이 양(陽), 우(右)의 흑(黑)이 음(陰).
이 옷이 이런 식으로 만들어진 것에는 음양의 조화와 화합을 상징하는 의미가 포함되어 있다.
흑백의 조화.
그것은 지금 이 자리에 서 있는 그들의 의무와 사명을 상기시키는 상징물이기도 했다.
지금 홍매곡에 위치한 제1연무장의 단상 위에서는 이 음양흑백포를 몸에 두른 수십 명의 율령자들이 열을 맞추어 좌우로 도열해 있었다. 대부분이 세수(世壽)를 측정하기 힘든 만큼의 긴 세월을 품에 안고 있는 듯, 나이를 쉽사리 짐작할 수 없는 노회한 얼굴들을 하고 있었다. 개중에 젊은층—이라고 해봤자 기본이 오십대였다—이 보였지만 정말 극소수에 불과했다. 하지만 이 노인들이 함께 모여 뿜어내는 존재감은 드넓은 홍매곡을 꽉 채운 느낌을 줄 정도로 어마어마한 것이었다.

"율령자들이 저렇게나 많았나? 지금까지 다들 어디에 숨어 있었던 거람?"

남궁상은 문득 치솟는 호기심에 고개를 갸우뚱했다. 이곳에 들어온 지 벌써 사흘이나 지났건만 그들이 본 율령자들의 수라 해봐야 한 손에 꼽을 정도였던 것이다.

"글쎄…, 숨바꼭질이라도 하고 있었나보지."

대수롭지 않은 투로 현운이 대답했다. 그의 시선은 지금 한 곳을 향해 집중되어 있던 터라 다른 곳에 신경을 분산시킬 겨를이 없었다.

"저 가운데 있는 자리는 뭐지?"

율령자들이 좌우로 도열하고 선 중앙은 누군가를 위해서 비워져 있는 것처럼 보였다. 남궁상의 시선이 친구를 따라 움직였다.

"아직 나올 사람이 있다는 건가?"

바로 그때였다.

"응?"

맨 처음 그 사람을 발견한 것은 고개가 모로 삐뚤어져 있던 비류연이었다.

"어?"

오와 열을 맞춘 관도들의 앞에 선도하듯 서 있던 염도의 고개가 앞으로 쑥 내밀어졌다. 보이지 않는 귀신의 손이 그의 목을 사정없이 잡아뽑기라도 한 듯한 과격한 동작이었다.

"마, 말도 안 돼……."

그의 눈이 화등잔만큼 크게 떠졌다. 그렇게라도 하면 조금이라도 더 자세히 볼 수 있기라도 하다는 듯이.

"이런 일이……."

시선을 날아 꽂듯 박아넣은 것은 빙검 또한 마찬가지였다. 그동안의 피나는 수행에도 불구하고 그는 지금 심장에 큰 이상박동을 느낀 참이었다.

"얼래? 저 할아버지는……."

졸음에 반쯤 감겨 있던 비류연의 눈이 번쩍 떠졌다. 노인의 등장이 한 발짝만 늦었어도 그는 이미 몽국기행(夢國記行)에 여념이 없었을 것이다.

뚜벅, 뚜벅, 뚜벅!

줄줄이 도열해 선 호호백발의 율령자들로부터 최고의 경의를 당연한 듯 받으며 거침없이 걸어오고 있는 백발의 노인. 비류연은 물론이고 염도와 남궁상 또한 그 노인의 얼굴이 무척이나 낯익었다. 비록 짧은 시간이었다 해도 며칠 전까지 그들과 함께한 노인을 벌써부터 과거의 망각 속에 묻기엔 시간이 너무 짧고 촉박했다.

지금 노인이 몸에 두르고 있는 것이 선명하게 빛나는 음양흑백포라는 것을 부정할 눈 삔 자는 아무도 없을 것이다.

노인이 걸음을 멈춘 자리는 바로 비어 있던 중앙의 태사의였다.

연무장에 도열해 있는 백도 흑도의 기재들을 바라보는 노인의 측량할 길 없는 심원한 두 눈동자에는 깊은 사랑과 자애가 흘러넘치고 있었다.

"환영하네, 흑도 백도를 떠나 전 무림의 자랑스러운 기재(奇才)들이

여! 그대들은 백도 흑도라는 소속이나 출신을 떠나 현 무림의 가장 뛰어난 젊은 영재들을 그러모은 이 자리에 서 있다는 사실에 충분히 명예와 긍지를 느껴도 좋네. 그리고 서로에 대해 소속과 출신을 떠나 찬탄하고 감탄하게. 그것은 그대들의 당연한 권리이자 의무라 할 수 있기 때문이라네."

노인의 목소리에는 세월을 이겨내는 심원한 힘이 가득 넘치고 있었다.

"본인은 영광스럽게도 제10회 화산규약지회의 운영 총책임을 맡게 된 혁중이라고 하네. 젊은 그대들의 혈기와 영기와 재기발랄함을 바로 곁에서 체험할 수 있다는 것은 낡은 노구를 지닌 이 노친네에게는 크나큰 기쁨이자 즐거움이며 행운이 아닐 수 없다네! 앞으로는 이 노부를 그냥 혁 노야라고 불러주었으면 좋겠네."

저 작은 노인의 몸에서 나오는 소리라고는 생각할 수 없는 무척이나 힘 있고 생기 넘치는 목소리였다. 그 목소리에는 진정으로 즐거움과 기쁨이 가득 담겨 있었다. 때문에 그 진정은 듣는 이들의 마음까지도 들뜨게 하고, 즐거움과 생동하는 기쁨으로 물들이고 있었다.

하지만 노인의 기쁨은 지금부터였다. 그러나 그것은 다른 이들에게는 불행으로 여겨질 만한 일이었다. 노인의 시선이 또랑또랑하게 눈을 빛내고 있는─물론 몇몇 사람은 그렇지 않지만─ 좌중을 한번 쭉 훑어보았다.

이제부터 하는 이야기를 이 아이들은 어떻게 받아들일까? 궁금하지 않다면 그건 거짓말이리라. 하지만 그것은 먼 미래가 아니기에 곧 결과를 알 수 있을 터였다.

"급작스러울지도 모르지만, 또 당황스러울지도 모르지만……."
 마침내 혁중이 말을 시작했다.
 "이제 노부는 이 자리에 모이도록 선택받은 그대들에게 숨겨왔던 이야기를 하나 해주어야 할 때라고 생각하네. 아마 이 이야기는 몇몇 사람들에게는 무척이나 받아들이기 힘든 것일지도 모른다네. 그들은 무척 혼란스러워할 것이 분명하네. 하지만 두려워하지 말게. 그것들은 당연한 반응이니깐. 다만 거부하거나 부정하지는 말게나. 왜냐하면 그것은 미래의 한 걸음을 위해서는 반드시 필요한 일이기 때문이라네!"
 잠시 마음을 준비하는 시간이라도 주듯 노인은 한 호흡을 쉬었다. 그러고는 모든 이의 마음을 뒤흔들 만한, 지난 백 년에 걸쳐 결정된 한마디를 내뱉었다.
 "그것은 바로 이번 화산규약지회에 대해 숨겨진 진실된 목적에 관한 이야기라네!"

 진실된 목적?
 화산규약지회의 목적은 천무학관으로 대표되는 정파의 인재와 마천각으로 대표되는 흑도의 기재가 10년마다 한자리에 모여 일신상에 지닌 무공공부의 우열을 가리며 서로서로 경쟁하여 실력을 배양하는 것이 아닌가. 다시 있을지 모를 천겁령의 부활에 대비해서. 물론 그 이면에서는 10년마다 있는 이 대회를 통해 강호상에서 차지하는 자신들의 위상을 높이고 주도권을 갖기 위해 암중으로 겨루기도 한다.

"룡룡, 자네는 그게 뭔지 알아?"

비류연의 질문에 효룡은 고개를 가로저었다. 룡룡은 가끔 비류연이 효룡을 장난스럽게 부를 때 사용하는 호칭이었다.

"내가 그런 걸 알 리가 있겠나!"

그는 오늘 따라 한층 더 음침한 모습이었다. 그의 산발한 머리모양이 더욱 기괴해진 탓이다. 이 정도면 정말 특출난 안목을 지닌 자가 아니면 어느 누구도 그의 얼굴을 알아보지 못하리라.

"아저씨는 어때요?"

"진정한 목적이라……"

장홍도 고개를 갸우뚱거렸다.

"그런 게 있었나?"

아무리 머릿속 기억의 서랍장을 뒤져봐도 그런 것은 찾을 수 없었다.

"확실히 저번엔 그런 거 없었는데……"

그의 중얼거림은 사실이었다.

"이번에 멸겁삼관이라는 관문도 그렇고, 백주년이라는 시간도 그렇고……"

자신이 모르는 곳에서 어떤 거대한 의지가 움직이고 있었다. 그리고 마침내 노인은 그 진실을, 그 실체를, 그 정체를 이야기하기 시작했다.

그것은 산전수전 다 겪은 장홍으로서도 경악하지 않을 수 없는 이야기였다.

"자네들 중 많은 이들이 이 화산규약지회를 그냥 흑도와 백도가 만나 그저 무공만으로 자웅을 겨루는 대회라고 생각하고 있을걸세."
'당연한 것 아닌가?'
사람들은 그렇게 생각했다.
"물론 그렇게 생각하는 것도 무리가 아니라는 것을 잘 알고 있네. 기존의 여타 무림대회들은 전통적으로 항상 무력이 중시되어 왔으니 말일세. 이 화산규약지회도 이전 회까지는 마찬가지였고 말이야. 하지만 우리들은 마침내 무력만을 궁극의 잣대로 생각하는 강호의 상식이 이 화산규약지회가 처음으로 만들어질 때 안배되어 있던 기본 정신을 크게 훼손시키는 일이라는 것을 깨닫게 되었네. 우리는 그동안 '삽질'을 하고 있었던 것이지."
좌중이 숨죽인 가운데 혁중은 계속해서 말을 이었다.
"물론 우리는 무공을 경시할 생각은 없네. 원래 이 화산지회 또한 양측의 경쟁을 통해 서로의 실력을 상호보완 발전시키자는 좋은 의도를 지니고 있으니 말일세. 하지만!"
노인이 잠시 강조하듯 말을 끊었다가 다시 이었다.
"무공실력을 최상의 가치로 상정했을 때는 많은 폐해가 나타난다는 것을 발견한 것이네."
"그것이 무엇입니까?"
한 참가자가 물었다.
"무공 겨룸은 너무나 극단적으로 사람들의 투쟁심을 자극할 수 있다는 것일세. 공정한 경쟁의식을 넘어서버린 투쟁의식은 악의를 불러일으키지. 그것이 중대한 문제였던 것일세. 그리고 무공 상호증진이라는 명목 하에 우리 모두가 간과해왔던 일이기도 하지."

"비무대회라는 게 당연히 그런 거 아닌가요? 화산지회 역시 무공 이외에 무엇으로 우위를 가릴 수 있겠습니까?"

또다시 질문이 터져나왔다. 혁 노야의 목소리가 조금 날카로워졌다. 이쯤에서 주의를 환기시킬 필요가 있다고 느꼈던 것이다.

"자네들 이번 화산지회를 뭐라고 생각한 건가? 설마 네모 반듯한 사각 판때기 위에서 누가누가 더 센지 잔뜩 겨루는, 그래서 상대를 자기보다 더 많이 상처 입히거나 장외로 떨어뜨리거나 하면 간단하게 이길 수 있는 그런 단순한 대회로 생각했던 건가?"

참으로 어처구니없다는 그런 말투였다. 그리고 반발을 용납지 않는 기백이 담겨 있었다.

"하지만 확실히 저번 회까지만 해도 그랬던 것 같은데……."

장홍이 작은 목소리로 중얼거렸다.

"이건 그렇게 단순한 대회가 아니라네! 전 무림의 미래를 설계하는 중요한 대회가 그렇게 험악하고 무식하기만 할 거라고 생각했나?"

갑자기 보편적인 비무대회들이 몽땅 무식해져버리는 순간이었다. 모두들 침묵으로 답을 대신하자 다시 노인이 외쳤다.

"그것은 큰 오산일세! 게다가 서로를 인정하고 수용하지 않고, 외면하고 배척하고 쓰러뜨리려 하는 행위는 화산규약지회 대삼원칙에 크게 위배되는 행위이기도 하네. 그 사실을 깨달은 우리들은 우리가 범했던 잘못을 바로잡아야 한다고 생각했네. 백 년이 지나서야 겨우 알아차린 것이지."

그런 게 있었나? 이번이 처음이 아니라 두 번째 이 대회에 참가하는 이들까지도 이런 의문을 품었다. 당연히 질문이 나왔다.

"대삼원칙(大三原則)?"
혁중은 결연한 목소리로 말했다.

"그것은 바로 우정과 화합, 그리고 평화일세."

순간 시간이 정지하고 모든 것이 얼어붙었다. 그리고 엄청난 정신적 대공황이 찾아왔다.

노인의 선언대로 그 진실은 사람들의 얼과 넋을 동시에 빼놓을 정도로 충격적인 것이었다.
"마, 말도 안 돼!"
'그렇겠지!'
"미친 짓이야!"
'뭐, 그렇게 보여도 할 수 없지!'
"그런 바보 같은……."
'하긴 바보처럼 여겨질 수도 있겠지.'
"거, 거짓말이야! 그딴 거짓말 난 믿을 수 없어!"
'역시나! 뭐, 무리도 아니지!'
"그딴 게 가능할 리가 없잖아!"
'그렇게 말할 것까지는 없잖아!'
그들은 지금 이 순간 소속과 출신, 남녀를 떠나 같은 생각을 공유하게 된 건지도 모른다.

"그건 미친 짓이야! 그건 불가능해! 그딴 게 가능할 리 없잖아!"

이곳 제1연무장에 모인 거의 대부분의 인간들이 이 말에 열렬히 동의하고 있었다.

그 반응은 정말 예상했던 대로 뜨거운 것이었다. 현실을 부정하고 싶은 공통된 일념. 하지만 미안하게도 현실은 현실, 진실은 진실이었다. 부정한다 해서 바뀔 수 있는 편리한 것이라면 이미 진실이라 할 수 없다.

다행히 집단광란 상태로까지 사태가 거듭 발전하지는 않았다. 그러나 집단광란의 도가니에 빠져들어 펄펄 끓지 않게 하기 위해 소모되고 고갈된 심력은 막대한 양이었다. 평정을 유지하는 데만도 엄청난 정력이 낭비되었다.

그것은 이들 참가자들이 평생 동안 쌓아온 가치관을 송두리째 갈아엎는 행위였던 것이다.

이것만으로도 가치관의 전면 개조를 위해 드는 힘이 얼마나 막대할 것인지 능히 짐작할 수 있으리라.

혁중은 잠시 중인들의 젊은 혈기가 폭발되어 우왕좌왕하는 것을 잠자코 지켜보기만 했다. 혼란이 자연스럽게 해소되기를 기다리는 것이다. 그리고 어느 정도 분위기가 안정되자 다시 말을 꺼냈다.

"자네들의 놀람도 이해 못하는 바는 아니네!"

'전혀 이해하지 못한 것 같은데…….'

오히려 그들의 당황과 혼란을 즐기고 있는 듯한 느낌이었다.

"하지만 이 화산지회를 여타 다른 시시한 비무대회랑 같이 취급하지는 말아주게. 상대만 무조건 때려눕히고 피 흘리게 만들기만 하면 이길 수 있다는 그런 비무대회들 말일세! 우리는 그런 비무대회를 통해서는 절대 앞으로 나갈 수 없고, 언제 다가올지 모를 미증유의 겁난(劫亂)에도 대비할 수가 없네!"

무척이나 무시무시한 경고였다. 다시 질문이 쏟아졌다.

"질문 있습니다! 그 다가올 미증유의 겁난이란 게 무엇입니까?"

중인들의 시선이 일제히 노인의 다물어진 입을 향해 쏠렸다.

기다렸다는 듯 잔혹한 대답이 돌아왔다.

"그것은 바로 천겁령(天劫靈)의 부활일세."

화산지회 일정

 천겁령의 부활을 공식석상에서 입에 담았다는 것은 그만큼 신빙성이 높아졌다는 이야기였다. 확실히 천겁혈세 이후 백 년이 지난 지금도 천겁령에 대한 이야기는 약효가 떨어지지 않는 확실한 처방이었다.

"지금 당장 그것을 이해해 달라고 말하는 것은 아닐세. 그런 꿈 같은 일은 기대하고 있지도 않고!"
 혁중의 말은 냉정했지만 현실을 반영하고 있었다.
"평생 동안 쌓아온 가치 관념을 하루아침에 바꾼다는 것은 '어지간한' 충격 없이는 불가능한 일이라는 걸 잘 알고 있네."
 묘한 울림을 지닌 말. 우리들이 그 '어지간한' 충격을 만들어주겠으니 고맙게 여겨라 하는 전제가 깔려 있는 듯한 그런 말이었다.
"하지만 곧 자네들의 생각이 바뀔 것이라고 믿고 있네."
 그의 말은 확신에 가득 차 있었다.
"믿고 안 믿고는 자유지만 두고보게! 그렇게 되지 않고는 못 배길 테니 말일세!"

혹시라도 그렇게 안 되더라도 걱정 마라. 우리가 그러지 않고는 못 배기게 만들어주겠다. 거의 그런 식의 의미가 배경으로 잔잔하게 깔린 의미심장한 여운을 지닌 말이었다.
"그럼 앞으로의 일정에 대해서 이야기해주도록 하겠네! 자네들은 일단 정해진 새로운 숙소에서 일주일 동안 생활하게 될 걸세. 그동안은 그저 자기 수련에 힘쓰면서 서로서로 상대방과 대화를 하도록 노력해보게."
'그런 게 가능할 리가 없잖아!'
소리 없는 아우성이 울려퍼졌다. 꼭 소리로 튀어나와야만 그걸 감지할 수 있는 것은 아니다. 인간은 보통 개발하지 않아서 그렇지 상상한 것보다 훨씬 더 민감한 감지능력을 지녔기 때문이다. 혁 노야 또한 이미 이들의 그런 집단의식을 훤하게 읽어내고 있었다.
"지금 여기에 있는 많은 사람들이 '미~친! 그런 게 가능할 리 없잖아!' 라고 생각하고 있을 걸세!"
그 말은 너무나 정곡을 찌르는 것인지라 순간 좌중들은 집단의식이 부젓가락에라도 찔린 것처럼 움찔거렸다.
"대화란 좋은 것이네. 서로를 더욱 잘 이해할 수 있도록 도와주는 최고의 관계형성 도구지. 게다가 우정을 증진시키고 화합을 도모하기 위해서는 서로를 더 잘 알아야 하지 않겠나?"
노인의 말은 무척이나 지당했지만 듣는 이들에게는 전혀 지당하지 못했다. 지당하지 못할 뿐만 아니라 불쾌하기까지 했다.
'누가 저런 놈들과!'
시선과 시선이 마주치며 성대한 불꽃이 피어올랐다. 순간 보이지 않는 악의의 화살들이 사방을 날아다녔다. 백도든 흑도든 이런 경우 생각하는 건 비슷한 모양이다.
혁중은 그것을 잠시 잠자코 지켜보고만 있었다. 이미 이 정도 반응쯤은 예상 범위 안이었기 때문에 전혀 위축되거나 슬퍼하지 않았다. 오히려 노인의 의지는 예전보다 더욱더 강하게 활활 타오르고 있었다.
'좀더 자신들의 상황을 일깨워줄 필요가 있겠군.'
그런 친절한 생각을 품고 노인이 다시 입을 열었다.
"미안한 말이지만 자네들은 그렇게 하고 싶지 않아도 그렇게 할 수밖에 없을 걸세. 왜냐하면 그것밖에는 달리 선택의 여지가 없기 때문이지."
순간 노인의 입가에 미세한 미소가 스치고 지나갔다. 그 부분이 노인이 가장 심혈을 기울여 안배해놓은 것이었기 때문이다.
우정과 화합 이외에는 선택의 여지가 없는 상황을 강제로 만든다. 그것이 바로 이번 화산규약지회의 주제이자 핵심이었던 것이다.
"왜 그래야만 하는지 자세하게 설명해주겠네. 자네들은 오늘부터 정식 숙소로 옮겨 일주일 동안 지내게 될 걸세. 좀더 서로를 이해할 수 있는 장을 만들기 위한 우리의 따뜻한 배려라네. 왜냐하면 일주일 후에 자네들은 정사흑백의 출신 구분 없이 무작위로 십인 일조를 짜야 하기 때문일세. 원칙은 오직 하나. 오 대 오, 반반이라는 것뿐이네."
즉 백도 측 다섯 명, 흑도 측 다섯 명으로 조를 짜야 한다는 이야기였다. 이번 백주년 기념 화산지회를 맞이하여 새로 구성된 규칙인 모양이었다.
 이 갑작스런 이야기에 서로 의견을 나누는 탓인지 점점 웅성거림이 커졌다. 나름대로 돌발 상황이라 어떤 마음가짐으로 대처해야 할지 몰라 혼란스러운 것이리라. 노인은 이런 혼란한 상태를 또 놓치지 않는다. 이럴 때는 좀더 흔들어주는 게 효과가 배가되기 때문이다.
 "다시 한번 충고하자면 그러는 게 자네들의 신상에 이로울 걸세! 왜냐하면… 그렇게 대화에 힘쓰지 않으면 나중에 화산지회에서 우승하기가 매우매우 고단할 것이기 때문일세."
 점점 더 혼란이 가중되어갔다. 혁중이 계속해서 이야기를 늘어놓았다.
 "자네들은 십인 일조로 수화목금토 다섯 개의 주제를 가진 관문에 도전하게 될 걸세. 우리는 이 다섯 개의 관문을 오행관(五行關)이라고 칭하고 있네. 오행을 주제로 잡은 것은 그것이 조화와 화합, 상생상극의 신비한 원리를 나타내는 우주의 오묘한 법칙이기 때문일세. 이 오행관에서는 각 조별로 단체 행동을 해야 하며 점수 또한 각 조별로 매겨지게 될 것일세."
 "헉!"
 혁중의 폭탄선언에 사람들은 다들 기겁하지 않을 수 없었다. 그렇다는 이야기는…….
 혁중이 고개를 끄덕이며 이야기를 계속했다.
 "잘 이해한 것 같아 기쁘군. 바로 자네들 생각대로라네. 조별로 점수를 매기기 때문에 당연히 협동과 화합이 잘되는 조가 더 많은 점수를 딸 수 있네. 물론 자네들에게 서로 손발이 맞지 않는 불협화음 상태에서도 잘 해낼 수 있는 신비한 능력이 있다면 굳이 대화를 통해 서로를 이해하라고 하지 않겠네. 하지만 그럴 자신이 없다면 역시 서로서로 우정을 쌓아가며 화합하는 게 좋지 않을까 생각하네."

정말 악독한(?) 계략이 아닐 수 없었다. 혁중이 마지막으로 화룡점정(畵龍點睛), 최후의 일격을 날렸다.

"한 가지 장담하자면 이 오행관에서 좋은 성적을 얻지 못한 사람은 절대 화산규약지회에서 우승하지 못할 것이라는 사실일세. 자네들의 현명한 판단을 기대하겠네."

마침내 노인의 이야기가 끝났지만 사람들은 모두 침묵으로 일관했다. 그 이야기가 끝나자마자 원상태로 복귀하기에는 받은 심적 충격이 너무 컸던 것이다.

"그것이 과연 효과가 있을까요?"

비류연이 손을 번쩍 들고 물었다. 그러나 의외로 그의 목소리에는 의구심이 포함되어 있지 않았다. 오히려 확인해보는 듯한 말투였다.

"우리는 이 방법이 아주 효과가 있을 거라고 기대하고 있네!"

혁중이 확신에 찬 목소리로 장담했다. 그 안에는 실패란 있을 수 없다는 그런 투철한 각오가 담겨져 있었다.

"우리는 지난 백 년 동안 수많은 방법들을 동원해보았네. 그러나 어느 것 하나 제대로 된 효과를 보지 못했지. 오히려 부작용만 크게 불거져 우리들의 골치를 썩였다네. 어떤 방법을 동원해도 사람들은 화합하지 못하는 부조화의 상태에 머무르며 악이 섞인 경쟁심을 불태웠지. 우리들은 그 부조화와 악의(惡意)의 경쟁심이 발생하는 원인이 뭘까 고민하기 시작했네. 백 년 동안의 고민이었으니 만만치 않게 긴 시간이었지. 하지만 지루할 만큼 긴 시간을 들여 사색한 결과, 성과가 있었지. 그리고 마침내 우리들은 그 근원에 도달했네. 백 년이라는 긴 시간을 들여 얻어낸 소중한 결과물이지!"
 "원인 하나 밝혀내는 데 백 년씩이나 걸리다니 상당히 비효율적인 운영방식이로군요."
 그는 여전히 예의(!)가 뭔지 아는 청년이었다.
 "부정하지 않겠네. 하지만 충분한 가치가 있었다고 생각하네! 왜냐하면 우리는 그 원인을 발견해냄으로써 그 해결책까지 모색할 수 있게 되었기 때문이라네! 결코 밑지는 장사가 아니지."
 "그 백 년 만의 소득은 무엇이었나요?"
 이것 역시 묻지 않고 넘어갈 수 없는 내용이다.
 "사람들을 부조화와 비뚤어진 경쟁심으로 내모는 힘, 그것은 바로 가장 추잡한 이기심의 결정체인 독 중의 독(毒中之毒) 집단이기주의일세."
 혁중이 단호한 목소리로 말했다.
 "그리고 우리는 이 결론에 의해 또 다른 결론에 도달하게 되었다네. 집단과 집단, 단체와 단체, 조직과 조직처럼 내 편과 네 편을 가르는 이상 어떤 온건하고 훌륭한 결론에도 도달할 수 없다는 것을 말일세. 또한 심층 최면처럼 가슴 속 깊숙이 박혀 있는 잘못 형성된 가치관의 쇠말뚝은 어지간한 충격을 가하지 않고는 뽑아내기 힘들다는 것도 알게 되었네."
 "그게 그렇게나 무서운 것입니까?"
 모용휘가 물었다. 혁중이 고개를 크게 끄덕였다.

"무섭지! 아주 무섭고말고! 이 세상에 집단이기주의만큼 무서운 이기주의도 없다네. 그것은 자신 혼자를 위한 것이 아니라 조직을 위한다는 일종의 장엄한 희생정신과 숭고한 사명감이란 환상을 개인에게 불러일으키기 때문이지. 순교자의 마음이라고나 할까……. 게다가 사람은 조직에 들어가면 그 조직의 정의가 세상의 정의인 줄 착각하게 되는 경향이 있다네. 좀더 대국적인 관점에서 사태를 읽지 못하고 눈앞의, 조직의 이익을 추구하는 데만 급급해지지."

아주 정확하기 때문에 그것은 무척이나 신랄한 말이 되었다.

"불교나 도교의 입장에서 보면 다 부질없는 짓이지만 이 세상을 유지 발전시켜 나가는 데 있어서 유용한 수단이라는 것을 부정할 마음은 없네. 그것은 현실을 부정하는 것이니깐."

결벽증이 있는 모용휘로서는 쉽게 받아들일 수 없는 개념이었다.

"흑과 백으로 나누어져 있는 이상, 주지하다시피 집단과 집단은 결집되면 결집될수록 큰 힘을 발휘한다네. 하지만 그것은 그만큼 명확하게 타 집단을 적극적으로 배제한다는 뜻이기도 하다네. 특히나 이런 승부를 가려야만 하는 일이라면 말일세. 승자가 둘이 될 수 없는 이상 이미 시작부터 패배자, 꼬리 내린 개가 정해져 있기 때문에 두 집단 중 한 집단은 반드시 이 패배자라는 이름이 적힌 멍멍이 집에 들어가 자리를 차지할 수밖에 없지."

"……."

"게다가 자네들은 단지 오십 명이라는 소수의 집단이 아니네! 자네들은 각각의 등뒤에 흑도와 백도라는 무림의 반동강이를, 수천이나 되는 사람들의 신념과 의지를 짊어지고 있는 것일세. 이미 옳고 그름의 문제로 이야기할 수준이 아닌 거지."

좌중은 여전히 침묵을 지키고 있었다.

"하지만 이렇게 너무 경쟁에만 집중한 나머지 한 가지 커다란 문제를 간과하고 말았네. 강호무림 전체라는 큰 관점에서 상황을 보지 못한 것이지. 더 큰 위험이 우리를 위협하고 있는데도 그것을 무시하면서까지 경쟁에 치중했네. 우리는 그 사실에 위기감을 느꼈지. 그래서 우리들은 다시 뇌가 퍼석퍼석해질 때까지 머리를 쥐어짰다네. 물론 해결책을 찾기 위해서였네. 그리고 겨우겨우 한 가지 방법을 생각해낼 수 있었네!"

감개무량한 여운이 감도는 목소리였다.

"그것이 무엇입니까?"

"궁금한가?"

"물론입니다."

모용휘가 우아한 동작으로 고개를 끄덕였다.

노인이 씨익 웃었다. 그러고는 짓궂은 목소리로 말했다.

"미안하지만 아직 가르쳐줄 수 없네!"

"예?"

황당해진 모용휘가 눈을 크게 떴다. 그럼 이제까지 계속해온 이야기들은 뭐였단 말인가? 단순한 희롱이란 말인가?

"하지만 그렇게 안달할 것 없네. 자네들은 곧 그것을 경험해볼 수 있을 테니깐 말일세. 그것도 시간을 들여 아주 천천히, 아주 듬뿍 말일세."

어린애처럼 장난기 가득했던 혁중의 얼굴이 순간 엄숙하게 변했다. 그러고는 오른손을 들어 선언했다.

"본인은 흑도와 백도로부터 본 대회의 운영을 전적으로 위임받은 총괄자의 자격으로 지금부터 제10차 화산규약지회의 개회를 하늘과 땅에 엄숙히 선포하오. 모든 참가자들은 우정과 화합, 평화라는 본 대회의 대삼원칙 아래 공정하고 훌륭하게 시합에 임해주시오. 이상으로 개회선포를 마치겠소!"

명검보도처럼 빛나는 검은 눈동자가 추상같은 빛을 발하며 번뜩이는 가운데 노인은 낮지만 강하고 위엄 있는 목소리로 제10차 화산규약지회의 개회를 선포했다.

태양관 월음관
- 숙소 배정

"자, 그럼 모두들 숙소로 돌아가 편히 쉬도록 하게!"
혁중이 노인답지 않은 시원스런 걸음으로 단상 아래로 내려가는 것을 사람들은 그저 멍한 눈으로 바라보고 있었다.

그가 단상을 내려가자 왼쪽 소매에 다섯 개의 검은 띠가 둘러져 있는 묵선 오본의 율령자가 앞으로 나왔다. 그러고는 나직하지만 모든 이의 귀에 똑똑히 들리는 목소리로 말했다.
"이제 공식적인 화산규약지회의 막이 올랐으니 임시 숙소에서 머무는 것을 끝내고 정식 숙소를 배정하도록 하겠네!"
그동안 그들은 정파 사람은 정파 사람끼리, 흑도 사람은 흑도 사람끼리 임시 숙소에서 머물고 있었다. 그곳은 원래대로라면 참가자들이 머무는 곳이 아니라 화산규약지회가 열리는 동안 내빈이 방문했을 때 사용하는 곳이라고 했다.
"남자는 저기 보이는 붉은색 건물인 태양관, 여자는 그 옆에 있는 푸른색 건물인 월음관에 머물게 되네. 매우 구분하기 쉬우니 헷갈리는 일은 없을 걸세."

 두 채 모두 무척이나 특이한 이름이었다.

 사람들의 시선이 일제히 그 건물로 향했다. 그곳은 색이나 모양새로 보아 최근에 지어진 건물 같았다.

 "이번 백주년 화산규약지회를 맞이하여 '특별히' 새로 지은 건물일세! 모든 것이 새것이니 지내는 데 불편함은 없을 것이네."

 친절한 율령자의 설명이 뒤따랐다. 무척이나 간단한 설명이었다.

 '새로 지었다고 해서 불편함이 없으리라는 보장은 없지.'

 오히려 새로 지은 건물일수록 여러 가지 잡다한 불편사항들이 발생할 가능성이 높았다. 하지만 비류연은 굳이 이 사실을 걸고넘어지지 않았다.

 "방 배정은 어떻게 됩니까?"

 장홍이 손을 번쩍 들더니 물었다.

 "필요 없네."

 묵선 오본 율령자의 단호(斷乎) 명쾌(明快)한 대답이 돌아왔다.

 "예? 그건 어째서입니까?"

 "안으로 들어가보면 이유를 알게 될 걸세. 자, 그럼 다들 이동해 주게!"

 율령자의 지시에 따라 사람들은 제각각 임시 숙소로 돌아와 각자의 짐을 싸기 시작했다.

 이때까지만 해도 저 두 채의 정식 숙소가 어떤 곳일까에 대해 깊이 생각해본 사람은 아무도 없었다. 다들 숙소는 그저 잠을 자고 쉴 수만 있으면 되는 곳이라는 안이한 생각에 사로잡혀 있었던 것이다.

우르르르.

율령자의 지시에 따라 수십 명의 인간들이 동시에 움직이는 가운데 한쪽 구석에서 차가운 눈을 빛내며 미동도 하지 않고 서 있는 이가 있었다.

"재미있는 발상이군! 하지만 그것이 생각만큼 잘될까?"

잠자코 지켜보던 대공자 비가 조용한 목소리로 뇌까렸다. 하지만 주변의 그 누구도 그 말의 참된 의미를 알아들은 사람은 없었다.

"편히 쉬시지요."

안내를 맡은 율령자는 그 말만 하고는 이들을 방치해둔 채 사라져버렸다. 의외의 상황에 던져진 수십 명의 남자 측 참가자들은 당황하지 않을 수 없었다.

율령자의 그림자와 발소리가 건물 저편으로 사라지자 노학이 잔뜩 인상을 찌푸린 채 중얼거렸다.

"편히 쉬어?"

그게 가당키나 한 말인가? 노학은 욕설이라도 마음껏 터트리고 싶었다. 다른 이들도 대부분 마찬가지의 심리상태였다.

"어떻게 이런 엿 같은 상황에 우리를 처박아놓고 편히 쉬라고 웃으며 말할 수 있지?"

숙소가 헐거나 비가 새거나 바람이 불면 날아갈 것 같거나 해서가 아니었다. 문제는 웬수 같은 놈들이 그들의 바로 옆에, 그것도 같은 건물 같은 방 안에 함께 있다는 사실이었다. 그 사실이 이들의 심리상태를 못내 불안하게 만들고 있는 것이다.

"이, 이게 뭐야!"

"말도 안 돼!"

"이건 사기야, 사기!"

"우린 당한 건가?"

그것은 중원에서는 찾아보기 힘든 특이한 침실이었다. 가운데는 사람이 지나갈 수 있도록 여섯 자 정도 되는 통로에 돌이 깔려 있었는데, 그 양쪽에 나무로 긴 편상을 만들어 올려놓았다. 그리고 그 위에는 이부자리가 열을 맞춰 서른 개 정도 놓여 있었다. 차곡차곡 갠 이부자리 뒤에는 개인의 짐을 넣어두는 장이 보였다.

한쪽에 서른 개씩, 양쪽을 합하면 육십 명이 한꺼번에 머물도록 그 숙소는 설계되어 있었다. 건물 전체가 하나의 거대한 방으로 만들어져 있었던 것이다. 칸막이나 발처럼 타인의 시선을 막을 만한 기본적인 것도 이곳에는 존재하지도 않았다.

하지만 그 정도는 참아줄 수 있었다. 재력이 부족했을 수도 있으니깐. 그러나 다른 한 부분에 있어서는 정말이지 참을 수가 없었다.

"노인네들이 머리를 많이 썼군."

거대한 공동 숙소, 태양관 안을 둘러보며 비류연은 그 안에 담긴 의뭉스런 의중을 단박에 파악할 수 있었다. 수법이 상당히 거칠지만 확실히 강한 충격을 가할 수 있는 방법이었다. 아니면 아예 철천지원수 사이로 만들든가. 무척이나 극단적인 수단이 아닐 수 없었다.

사람들이 분노와 짜증을 터뜨린 것은 지금부터 이 안에서 흑백도의 모든 이들이 앞으로 함께 생활하지 않으면 안 된다는 사실을 자각했기 때문이었다. 그들은 흑백의 출신과 소속 구분 없이 몽땅 한곳에 몰아넣어진 것이다.

"우리가 왜 저런 질 나쁜 놈들과 함께 지내지 않으면 안 되는 거야?"

천무학관의 누군가가 외쳤다.

"저런 샌님들하고 같은 공간을 써야 한다니……. 몸이 솜처럼 노곤해지지나 않을까 걱정이구만."

그러자 마천각에서도 지지 않고 누군가가 한마디 했다.

"누가 할 소리! 저런 질 나쁜 놈들하고 함께 생활해야 한다니 정말 짜증이 나는군! 뭘 믿고 저 녀석들과 같이 살 수 있지?"

다시 천무학관 쪽에서 험악한 말이 터져나왔다. 게다가 이번에는 상당히 극단적인 의미를 동반하고 있었다.

"잠자다가 우리 숨통을 끊을지도 모르는 저런 사도의 녀석들과 말이야!"

불만이 터져나오지 않으려야 않을 수 없는 일이었다. 불화와 싸움은 이미 예견된 거나 다름없었다.

"이야, 분위기 좋구먼."

남들은 다들 폭풍전야의 기운을 풍기고 있는 가운데 비류연이 발랄 상큼한 목소리로 말했다.

"아~함! 그럼 이만 한숨 자볼까!"

비류연이 한껏 기지개를 켰다.

"이런 상황에서 잠이 오나?"

효룡이 하도 신기해 물었다.

"쯧쯧쯧! 아직 멀었군, 멀었어!"

비류연이 오른손 검지를 그의 눈앞에서 흔들어대며 말했다.
"세상을 살아갈 때 가장 중요한 것은 지금 현재 내가 무슨 일을 해야 하는지 정확하게 파악하는 것이지. 나의 마음속에서 들려오는 아득한 목소리에 귀를 기울여본 결과 지금은 드러누워서 잠이나 자빠져 자라고 말하고 있군. 그런고로 난 잠을 청하겠네."
 말을 마치자마자 그는 침상 위로 훌떡 몸을 내던졌다. 그는 이 살 떨리는 공기가 전혀 느껴지지 않는지 금세 잠 속으로 빠져들었다.
 쿨쿨쿨······.
 사지를 뻗은 채 벌써 잠들어 있는 비류연만이 이 모든 불편함과 긴장의 도가니 속에서 한걸음 떨어져 있는 듯했다. 더없이 편해 보이는 얼굴로 그는 잠들어 있었다.
 본인은 인식하고 한 일인지 모르고 한 일인지 속을 알 수는 없지만 그의 수면욕이 첫 번째 충돌을 막는 데 상당 부분 기여한 것만은 사실이었다.

 찌이이익!
 반질반질한 바닥 위로 길게 선 하나가 그어졌다. 숙소를 정확히 반으로 양분하는 붉은 선, 서로의 영역을 표시하는 적대적인 분계선이었다.
 "이 선 절대 넘어오지 마! 넘어오면 주~거어!"
 그 선을 그은 자는 마천각 참가자 중 한 명인 마철랑 '이규'였다. 이리처럼 눈매가 사납고, 그 더러운 눈빛만큼이나 성격이 거친 사내였다.

"흥! 네 녀석들이야말로 넘어올 생각 말라고. 너희들과 스치기만 해도 우리 피부가 썩으니깐 말이야!"

그 선 바로 건너에서 흉악한 시선을 쏘아보내고 있던 노학이 마구 지껄여댔다.

"그리고 넘어가면 어쩔 거야? 이렇게 말이야!"

그렇게 말하며 그는 살짝 들고 있던 나뭇가지로 붉은 선 위를 푹푹 찔렀다. 손까지 자연스레 그쪽으로 넘어가고 있었다.

스릉!

누가 뽑았는지 모를 전광석화 같은 쾌검이 그의 손목을 향해 날아들었다. 번개 같은 검광이 나뭇가지를 쓸고 지나갔다.

"허걱!"

질겁한 노학이 급히 손을 빼냈다.

톡!

검은 정확하게 붉은 선 뒤로 남은 부분만큼을 나뭇가지로부터 잘라냈다. 깨끗이 절단된 나무토막이 땅바닥에 떨어졌다.

"무, 무슨 짓이야!"

노학이 분노의 일갈을 내뿜었다.

챙챙챙챙챙!

한 사람이 검을 뽑아들자 상대도 지지 않고 무기들을 뽑아들었다. 그러자 여기저기서 병장기를 뽑아드는 소리가 요란스레 울려퍼졌다. 흉흉한 살기가 숙소 전체를 감돌기 시작했다. 이렇게 대치는 오래 갔지만 다행히 유혈 사태로 번지지는 않았다.

이런 혼란의 와중에서도 태연히 눈을 감고 누워 있는 것은 비류연과 대공자뿐이었다. 대공자는 들어오자마자 조용히 한쪽에 자리를 잡은 채 아무렇지도 않게 잠에 취해 있는 비류연을 슬쩍 바라보았다. 그러고는 이내 무시했다.

병장기들은 곧 거두어졌다. 하지만 살기나 악의마저 깨끗이 거두어진 것은 아니었다.

다음 날, 사람들은 벌겋게 충혈된 눈으로 아침 조례를 시작했다. 서로를 믿을 수 없었기에 불안한 마음에 걱정이 되어 뜬눈으로 밤을 새웠던 것이다.

모두가 마찬가지였다. 이들은 모두 속으로 밤새 외치고 있었다.

'크오오오, 잠이 안 와! 젠장! 호굴에 들어가서 잠을 청해도 이보다는 편하겠다.'

그들이 얼마나 심적 중압감을 느끼고 있는지 확실히 알려주는 것이었다.

모두들 병장기를 왼편 허리춤에 두고(오른손으로 뽑아야 하니까 뽑기 쉽게) 잠을 청했다. 어떤 이는 그것도 부족한지 베개 밑에 소도까지 넣어놓고 잠을 청하기도 했다. 이런 상황에서 아무렇지도 않은 듯 느긋하게 잘 수 있는 게 이상한 놈이었다. 애석하게도 비류연은 그 애석하고 이상한 사람 중 하나였다. 이대로는 앞으로도 계속해서 뜬눈으로 밤을 지새울 수밖에 없을 것 같았다.

이틀 밤을 뜬눈으로 지새우고 나서야 그들은 한 가지 사실을 합의하기에 이르렀다. 흑도와 백도 사이에 이루어진 최초의 합의, 그것은 바로 다음과 같은 것이었다.

'우리 잠 좀 자자!'

벌겋게 충혈된 눈으로 그들은 동의했다. 그리고 방법을 제시하고 서로 수용했다. 오늘부터 서로 불침번을 세우기로 약조하고서야 그들은 비로소 안심하고(완전히는 아니지만) 잠들 수 있었다.

홍매곡 심처 노야 혁중의 방

호롱불이 흔들리자 주위의 경물 위로 그림자들이 춤을 춘다.

노인이 보고 있는 책은 바로 이번 화산규약지회 참가자들의 신상을 적어놓은 명부였다. 자세하게 신상을 적기 위해 정보부가 움직인 것을 빼면 무척 평범한 책자였다.

흰 것이 종이, 검은 것은 글.

지금 노인의 눈은 한 지점에서 굳은 듯 멈춰서 있다.

비류연(飛流連)

그 밑에 함께 적힌 출신문파는 공란으로 남아 있었다. 일인전승이나 은거기인으로부터의 전수일 경우, 함부로 사문에 대해 떠들고 다닐 수 없는 이들이 많기 때문에 강호에서 그리 드문 일은 아니었다. 하지만 신원보증인란에 염도 곽영희가 적혀 있는 것은 역시 의심스러웠다.

다른 사람은 몰라도 노인은 염도의 사부가 누구인지 알고 있는 몇 안 되는 사람 중 하나였다.

"과연 정체가 뭘까……."

분명히 숨기고 있는 게 있다, 밝혀지지 않았을 뿐. 이렇게 자신의 흥미를 끌게 해준 인물은 요 수십 년 동안 한 명도 없었다 해도 과언이 아니었다.

"좀더 알아볼 필요가 있겠어."

노인이 한 가지 일에 대해 결정을 내렸을 바로 그때였다.

아무도 없는 곳에 갑자기 세 개의 기척이 생겨났다. 조금 전만 해도 분명 아무것도 존재하지 않는 공간이었다. 언제부터 그들은 그곳에 있었을까?

아주 사소한 공기의 진동에도 반응하는 호롱불에서는 아무런 흔들림도 찾아볼 수가 없다. 귀신도 흉내 내지 못할 깜짝 등장에도 불구하고 노인은 전혀 놀란 기색이 없었다.

"왔는가?"

뒤돌아보지도 않고 노인이 말했다.

척! 털썩!

세 명의 그림자가 일제히 무릎을 꿇었다.

"사대암천(四大暗天)이 부름을 받습니다!"

그들의 말에는 극진한 경외심이 담겨 있었다. 놀랍게도 이들 세 사람 모두 일파의 종사를 능가하는 기도를 지니고 있었다. 그러나 사대암천이라는 이름과 달리 기척은 넷이 아니라 셋뿐이었다.

"아무래도 자네들의 힘이 필요할 것 같네!"

담담한 목소리로 노인이 말했다. 그러자 노인의 등뒤에서 흠칫 놀라는 기색이 느껴졌다.

"저희들 셋씩이나 말입니까?"

그 중 가운데 선 그림자가 말했다. 젊음은 이미 오래전에 지나간 듯 노회한, 연륜이 느껴지는 목소리였다. 그 목소리만으로도 그의 나이가 적지 않음을 짐작할 수 있다.

그때 우측 끝에 서 있던 그림자도 약간 불만 섞인 목소리로 말했다.

"웬만한 문파 하나를 멸문시킨다 해도 저희 중 하나면 충분하고도 남습니다. 그런데도 셋이나 필요하단 말씀입니까?"

그들의 말에 거짓은 없었다. 그리고 이 노인도 그들의 그런 능력을 인정하고 있었다. 이들은 오직 그 하나만의 명을 받들며 다른 어떤 권위에도 복속하지 않는 존재다.

"미안하네, 번거롭게 해서. 하지만 그만큼 중대한 일이라는 것을 인식해주기 바라네."

그들은 주종을 뛰어넘는 그런 관계였다. 때문에 사과하는데도 망설임이 없었다.

"존명!"

그림자 셋이 일제히 고개를 숙였다.

"일천(一天)으로부터의 소식은 아직 없나?"

"아직 없습니다."

"그렇군! 야속한 그 친구는 여전히 소식 두절이군! …그럼 편히 쉬게나. 자세한 계획은 이곳에 있으니 잘 읽어보고 그대로 시행해주게. 다른 부탁이 있으면 나중에 연락하도록 하지."

명령이 아니라 부탁이라는 표현을 굳이 쓰는 노인이었다. 그것 역시 무척 드문 일이었다.

"물러갑니다, 주군!"

나타났을 때와 마찬가지로 그들은 기척도 없이 방안에서 사라졌다.

주군이라 불린 노인, 혁중이 오른쪽 어깨를 툭툭 치며 조용히 중얼거렸다.

"이제부터 바빠지겠군!"

그가 그렇게 말한 이상 그것은 반드시 이루어진다는 것을 뜻한다. 풀벌레 소리와 함께 깊어가는 밤의 물결 속으로 달이 조용히 가라앉고 있었다.

문제 발생

사고! 그것은 이미 예견된 일이나 다름없었다. 물론 주최 측으로서도 각오가 되어 있었을 것이다. 다만 문제는 누가 언제, 어디서 그것을 일으키는가 하는 것뿐이었다.

와와!

쿠당탕탕!

밖이 무척이나 소란스러웠다.

"시끄럽군!"

아침식사도 아직인 이른 시각이었다. 평상시라면 열심히 숙면을 취하고 있을 시간이라 비류연의 신경은 조금 예민해진 상태였다.

"싸움이 붙었다."

누군가가 달려와 외쳤다. 얼굴이 눈에 익지 않은 것을 보니 아마 마천각 사람인 모양이었다. 그 남자의 목소리에는 즐거움이 가득 담겨 있었다.

"여자 쪽이다!"

"크게 붙었어!"

나누어진 정보들이 각기 다른 사람의 입을 타고 속속 전해졌다.

'드디어인가!'

그러면 그렇지. 비류연은 전혀 놀랄 생각이 없었다. 그것은 정말 지극히 당연히 일어날 일이었던 것이다. 조용히 지낼 수 있을 리가 없다. 다만 문제는 남자와 여자, 어느 쪽이 먼저 사고를 치는가 하는 것뿐이었다.

'어느 쪽이 먼저인지 확인해볼 필요가 있겠어!'

진지한 얼굴로 비류연이 생각했다.

그는 자신의 예측을 확인해볼 필요가 있다고 생각했다. 물론 그것은 흥미본위가 아니라 일종의 사명감 때문이다, 라고 비류연은 생각하고 있었다. 이 얼마나 훌륭한 자기합리화인가!

그러면서 싸움과 불구경은 절대로 놓치면 안 된다는 행동강령에 따라 움직이는 자신의 몸에 대해서는 전혀 염두에 두지 않는 비류연이었다.

싸움은 생각 이상으로 공수교환이 현란했다. 그녀들은 무림의 촉망받는 기재들다운 역량을 선보이고 있었다.

찍고, 차고, 때리고, 내뻗고, 끌어당기고……. 여러 가지 수법이 공중에서 쉴새없이 교환되었다.

그러나 비류연이 보기에 싸움은 상당히 일방적이었다. 화려한 녹색 경장을 입은 여인이 내뻗는 수장에 푸른 경장의 여인이 연신 뒤로 밀려나고 있었던 것이다. 간간히 반격을 시도하는 듯했지만 번번이 상대의 손짓에 무위로 돌아가고 말았다. 일장 일장을 막을 때마다 푸른색 경장을 입은 여인의 이마에 주름살이 하나씩 더 늘어났다. 역부족임이 역력했다.

펑펑펑펑!

녹색 경장을 입은 여인의 수장이 허공을 가를 때마다 가죽북 터지는 듯한 소리가 대기를 찢었다. 여인의 일장이라고는 생각하기 힘든 거력이 담긴 장력에 구경하던 사람들도 놀랄 수밖에 없었다.

"쯧쯧, 상대를 잘못 골랐군!"

옆에서 함께 구경하던 장홍이 혀를 차며 말했다. '와와! 싸움이다! 구경 가자!' 하며 요란스럽게 비류연을 따라 나섰던 것이다. 다른 한 손에 효룡까지 잡아끌고.

"확실히 그럴지도!"

장홍의 말에는 비류연도 동의했다. 저 여인이 얼마나 성질머리가 나쁜지는 그도 겪어봐서 익히 잘 알고 있었다. 그 자신이야 코웃음치고 흘려보냈지만 그건 아무나 할 수 있는 일이 아니었다.

비류연의 시선이 다시 한번 쉴 새 없는 수영(手影)의 파도를 일으키며 상대를 휩쓸어 들어가고 있는 여인을 향했다.

'철옥잠 마하령!'

천무학관주 철권 마진가의 딸이자 군웅팔가회의 회주인 철의 여인이다. 구정회와 함께 천무학관 관도 세력의 반을 가르는 군웅회의 회주는 출신과 지위만으로 얻어질 수 있는 자리가 아니었다.

게다가 천무학관의 또 다른 세력인 구정회의 회주 용천명은 어릴 때부터 모든 백도 무림의 기대와 전 흑도 무림의 견제를 받아오던 실력자였다. 현 소림사 장문인이 주책도 무릅쓰고 직접 그를 일컬어 '소림지보(少林之寶)'라고 표현했을 정도의 자타공인 고수.
　군웅회를 짊어진다는 것은 그와 어깨를 나란히 하고 실력을 겨룬다는 것이나 마찬가지다. 그것은 아무에게나 가능한 일이 아니었지만 그녀는 그것을 3년 가까이나 해냈다. 그러니 일신상에 지닌 실력이 평범할 리 없다.
"상대는 누구지?"
　마천각 사람이 분명했다. 아마 그녀가 누군지도 제대로 알지 못하고 시비를 건 것이 틀림없었다. 그녀의 성깔을 익히 잘 알고 있는 천무학관 여성들이 괜한 풍파를 애꿎게 불러일으킬 이유가 없었던 것이다.
"저 푸른 경장과 가슴에 새겨진 문양으로 보아 흑천십이가의 하나인 '창궁문'의 제자로군. 그 중에서 이번 화산규약지회에 참가할 정도의 실력자라면 창궁비연자 문숙경이 분명할거야. 저 표독스런 눈빛과 관상에서도 알 수 있듯이 한 성질 하는 소저지!"
　장홍이 무척이나 소상하게 대답해주었다. 그 풍부한 지식에 비류연이 잠시 의외라는 표정으로 그를 쳐다보았다. 지식도 지식이지만 그것을 한순간에, 보고 있는 대상에게 접목시킬 수 있다는 것은 대단한 능력이 아닐 수 없다.
"아무리 창궁문이 흑도를 뒤흔들 정도로 위세가 뛰어나다고는 하지만 이번만큼은 상대를 잘못 골랐군!"
"그 말엔 동감이야!"
　천무학관에서는 이번 화산규약지회를 대비하여 그녀에게 용천명과 함께 폐관수련까지 강행시켰다. 두 사람에게 거는 기대가 얼마나 큰지를 여실히 보여주는 일례라 할 수 있다. 아마 천무학관에서 우승자가 나온다면 두 사람 중 한 사람이 분명하다고 학관에서는 예상하고 있으리라. 물론 뚜껑은 열어봐야 아는 거지만.

지금 빙 둘러진 인의 장막 저쪽 편에서 그 동거(?) 폐관수련의 장본인인 용천명이 관자놀이를 감싸고 있는 게 보였다. 그의 모아진 미간에는 절망의 그림자가 어른거리고 있었다. 함께 힘을 합쳐 화산지회의 우승을 노려도 모자랄 판에 가장 힘이 돼주어야 할 상대가 벌써부터 앞장서서 사고나 치고 있으니 골머리가 꽤나 지끈거릴 터였다. 그러나 마하령은 고삐 풀린 야생마처럼 여전히 손을 멈출 생각을 하지 않고 있었다.

"죽어!"

쾅!

다시 한번 마하령의 쾌속한 일장이 내뻗어졌다. 문숙경은 이 거력을 감당치 못하고 이장이나 뒷걸음질친 다음에야 신형을 간신히 바로잡을 수 있었다. 기식이 엄중한 것을 보니 내상까지 입은 모양이다. 그녀의 축 처진 팔뚝에는 수십 개의 손도장이 찍혀 있었는데, 팔은 풍이라도 맞은 것처럼 파르르 떨렸다. 계속적으로 충격이 쌓인 탓이리라.

"아프겠군!"

비류연이 간단하게 평했다.

저 일장에 담긴 비밀을 그는 누구보다도 잘 알고 있었다. 무게는 곧 힘이 된다. 그것을 누구보다 확실히 몸으로 실천하고 있는 이가 바로 저 마하령이었다.

'하긴 그 덩치면…….'

현상의 이면을 알고 있는 비류연으로서는 상대를 애도하지 않으려야 않을 수 없었다.

펑펑펑펑!

가죽포대가 연신 두들겨 맞는 소리가 거창하게 허공을 울렸다.

천축유가공을 극성까지 익힌 마하령의 쌍장에 실린 거력은 무시무시한 것이었다. 게다가 그녀의 숨겨진 질량까지 더해진다면 더없이 흉맹한 일장으로 변한다.

"죽어!!!"

외치는 소리도 새침하기보다는 맹수의 포효를 상기시킨다.

여인이 한을 품으면 오뉴월에도 서리가 내린다고 했던가? 눈매에 서린 핏발 선 살기는 서리가 켜켜이 쌓인 듯 매섭다.

"그런데 싸우는 이유가 뭐지?"

당장이라도 칼부림이 나고 피보라가 일어도 이상하지 않을 상황이었다. 저만한 증오심이라면 지독한 은원 관계가 얽혀 있음이 틀림없다고 비류연은 생각했다.

"가족이라도 살해당한 걸까?"

그때 관전하고 있던 참가자 중 한 명이 궁금하다는 듯 물었다. 하지만 지금 저기서 무시무시한 거력이 담긴 쌍장을 마구 내지르고 있는 마하령의 가족은 살해당하기에는 너무나 대단하고 엄청난 위인들이었다. 게다가 그들이 혹시라도 그런 불상사를 당했다면 그건 곧 일개인의 차원을 벗어나 전 무림의 일이 될 터였다.

"무슨 일이 일어난 걸까? 아아, 난 궁금한 거 있으면 알아낼 때까지 잠을 못 잔다고."

장홍이 더벅머리를 벅벅 긁으며 어린아이처럼 보챘다.

"여자 쪽에서 일어난 일은 여자 쪽에 물어야지 남자들한테 물어본다고 알 리가 있겠어?"

비류연의 말은 사실이었다.

"누구에게?"

효룡이 물었다. 그도 궁금하기는 마찬가지인 모양이다. 역시 호기심 충족은 인간의 근원적인 욕망 중 하나였다.

"마침 저기 알맞은 사람이 있네!"

비류연이 검지를 들어 관람석 한쪽을 가리켰다.

"어디, 어디?"

효룡의 눈이 비류연의 손가락을 따라 움직였다. 마침 저쪽도 이쪽을 보고 있었다.

순간 이진설과 효룡의 눈이 마주쳤다.

"무슨 일이 있었나요?"

한쪽에서 얼굴을 굳힌 채 두 여인의 대결을 관전하고 있던 이진설에게 다가간 효룡이 조심스런 어조로 물었다.

효룡의 질문에 이진설의 얼굴이 더욱 딱딱하게 굳어졌다. 그 굳어진 안색만으로도 사태의 심각성을 충분히 짐작할 수 있을 정도였다.

그녀가 조용한 목소리로 나직하게 대답했다.

"거울 때문이에요."

이진설은 여전히 딱딱하게 굳은 얼굴을 하고 있었다.
"거울?"
효룡이 어리둥절한 얼굴로 반문했다.
"월음관에는 거울이 세 개밖에 없거든요!"
이진설의 목소리는 마치 한 문파의 멸문지화 소식을 전하기라도 하듯 비장감으로 가득 차 있었다.
효룡은 일순간 멍해질 수밖에 없었다.

싸움의 발단은 매우 소소했다. 하지만 한편으로는 그녀들에게 있어 무척이나 중대한 문제였다. 왜냐하면 그것은 어떤 면에 있어 그녀들의 생활이 걸린 문제였던 것이다.
이 나이 또래의 여인들이면 누구 할 것 없이 화장을 하며 자신을 가꾼다. 물론 미숙해서, 아니면 어리석은 착각 때문에 괴기스런 분장을 화장인 줄 알고 해대는 사람도 있지만 역시 여인에게 있어서 화장이란 자신의 아름다움을 갈고 닦는 중요한 수단 중 하나인 것이다. 때문에 그것이 일상생활에서 차지하는 비중은 무척이나 클 수밖에 없었다.
화장을 하려면 필요한 물건이 있는데, 가장 중요한 것 두 가지가 바로 화장품과 거울이었다. 화장품이야 개개인이 따로 휴대하고 다니겠지만 거울의 경우는 그렇지 못했다. 크기도 크거니와 이 시대 거울들은 금속으로 만들어진 것이 대부분이었다. 유리로 된 것이 없지는 않았지만 무척이나 고가의 제품이었고, 취급도 어려워 이런 곳에까지 휴대하고 올 만한 물건이 아니었다.

그런데 거기서 문제가 발생했다. 여성 참가자 일동은 율령자들의 안이한 대회 운영에 증오를 퍼부을 수밖에 없었다. 화산규약지회 참가자는 여성만 정사를 합쳐 사십여 명 가까이 되는데 거울이 세 개밖에 없었던 것이다.

고작 세 개의 거울. 이것이 의미하는 바는 심대했다.

이미 이 시점에서 싸움의 불씨는 성대하게 던져진 것이나 다름없었다.

"겨우 그 정도 일로 저렇게까지 심각하게 싸운단 말이에요?"

효룡은 자신이 얼마나 큰 실수를 저질렀는지 알아차리지 못했다. 응징은 즉각적으로 가해졌다.

"지금 뭐라고 하셨죠? 겨우… '그 정도 일' 이라고요?"

그녀의 목소리에는 차가운 한기가 풀풀 날리고, 쨰려보는 두 눈에는 서릿발 같은 냉기가 번뜩인다. 그녀의 이런 무서운 모습을 처음 접해보는 효룡은 두려움에 오들오들 떨 수밖에 없었다.

"거울은 여자에게 있어 생존의 문제예요!"

이진설의 단호한 외침에 효룡은 무조건 지당하시다는 듯 고개를 끄덕였다.

여성들에게 있어 면경(面鏡)은 필수품이다. 화장뿐만이 아니다. 차라리 화장을 위해 필요했다면 이 정도까지 사태가 발전하지 않았을 것이다. 무림의 여인들은 화장에 지나치게 집착하지 않는다. 하지만 이 시대 여성이라면 누구나 피해갈 수 없는 아침연례행사가 있다. 그것은 바로 머리빗기다.

　화장을 하지는 않아도 머리는 빗어야 한다. 눈곱을 떼지 못하더라도 머리는 빗어야 한다. 게다가 정식 궁장머리가 아니라 해도 기본적으로 길기 때문에 빗고 땋고 다듬는 데 시간이 많이 걸리는 것은 당연하다. 때문에 거울은 필수라 할 수 있었다. 약 사십 명의 여성들이 원활하게 사용할 수 있을 정도가 준비되어 있어야 하는데 이곳 월음관에 준비된 거울은 고작 세 개뿐이었다.

　세 개의 거울.

　그것은 피바람의 분쟁을 예고하는 재앙의 씨앗이었다.

　차라리 두 개였으면 나았을 것이다. 하나는 백도, 하나는 흑도. 깔끔하게 이분되기 때문이다. 하지만 홀수인 세 개라면 이야기가 아주 복잡해진다. 하나가 남아버리는 것이다.

　그럼 이 하나를 어떻게 해야 하나? 선착순인가? 차례차례 번갈아가면서 사용하기에는 너무나 분위기가 화기애매했던 것이다. 그리고 솔직히 그러고 싶은 마음도 없었다. 그렇다면 누군가가 소유권을 주장해야 하는 것이다. 어느 쪽이 먼저 기선을 제압하고 나설 것인가. 그것이 관건이었다.

　싸움의 불씨를 당긴 것은 마천각 쪽의 여인 창궁비연자 문숙경이었다. 그래서 그녀의 화살은 누구보다 먼저, 그리고 가장 오래 세 번째 면경을 차지하고 사용하는 마하령을 향했다.

　"홍, 뚱땡이가 꽃단장한다고 해봤자 돼지목에 진주목걸이지!"

　문숙경은 범해서는 안 될 금기를 범했다. 그것만으로 사생결단 날

이유는 충분했다. 그리고 사실 그녀는 너무 역부족인 상대를 골랐다.

"쯧쯧, 여자들이란!"
 이번 사태의 자초지종을 전해들은 몇몇 남자들이 한심하다는 듯 혀를 찼다. 역시 저래서 여자들은 안 된다고 그들의 눈은 말하고 있었다. 겨우 그 정도를 가지고 저리도 처절하게 싸운단 말인가?
 그러니 여자들이 속이 좁다는 이야기를 듣는 것이라고 생각하고 있었다. 그러나 그것은 그들이 그 다음날을 미처 예상하지 못했기에 내릴 수 있었던 판단이었다.

 그 다음날!
 그러면 그렇지! 기다렸다는 듯이 태양관에서도 싸움이 터졌다. 원인은 아주 간단하고 단순했다. 누군가가 중앙에 그어놓은 분계선을 넘어왔다는 것이다. 이유는 아주 범우주적일 정도로 심오(?)했다.
 "크아아악! 감히! 이 붉은 선을 넘어오다니! 죽고 싶은 게냐?"
 "해보겠다는 거냐?"
 "당연하지! 우리의 영역을 침범하다니 용서할 수 없다. 이건 흑도 전체의 자존심이 걸린 문제다."
 쿠당당탕탕탕! 챙챙챙!
 검기와 도기의 파도가 거세게 몰아치며 주위를 휩쓸었다. 어제 월음관에서 있었던 것과는 비교도 할 수 없을 정도로 대규모 분쟁이었다. 이 일로 인해 네 명이 경상을 입고 의무실을 방문해야만 했다.
 "쯧쯧, 남자들이란! 평생 어린애라니깐!"

멀리서 이를 지켜보던 여자들이 한심하다는 듯 혀를 찼다. 이때만큼은 정사의 구분이 없었다. 그녀들은 자신들이 어제 저지른 일은 이미 머릿속에 남아 있지 않은 듯했다.

천무봉 홍매곡 천율전(天律殿) 중앙회의실

흑백포를 몸에 걸친 열 명의 율령자들이 동그란 자단목 원탁을 둘러싸고 앉아 있었다. 이들 열 명은 화산규약지회를 총괄하는 최고위 인사들로 '천율십령'이라 불리는 이들이었다. 화산지회에 관련된 모든 사안은 이들의 재가가 있어야만 가능하다.

그리고 이 원탁에는 이들 열 명 이외에 한 명이 더 앉아 있었다. 노야라고 자신을 불러 달라던 바로 그 혁중이었는데, 가장 상석에 자리하고 있었다. 동그란 원탁에도 상석은 있었다. 그리고 그를 중심으로 왼쪽으로 '천율십령(天律十令)'의 서열 일위부터 십위까지가 자리하고 있었다. 모두들 하나같이 초설이 내린 듯 새하얀 백발백염의 노인들이었다. 하지만 흰 눈이 쌓인 듯한 새하얀 머리카락이나 수염과는 다르게 어린애처럼 생기 넘치는 눈동자 때문에 정확한 나이를 짐작하기가 다들 어려웠다.

이들 열 명은 화산규약지회가 시작된 때부터 십령이었던 것은 아니지만 그때부터 계속해서 이곳 홍매곡에서 화산규약지회를 관리, 운영하던 이들이었다. 즉, 다시 말해 이곳에 백수(白壽 : 99세)가 넘지 않은 이들은 한 명도 없다는 이야기였다. 그리고 화산지회의 역사를 몸에 새겨 넣은 산 증인이라 할 수 있었다.

불사약을 들이킨 것도 아닐진대 내공이 얼마나 깊기에 백 수십 살을 거뜬히 넘기고도 저리 정정할 수 있는지 놀라운 일이 아닐 수 없었다. 이 세상에서 가장 무섭다는 시간도 세월도 아직 그들을 이기기에는 역부족인 모양이었다. 하지만 이들은 강호상에 존재하면서도 존재하지 않는 사람들이라 이들의 진짜 실력을 본 사람은 아무도 없었다. 심지어 출신이나 신분까지도 일체 비밀에 붙여져 있었다. 대회 운영에 공정을 기하기 위한 조치였다.

"부작용이 너무 심합니다."

십인 중 서열 제팔위인 팔령 '고학림'이 일어나 심각한 어조로 말했다. 그는 화산규약지회의 참가자 관리의 총책을 담당하고 있었다. 사람들의 시선이 자신에게 모이자 노인은 계속해서 말을 이었다.

"이제 겨우 같은 숙소를 쓴 지 삼일째인데 벌써 충돌만 해도 남자가 다섯 건, 여자가 세 건입니다. 게다가 그 중 한 번은 자칫 잘못하면 피까지 볼 만큼 흉험했습니다. 우리들의 이번 방법은 아이들에게 너무 충격이 지나쳤는지도 모릅니다. 지금이라도 늦지 않았으니 서로를 떨어뜨리는 게 어떨까요?"

"하지만 그건 이미 예상하던바 아니었습니까? 아직 포기할 단계는 아니라고 봅니다만?"

구령이 대답했다. 그는 참가자 중 천무학관 쪽의 관리를 주로 담당하고 있었다. 그가 다시 입을 열었다.

"처음에는 티격태격하는 게 당연하겠지요. 겉으로는 화해의 몸짓을 취했다 해도 서로가 각기 다른 꿍꿍이를 품고 백 년을 지내왔습니다. 겨우 이삼일 만에 풀릴 만한 갈등이 아니지요."

이들은 서로가 서로에게 존댓말을 쓰고 있었다. 상호존중의 의미였다. 이 자리에서 이들 십인 모두에게 말을 놓을 수 있는 사람은 오직 한 명뿐이었다.

"너무 충돌이 빈번한 것도 사실입니다. 오늘 아침만 해도 두 번의 충돌이 더 있었지요. 곡내의 안전을 책임지는 자로서 심각한 우려를 표명하지 않을 수 없습니다. 그리고 그것은 홍매곡의 규율을 담당하고 계시는 이령(二令)께서도 염려하시는 바겠지요."

사령이 말했다. 그는 곡내의 안전을 수호하는 임무를 맡고 있었다.

"그렇지요. 이 상태로 계속해서 충돌이 빈번해지면 곡내의 기강도 해이해질 수밖에 없지요. 현재는 경상자만이지만 언제 중상자가 나올지 모를 일입니다."

강호문파의 집법장로격인 이령이 말했다.

"그래도 좀더 두고봐야 하지 않겠습니까? 물론 지금 이 상태로는 조금 시일이 걸릴 듯합니다. 중간조정도 많이 필요할 듯싶고요."

십령이 조용히 말했다. 그는 마천각 출신의 참가자들을 주로 관리 담당하고 있었다.

"어쩔 수 없지. 백 년의 세월 동안 얽히고설킨 복잡한 실타래 아니겠나? 하나하나 풀어갈 수밖에. 후우, 정말 반근착절(槃根錯節)이라더니……. 틀린 말이 아니군그래!"

원탁의 상석에 앉아 있는 혁중이 짧게 한숨을 내쉬었다.

반근착절(盤根錯節). 구부러진 나무뿌리와 울퉁불퉁한 나무의 마디, 세상일에 난관이 많다는 뜻이다.

젊은 혈기 때문인지 참가자들을 제어하기가 여간 힘든 게 아니다.

"그 아이들이 빨리 눈치 채줬으면 좋겠군."
"그러게 말입니다. 빨리 알아채는 게 이득일 테지요."
 노야가 고개를 끄덕였다.
"확실히 그들이 빨리 알아채면 알아챌수록 좋을 걸세. 이미 시험은 시작되었다는 사실을 말일세!"

조 추첨
- 의지와 믿음

남자 숙소든 여자 숙소든 때와 장소를 가리지 않고 자잘한 사건사고가 끊임없이 일어났지만, 놀랍게도 이들은 단 한 명의 사망자도 없이 조 추첨의 날 아침을 맞이할 수 있었다. 의외로 감성을 통제하는 이성의 힘이 남아 있었던 모양이다.

그렇게 일주일이 맥없이 지나고 운명의 그날, 조 추첨의 날이 밝았다.

과연 누구랑 한조가 될 것인가? 그것은 누구에게나 초미의 관심사가 아닐 수 없었다. 게다가 일부의 얼굴에는 타 출신의 사람들과—그것도 거의 데면데면하게 보고 있던— 한조가 되어야 한다는 사실 때문에 긴장감이 감돌고 있었다.

평생을 정반대의 입장에 놓여 살아온 이들이었다. 한순간에 그 격차가 메워질 수는 없는 것이다. 사실 대화하며 서로를 알아보라던 지난 일주일 동안도 결코 조용하고 평화롭지 않았던 것이다. 그러기는커녕 오히려 사고의 연속 대행진이었다. 개와 원숭이를 한우리에 집어넣은 것이나 마찬가지였던 것이다.

그러므로 지금부터 정사흑백 구분 없이 한조가 되어 호흡을 맞추라는 것은 이들에게 있어 엄청난 부담감으로 작용했다. 그 때문인지 보이지 않는 긴장감이 형체 없는 귀신처럼 좌중의 머리 위를 떠돌고 있었다.

하얀 통에는 백도 참가자들의 이름이, 검은 통에는 흑도 참가자들의 이름이 적힌 쪽지들이 잔뜩 들어 있었다. 색깔 구분이 명확해서 헷갈릴 염려는 없었다.

잠시 후면 누군가의 손에 의해 그들의 운명이 결정되는 것이다. 이만큼 치밀한 모의도 드물 것이다. 이들 율령자들은 정말로 철저하게 연구하고 준비했음이 분명했다. 그리고 그것을 행할 만큼 지독했다. 율령자들의 본의야 순수하든 아니든 참가자들의 입장에서는 그렇게 느껴졌다.

당연히 이런 상황에서 조를 짜게 되면 누구나 자연스레 자신이 좋아하는 사람과 한조가 되고 싶은 욕망에 불타오른다. 그리고 자신이 싫어하는 사람과는 죽어도 한조가 되고 싶지 않아 한다. 인간인 이상 그것은 기본적인 욕구라 할 수 있었다. 게다가 때로는 그렇게 되지 못한 상황이 질투와 분노를 불러일으키기도 한다.

비류연은 이때 효룡과 함께 무리들 틈에서 율령자들이 조 추첨을 준비하는 모습을 강렬한 눈빛으로 지켜보며 서 있었다.

"룡룡, 이런 추첨에 임할 때 가장 필요한 게 뭔지 알아?"

비류연의 물음에 효룡이 고개를 가로저었다.

"잘 모르겠군."

그럴 줄 알았다는 듯 비류연이 고개를 끄덕였다. 그러고는 말했다.

"그건 바로 부동(不動)의 동인(動因)이 될 만한 확고한 의지와 절대적인 믿음. 이 두 가지일세!"

그의 목소리는 그 내용만큼이나 강력한 확신에 차 있었다.

"으음…, 믿음만으로 과연 될까?"

미심쩍어하는 게 당연하다. 그러나 그 당연함이 비류연에게는 통용되지 않는 모양이었다. 그가 혀를 차며 손가락을 가볍게 좌우로 흔들었다.

"쯧쯧, 그러니깐 자네는 안 되는 거라고. 그런 생각을 한다는 자체가 벌써 절대적인 믿음이 부족한 상태거든. 그런 상태에서는 정말 운에 맡길 수밖에 없지. 적어도 그 운을 자신에게 끌어들일 만큼의 절대적인 의지력이 필요한 거라고. 자신이 원하는 것은 뭐든지 가질 수 있다는 의지력과 믿음, 그리고 그에 따른 행동이 뒤따를 필요가 있지."

"그런가?"

효룡으로서는 잘 이해할 수 없는 말이었다.

"그런 정신상태로는 결코 그녀랑 한조가 될 수 없을걸?"

비류연이 단언하듯 말했다.

"그, 그런가?"

"그럼 결과를 두고보라고. 난 반드시 그녀와 한조가 되니깐!"

효룡은 물론 이 친구가 지칭하는 '그녀'가 누구인지 잘 알고 있었다. '그녀'라면 아마 자신의 친구 이외에도 거의 모든 남성들이 한조가 되고 싶어하는 선망의 대상이 아닌가. 정말 그녀와 한조가 된다면 그것은 지나치게 운이 좋은 일이었다.

그러나 그의 말을 되짚어보면 서술형이 '될 테니깐'도 아니고 '되니깐'이었다. 정말로 그는 자신의 추첨결과에 대해 한점 의심도 없이 믿고 있는 모양이었다. 물론 인간의 의지에는 강력한 힘이 깃들어 있다고 한다. 하지만 그렇다고 해서……
"에이, 설마……"
여전히 신용은 가지 않는다. 세상은 그렇게 단순하거나 만만치가 않다.
비류연이 그 기색을 읽은 모양인지 핀잔을 주었다.
"쯧쯧. 나에 대한 믿음이 부족하구만, 자네!"
당연한 것 아닌가! 하마터면 효룡은 소리 내어 외칠 뻔했다.
"하지만 자네 이외에도 수많은 남자들이 그녀와 한조가 되고 싶어 할 걸세. 누가 뭐래도 천무학관 제일의 미인 아닌가! 물론 별호 그대로 얼음 깃털을 지닌 봉황처럼 차갑지만 말이야."
"으이그, 그러니깐 자넨 아직 수련이 부족하다는 거야. 그렇기 때문에 더더욱 부동의 동인이 될 만한 의지력이 필요한 것이지. 노리는 사람이 많을수록 그 많은 의지의 합을 이길 수 있을 정도가 되지 않으면 안 되거든."
그렇게 듣고보니 상당히 그럴 듯한 말이었다.
"이봐, 지금 방금 '상당히 그럴 듯한…' 뭐 이런 식으로 생각했다면 이미 의심이 잔뜩 들어간 거라고!"
"헉! 자네, 내 머리통이라도 열고 안을 들여다봤나?"
효룡이 깜짝 놀라 되물었다.
"뭐 그럴 필요까지 있겠어? 밖에서 봐도 훤히 다 보이는데 말이야."

뚜껑 열고 들여다봤다는 것보다 더 가혹한 말이었다.
"그러니깐 룡룡 자네는 의지박약이라는 소리를 듣는 거야. 모든 일에는 확신을 가지고 행동해야 된다고! 확신을 가지고 움직여도 실패하는 판국에 확신도 없이 행동하면서 실패했다고 징징 짜는 게 가당키나 한가?"
비류연의 말이라고 생각할 수 없을 정도로 지당한 말이었다. 그리고 그것은 날이 날카롭게 선 비수가 되어 효룡의 심장을 후벼파는 말이기도 했다.
"좋아, 자네의 눈을 개안시키기 위해 내가 대신 선심을 써주지. 자네는 안심하게. 자네도 그 이씨 아가씨랑 한조가 될 테니깐 말일세. 미리미리 나한테 감사하라고."
그 일은 이미 일어난 거나 다름없다. 비류연의 얼굴은 그렇게 말하고 있었다.
"허어…, 그건 너무 과한 호언장담이 아닌가?"
평소 무모한 인간인 줄은 알았지만 이 정도일 줄은 몰랐다. 이 세상에는 호언장담해도 될 것이 있고 해서는 안 될 것이 있다. 이런 경우는 자신감이 지나치다고 하기보다 무모하다고 하는 편이 더 옳은 표현일 것이다.
그러나 비류연은 여전히 안색이 말짱하고 태연자약했다.
"어쨌든 두고보면 알게 되겠지!"
'저런 게 가능하면 그야말로 반칙이지!'
그렇게 생각하면서도 그 확고부동한 장담에 효룡은 마지못해 동의하고 말았다.

"그, 그래."

"어…, 어! 시작한다!"

 그리고 많은 이들이 숨죽인 가운데 조 추첨이 시작되었다.

〈『비뢰도』 15권에 계속〉

독고령

일러스트_ 화월

나예린

일러스트_ 아카리

나백천, 나예린 부녀

일러스트_ 두문불출

비류연과 그 일당들의 좌담회

비 류 연 : 여러분! 기다리고 또 기다렸습니다. 여러분의 귀여운 깜찍이, 고금제일 경세무적 초절정 미소년 비류연입니다.
　　　　(조용!)
비 류 연 : 드디어 기다리고 기다리시던 비뢰도 14권이 나왔습니다!
　　　　(싸늘…)
비 류 연 : 어라? 왜 이렇게 반응이 없지?
효　　룡 : 당연하지!
비 류 연 : 뭐가 당연한데?
장　　홍 : 13권과 14권 사이의 시간 간격이 얼마나 된다고 생각하나?
비 류 연 : 그리고 보니… '좀' 길구만!
효　　룡 : 요즘 '좀' 이라는 단어의 용법이 많이 왜곡된 모양이군! 이

런 데서 '좀' 이란 단어를 쓰다니 말일세. 좀 부끄러운 줄 알게나.

비 류 연 : 어? 그건 어째 내 말투 같은데?

효　　룡 : 어흠. 그건 그냥 넘어가도록 하지. 나도 가끔은 그런 표현을 쓸 수 있는 것 아니겠나? 자네가 전세 놓은 것도 아니고 말일세!

비 류 연 : 무~쓴 쏘~리! 자네 지금 나 몰래 주인공 자리를 호시탐탐 노리고 있다는 걸 밝히는 건가?

효　　룡 : (뜨끔!) 아하하하하하하! 그, 그럴 리가 있겠나……. 암, 그럴 리 없고말고!

비 류 연 : (찌릿!) 자네 언동이 매우 수상하구만. 13권 좌담회 때 '역습(逆襲)의 효룡' 운운하는 것을 보고 불온한 기운을 감지하긴 했지만 말일세.

효　　룡 : (삐질삐질!) 어허! 착각일세! 착각! 자네 신경이 너무 과민한 탓이니 그냥 털어버리게!

비 류 연 : 그럼 그 식은땀은 뭔가?

효　　룡 : 어허허허! 아침부터 하늘에 먹장구름이 잔뜩 끼더니 비가 오려는 징조였나보네!

비 류 연 : 이봐, 룡룡!

효　　룡 : 왜… 왜 그러나?

비 류 연 : 여긴 실내일세!

효　　룡 : 아하하하하하하!

비 류 연 : 원래 주인공은 자신의 고유 대사를 전세 놓고 쓴다는 것도

모르나? 주인공 전용의 '세리프(せりふ : 대사)'를 함부로 지껄이는 것은 주인공의 독창적인 개성을 침범하는 중대한 범죄행위일세.

장　　홍 : 그렇게 열변을 토할 것까지야 없는 것 같은데 말이야······.

비 류 연 : 다시 본론으로 돌아가는 게 경제적일 것 같군.

효룡 & 장홍 : 동의하네.

비 류 연 : 그건 그렇고 반응이 너무 썰렁한 것 아닌가? 난 나의 등장 씬에서 좀더 열렬한 반응을 원했는데 말이야.

효　　룡 : 자네 말대로 간격이 '좀 많이' 길었어야지! 독자분들 기다리다가 다 돌아가셨겠네!

비 류 연 : 쯧쯧쯧, 이런 한순간도 못 참아서야 어찌 나 같은 미소년을 만나는 행운을 누릴 수 있겠나!

효　　룡 : 한순간이 다 얼어죽었나보군.

장　　홍 : 게다가 자네의 자존광대는 수위가 좀 위험한 것 같구만. 조금만 더 올라가면 난 자네의 하얀 병원행을 적극적으로 검토할지도 모르네.

비 류 연 : 쯧쯧쯧! 이런 딱한 친구들을 봤나! 자네들은 하나는 알고 둘은 모르는구만.

효　　룡 : 우리가 뭘 모른단 말인가?

비 류 연 : 시간의 신비에 대해서지!

장　　홍 : 시간의 신비?

비 류 연 : 그래, 시간의 신비! 영원(永遠)이라는 절대의 시간축을 기준으로 보면 백 년이라는 시간도 오 개월이라는 시간도 하

루라는 시간도 모두 다 똑같이 찰나에 불과할 뿐이라네.

장　　홍 : 고매한 진리이긴 하나 이 경우에 적용되어야 할 것은 아닌 것 같다는 생각이 드는군!

비 류 연 : 쯧쯧쯧! 때와 장소와 상황을 가리지 않고 항상 똑같기에 진리라고 표현하는 걸세. 때와 장소와 상황에 따라 변하는 게 영구불변의 진리라고 할 수는 없는 일이지.

장　　홍 : 자네의 궤변은 점점 더 심오막측해지는 것 같구만.

효　　룡 : 경이로운 진리를 원고 늦은 변명거리로 전락시키다니……. 크흑!

비 류 연 : 이거 왜 이래. 때와 장소, 과거와 현재를 떠나 불변하는 것이야말로 진짜 진리라니깐.

장홍 & 효룡 : 알았네, 알았어! 더 이상 진리를 욕보이지 말고 넘어가도록 하지.

비 류 연 : 쯧쯧, 아직 믿음이 부족하구만!

효　　룡 : 장 형, 이번 권은 정말 어려웠죠?

장　　홍 : 그러게 말일세. 아마 가장 힘든 권이었던 것 같아. 뭔가 14권 촬영 내내 정신이 없었던 것 같고 말이야…….

효　　룡 : 작가는 아마 배우들이 집단파업을 해서 글을 쓸 수 없었다고 할걸요? 영감이 안 떠오른다나 뭐라나……. 진부한 변명이죠.

장　　홍 : 그래서 계속 마루에서 뒹굴면서 '여~영감', '여~영감' 하고 외쳤구만! 난 또 웬 할아버지를 그렇게 애타게 부르나 했지.

효　　룡 : 정말 그러면 영감이 온답디까?

장　　홍 : 작가는 아마 그렇게 믿고 있을걸? 효과는 보증할 수 없지만 말이야.

효　　룡 : 영감이 언제부터 그렇게 엉덩이가 가벼워졌죠? 부르면 넙죽넙죽 달려오게 말입니다.

장　　홍 : 그러게 말일세.

비 류 연 : 어허, 믿는 게 중요하다니깐. 믿지도 않으면서 왜 하나? 어떤 행위든 일단은 믿어줘야 시간낭비가 되지 않을 것 아닌가?

효　　룡 : 그게 자네의 조 추첨 방식인가?

비 류 연 : 다음 권에 두고보면 알게 되겠지.

효　　룡 : 그렇겠지. 두고보자고!

비류연 & 효룡 & 장홍

⇒ 변신합체 작가 M :

이번 14권은 정말 힘든 작업이었습니다. 필요한 아이디어는 떠오르지 않고 주변에서는 기다렸다는 듯이 여러 가지 사건들이 일어나더군요. 정신없이 보내고 정신없이 마감했습니다. 하지만 그런 혼란의 와중에서 조금은 성숙하지 않았나 생각합니다.

세상을 보는 모든 기준의 중심은 자기 자신이라고 생각합니다. 언제나 세상은 동전의 양면처럼 좋은 면과 나쁜 면이 공존합니다. 좋은 것만 보려 하면 좋은 것만 보이고 나쁜 것만 보려 하면 나쁜 것밖에는 볼 수 없겠지요. 마음의 덫에 걸려 우울해지지 마시기 바랍니다. 자기비하는 자신을 죽이는 독입니다.

자신에게 불만이 있으면 노력해서 그것을 뛰어넘겠다는 각오를 가져야 한다고 생각합니다. 먼저 자신을 바라보고, 어느 부분이 잘못됐는지 파악하는 게 제일 우선이겠지요. 잘못을 알았다면 그것을 고치는 방법도 알게 될 겁니다. '어떻게 해야 하는지 알지만 난 할 수 없다'는 논리는 자기 궤변이라고 생각합니다. 그것은 스스로의 존엄을 버리는 일이 아닐까요? 힘들겠지만 불가능한 것은 아니지요. 자기 자신을 비하하며 침울하게 사는 것보다는 훨씬 긍정적인 사고방식이라고 생각합니다.

적어도 자기 자신을 스스로 나락에 빠뜨리는 짓은 하지 말아야겠지요. 더욱이 주변사람까지 휘말리게 하면서요. 그것은 삶에 대한 예의가 아니라고 생각합니다. 자기가 자신을 포기하는데 누가 그를 도와줄 수 있겠습니까. 자기 자신을 가장 잘 도울 수 있는 사람은 자기 자신뿐이라고 생각합니다.

항상 언제 어느 때고 세상의 밝은 면을 바라볼 줄 아는 긍정적인 사고를 가지고 살아가야 인생이 즐거울 거라 생각합니다. 그러기 위해서는 항상 올바르게 볼 수 있는 눈을 키워야겠지요.

이번 14권 집필 기간은 많은 것을 생각하게 해주는 기간이었습니다. 그리고 많은 변화가 주변에서 일어났습니다. 비록 원고가 늦어지고, 마감이 힘들어졌지만 저의 인생에서 무척이나 의미 있는 기간이었다고 생각합니다.
다시 재충전해서 15권에서 뵙도록 하겠습니다. 이번에는 조금 덜 기다리게 해드리기 위해 노력하겠습니다. 감사합니다.

걱정 마세요!
여러분은 찰나(刹那)만 기다리시면 되는 겁니다!

비류연과 그 일당들의 지금까지 행적

1권 괴짜 사부와 미소년 비류연

비류연은 부모의 묘 앞에서 절대 무적 사부와 조우한다. 사부는 그의 자질을 한눈에 알아보고 제자로 맞이한다. 사부가 데려간 곳은 으슥한(?) 아미산 속, 명색이 '비뢰문'이라는 움막.

사부는 움막에서 지랄같이 무거운 도끼와 빨래용 쇠방망이를 사용할 것을 권장한다. 물론 처음엔 비류연도 못하겠다고, 제자 안 하겠다고 개겨보았으나 사부의 폭력 앞에 조용히 따를 수밖에 없었다. 결국 초인적인 인내력으로 해내고 만다. 사부는 여기서 끝내지 않고 비류연의 손목과 발목에 묵룡환(이것 역시 지랄같이 무겁다)을 철컥 채우고 만다. 그것도 모자라 매년 류연의 생일마다 무게를 늘리는 만행을 저지른다. 또한 사부는 구슬 꿰기, 대장간 일, 조각상 만들기, 요리, 사냥, 산나물 채집 등을 시킨다. 류연은 그 와중에도 사부가 전수해준 '영사심결', '뇌령심법'을 열심히 익히며 비뢰도를 마음대로 부릴 날을 기다린다.

그러던 어느 날, 비류연이 물속에서 수뢰비(물속에서 비뢰도를 부릴 수 있는 기술)를 연마하다 무심코 던진 돌에 물밖에서 아무것도 모른 채 물을 마시던 철담비환 진조운이 맞아죽고 만다. 이로 인해 피를 보게 될 인물들이 나타나니 그들이 바로 주작단.

주작단은 백도 무림의 인재 양성소인 천무학관에서 특별훈련을 위해(원래 진조운이 특별 강사로 임명됐으나 그는 이미 불귀의 객) 아미산으로 오는 중이었다. 비류연(인피면구로 변장. 이때부터 '노사부'의 전설이 시작된다!)은 주작단과의 첫 대면에서부터 특유의 기질을 발휘한다. 주작단에게서 돈이 될 만한 것은 다 뺏고, 그들의 손발에 묵룡환보다 작고 밋밋한 철환을 채워준다. 그리고 자신의 일터에 그들을 보내 돈을 버는 잔인무도한 만행을 저지른다.

얼마 후 당삼이 중앙표국 표사들과 시비가 붙어 대판 싸우게 되었으나 당삼은 혼자, 상대는 다수였다. 게다가 비류연의 특훈(?)으로 인해 몸이 엉망이어서 결국 표사들에게 엄청나게 얻어터진다. 비류연은 진노하고, 주작단원들을 모아 중앙표국으로 쳐들어간다. 류연은 당삼의 상태를 과대광고, 거품 포장시켜 설명한 뒤 손해배상 위자료를 청구한다. 약간의 저항을 잠재운 끝에 결국 소기의 목적을 달성!

시간이 흘러 주작단이 떠날 때가 되자 류연은 심각하게 고민한다. 류연은 천무학관에서 이미 추가 노자를 지급받고 꿀꺽한 상태였던 것. 고민하던 류연이 찾은 돌파구는 바로 중앙표국 우려먹기! 주작단을 중앙표국 표사로 취직시켜 목적지인 천무학관으로 보낸다.

2권 천무학관 입관기

계절은 겨울. 비류연은 이미 사부에게 전승자 자리도 물려받았겠다, 거칠 것이 없었다(사실은 진짜 비뢰도를 6개―양손에 각각 3개씩―까지밖에 터득하지 못했다). 그는 비뢰문의 보물인 묵금과 봉뢰함(진짜 비뢰도가 보관되어 있는 함)을 들고 내빼는 전무후무한 만행을 저지른다. 그래도 혼자 남은 사부가 걱정이 되는지 노후연금은 가입(사부가 뒤쫓지 않게 하기 위한 일종의 뇌물인 듯)하고 가출했다.

강호에 나온 비류연은 우선 제자들인 주작단을 만나기 위해 중앙표국을 찾아간다. 그는 자신이 노사부의 제자(완전 1인2역)라고 말함으로써 중앙표국을 울궈먹는 계획은 순조롭게 진행된다. 비류연은 주작단이 천무학관에서 왔다는 걸 알고 그들을 만나러 남창으로 향한다. 도중 염도를 만난 비류연은 그의 속을 긁어 싸움을 건다. 싸움의 결과는 비류연의 승!

남창에 도착해서 보니 천무학관은 들어가고 싶다고 해서 아무 때 아무나 들어갈 수 있는 곳이 아니었다. 접수 신청이 마감된 상태. 방도를 찾을 셈으로 순풍산부이 나중해를 찾아간 비류연과 염도는 그를 족쳐 염도는 노사로, 비류연은 승룡패(한정된 기재들에게 나눠주는 것으로 이것이 있으면 접수는 필요 없다)를 얻어 들어가기로 한다.

그 길로 곧장 승룡패를 얻기 위해 근처 문파인 호아장으로 쳐들어가 소유자인 감운수에게서 뺏는다. 그러나 하필이면 이곳에서 염도의 숙적인 빙검 관철수를 만나게 되고, 둘은 잠시 겨루고 난 뒤 천무학관으로 갈 준비를 한다.

입관 시험 날, 시험장은 비류연에 의해 평정됐다. 그의 상대는 모두 간비대증(간이 붓는 증상), 명문우월증(자신의 문파만 믿고 깝죽대는 악질적인 병)을 앓고 있었다. 비류연은 자신 외에는 이들을 치료해줄 사람이 없다는 걸 알고 모두 손수 정성껏 치료(?)해주었다.

어쨌든 비류연은 천무학관에 수석 입학한다. 하지만 따분한 입관식을 견디지 못하고 탈출, 이후 효룡을 만나 친구가 된다. 한편 비류연과 같은 방을 쓰게 된 사람은 현 무림 최고의 기재라는 모용휘. 그러나 모용휘가 빼어난 용모와는 달리 결벽증에 사교성 전무한 성격의 소유자라는 걸 류연은 그를 보자마자 깨닫는다.

3권 신입 관도와 무림 역사

비류연은 허기진 배를 채우기 위해 천무 식당으로 향한다. 그러나 여기도 조용하진 않다. 입관 동기인 윤준호를 그의 사형, 사매들이 갈구고 있었기 때문이다. 비류연은 그들이 마음에 들지 않았다. 그래서 살인 계획을 차곡차곡 쌓고 있는 도중, 다행히 모용휘가 끼어들어

유혈사태를 막는다.

그리고 비류연과 효룡, 장홍은 당사자인 윤준호에게 자초지종을 듣는다. 그가 갈굼을 당하는 이유인즉 지병인 매화과민증으로 매화검법을 쓰지 못하기 때문이다. 윤준호는 이미 검향지경의 경지에 들어 매화검법을 쓸 때마다 매화 향기가 나는 것. 그래서 류연 일행은 고민 끝에 인체 개조 방법을 모색한다. 비류연은 그가 반박귀진(초고수의 경지. 겉은 초짜, 속은 초고수)의 경지에 올라가면 매화향이 나지 않게 된다는 의견을 내놓는다.

첫 수업 시간. 담당 노사는 무림 역사상 최악의 혈겁을 불러일으킨 천겁혈신에 대해 이야기한다. 흑도 출신으로 추정되는 천겁령이라는 자가 흑도와 백도를 가리지 않고 공격해 무림은 그에게 속수무책으로 당했다. 태극신군 혁월린과 패천도 갈중혁, 그리고 천무삼성(검성 모용정천, 도성 하후식, 검후 이옥상)이 힘을 모아 그를 물리쳤으나 그의 죽음은 미확인. 후에 다시 나타날 그를 상대하기 위한 인재 양성을 위해 백도에 '천무학관', 흑도에 '마천각'이라는 인재 양성소를 설립했다는 것. 그러나 비류연은 모든 이가 다 아는 천겁령의 존재를 혼자 모르고 있었다(게다가 무의식중에 천겁령에게 친근감을 느낀다)!

강의실을 나오는 비류연의 눈에 띄는 것이 있었으니, 바로 전서응(매)! 순간 충동 구매욕에 사로잡힌 류연은 동방에서 들여온 푸른 깃털을 가진 최고급 매인 해동청 '우뢰매'를 구입하고 만다. 판매자와의 불타는 전투 끝에 상당한 금액을 깎은 쾌거를 거두며.

어느 날 운향정 앞을 지나던 비류연은 우연히 흘러나오는 금음에 이끌려 들어가 천상의 미모를 지닌 여인을 만난다. 비류연은 그녀에게 한눈에 반해 절차 생략하고 그대로 입술 박치기를 해버린다. 이 사건의 피해자는 그 유명한 나예린. 그녀는 '용안(일종의 투시안 내지 예지안)'의 소유자이나 정체불명의 남자가 그녀의 용안에 걸리지 않아 무방비 상태로 입술을 빼앗기고 만 것이다. 곧 정신을 차리고 공격하지만 겨우 류연의 옷자락만 베었을 뿐이다.

그때 운향정 한쪽 구석에서 한 인영이 튀어나온다. 그는 바로 '빙봉영화수호대(나예린 추종자들이 만든 친위대)'의 우두머리인 선풍검룡 위지천. 그는 류연과 나예린 사이에서 있었던 일을 목도하고 이성을 잃은 채 류연을 공격하지만 그의 비뢰도에 부상을 입는다.

 희대의 여자 기숙사 습격 사건

조용한 밤, 빙봉수호대의 소속원들이 모여 비류연의 척살을 다짐한다. 이로 인해 비류연은 하루가 멀다 하고 비무첩을 받는다. 그 시각 비류연은 그들이 알면 까무러칠 만한 일을 하고 있었다. 바로 나예린의 신분 조사. 그녀는 어렸을 때부터 남다른 미모로 인해 수많은 음모에 시달렸으나 무림맹주인 아버지 덕분에 순결을 지킬 수 있었다. 하지만 그로 인해 남성 혐오증과 미약한 자폐증을 갖게 된다.

주작단이 청룡단과 무승부를 벌였다는 사실을 알게 된 류연은 염도에게 그들의 훈련과 함께 윤준호(반박귀진으로 만들기 위해)를 맡긴다. 주작단 훈련에 시큰둥했던 염도는 빙검 관철수가 청룡단을 맡게 되자 뜨거운 승부욕에 불타오른다.

비류연은 구정회에서 나온 일은무영 추일태를 만나 그가 내건 내기를 수락한다. 그건 바로 백향관(남자들의 침입이 한 번도 성공한 적 없는 금남의 성지, 여자 기숙사)에 침입하여 류연은 나예린의 속곳을, 추일태는 독고령의 속곳을 훔치는 것!

   비류연은 침입 도중에 엉뚱하게 목욕탕 천장 위에 도착해 나예린, 이진설, 독고령의 나신을 보고만다. 그가 다시 예린의 방으로 향할 때 갑자기 검후처(검후의 심득을 보관하는 장소)의 침입 경보가 울리고 진령과 예린이 시간차를 두고 공격하지만 '비뢰도 비술 인형술사의 장 괴뢰'를 사용, 진령을 이용해 예린의 공격을 막고 탈출에 성공한다. 그리고 속곳에 뇌령사를 박아 밖으로 끌어당겨 획득에 성공!

   다음날 나예린은 애소저회를 찾는다. 용안을 벗어날 수 있는 비류연을 용의자로 지목하나 비류연은 혐의를 부정한다. 그러나 나예린은 의심을 못 버리고 천무삼성대전에서 우승하면 오해를 풀겠다고 약조한다.

   비류연은 천무대전 출전자가 오검룡(계급) 이상 되어야 한다는 것을 알고 승급 비무 상대를 찾는다. 또한 모용휘도 수강과 도서 대출 자격을 위해 승급을 원하고 있었는데, 검존 공손일취가 모용휘의 조부 검성 모용정천을 모독해 천무대전 검성전의 우승을 내기로 검존의 발언을 취소하라고 한다.

   며칠 후 우연히 주작단 사이에 있는 류연을 목도한 백호단의 단대풍은 그가 보는 앞에서 주작단의 험담을 하고, 류연은 그를 승급 비무 대상으로 결정한다. 그리고 모용휘는 밀려드는 류연의 비무첩들 중에서 비무자를 뽑는다.

검룡대 승급 시험 날, 모용휘는 간단히 비무자들을 이겨 오검룡으로 승급한다. 류연 역시 하세인과의 비무를 주먹 몇 방으로 끝내고 육검룡으로 승급한다.

5권 운수대통 격타음 비류연

류연은 시합이 시작되자 음공을 쓰려 했으나 상대가 도무지 쓸 틈을 주지 않자 음공은 포기하고 묵금으로 상대를 시원하게 후려친다. 다음 경기에서도 역시 상대가 음공을 쓸 시간을 주지 않아 탄금행(앉은 상태에서 경신술로 이동)을 사용, 그의 배후로 가서 역시 묵금으로 날려버린다.

천무대전과 함께 열기를 띠는 것이 있으니 바로 안목품평회(내기도박의 순화된 이름)! 주작단은 거의 거는 사람이 없는 비류연에게 전 생활비를 걸고, 더욱이 주작단의 금영호와 청룡단의 도광서는 누가 안목품평회에서 이길지를 두고 삼고구배와 최고급 식사를 건다. 다음 경기를 앞둔 비류연은 효룡이 한턱 쏘는 자리에서 다음 상대인 팔비신검 전옥기가 자신을 씹는 것을 듣고 처절한 복수를 결심한다.

경기 당일 류연은 그 복수를 감행한다. 보통 상대는 한두 대로 끝나지만 전옥기의 경우 감정이 실려 혼수상태가 될 때까지 두들겨 팬다. 이때부터 '운수대통 격타음(묵금으로 두들겨 패 다들 격금술을 사용하는 것으로 오해)'이란 별호가 붙는다. 다음 경기는 당문 출신 독랄수 당문천과의 대결. 당문천 역시 간비대중과 명문우월증에 걸린 상태였다. 독을 사용하는 것이 상당히 거슬린 류연은 격금술을 사용하지 않고 삼복구타권법으로 보내버린다.

한편 나예린은 검후전 결승까지 진출한다. 상대는 빙검의 딸 청설옥검녀 관설지. 그녀는 나예린과의 대결에서 계속 방어위주의 검술(아버지 빙검에게 사사받은)로 나간다. 그리고 나예린은 무림맹주의 검술인 백혼검뢰천검식(딸을 사랑해 열나게 무공을 가르친 무림맹주의 공!)을 사용한다. 상당한 시간이 지나고서야 대결은 무승부로 판정이 난다.

드디어 검성전 결승. 칠절신검 모용휘와 삼절검 청혼은 여태 보지 못했던 치열한 싸움 끝에 각각의 비기를 사용, 충돌 후 탈진하여 동시에 쓰러진다. 결국 검성전도 무승부.

이제 남은 건 비류연의 경기. 그의 상대는 어이없게도 선풍검룡 위지천. 비류연은 드디어 여태 써보지 못했던 음공을 사용, 운향정에서 나예린이 탔던 곡으로 위지천의 심령을 파고들어 완전히 제압해버린다. 도중에 음공을 끊은 비류연은 위지천의 절초라 할 수 있는 공격을 묵금만으로 막아내고는 '비뢰도 오의 검기 풍운뢰명의 장 뢰광류하곡'으로 마무리한다.

결국 검성전, 도성전, 검후전이 모두 무승부인 관계로 삼성대전 우승자인 비류연이 종합 우승자가 된다. 이리하여 나예린은 류연에 대한 의심을 푼다. 그리고 류연은 또 나예린의 입술에 자신의 입술을 갖다댄다! 한편 금영호는 두 내기 모두 이겼으나 류연에게 상금의 절반 이상을 빼앗긴다.

6권　주작단의 무당산 합숙 훈련

　비류연은 주작단에게 폭탄선언을 한다. 청룡단과 16:16! 즉 단체전을 벌인다는 것. 주작단원들은 귀찮으므로 한꺼번에 싸우라는 비류연의 제안에 어이가 없었지만 이미 엎질러진 물.
　결전의 날! 류연은 안목품평회에 주작단 전부에게 돈을 걸었다고 말한다. 비류연의 이 말은 주작단에게 엄청난 격려(?)가 아닐 수 없었다. 그 말을 들은 주작단은 협력심과 절대 져서는 안 된다는 필사의 각오로 싸움에 임한다. 종반에 다다르자 청룡단에는 단주 맹연호만 남게 되어 남궁상과 결투를 벌인다. 결국 단체전에서 주작단이 승리했으나 청룡단에 4명이나 당했다고 류연에게 호되게 벌을 받는다.
　얼마 후 류연이 속한 천검조가 무당산으로 합숙 훈련을 떠난다. 류연과 떨어지게 됐다는 안도감에 좋아하던 주작단은 이번 천검조 합숙에 따라간다는 소식을 듣고 의식을 놓아버린다.
　무당산의 합숙에 지루함을 느낀 류연은 기연을 찾아 나선다. 그러다 청혼의 사부인 옥허자 현검진인을 만나 함께 술과 고기를 탐닉한다. 현검자는 검존의 사제로 예전 천겁혈신 때 검존이 어느 노인의 어떤 무공(류연의 사부일 듯. 비뢰문 무공인 황금 그물 같은 게 나오는 무공)에 당하는 것을 본 뒤 그 느낌을 검으로 실현시키려 한다. 그러나 류연은 그 약점을 잡아 오히려 제대로 된 것을 보여준다.
　다시 합숙소로 돌아온 류연은 적들이 쳐들어온 것을 대강 막아내고는 일행과 떨어진 예린을 찾으러 간다. 예린은 류연의 도움으로 위기에서 벗어나는데, 이때 갑자기 폭우가 쏟아져 그들은 비를 피해 동굴로 들어간다. 류연은 비에 젖어 몸매가 드러나는 예린을 좋아라 보면서 담소를 나누다 사부이야기가 나오자 마구 험담을 한다.

한편 치사한은 척살을 위해 천지쌍살(섭령술을 사용)을 이용해 천마뢰란 감옥에 갇혀 있던 혈류도 갈효봉(갈중혁의 손자)을 꺼낸다. 모용휘는 그런 갈효봉을 맞아 막상막하의 대결을 펼친다. 그 모습을 본 효룡은 갈효봉이 자신의 형인 것을 알게 된다.

7권 사면초가를 연주하라

모용휘는 갈효봉과의 대결 끝에 비기가 아니면 끝이 안 날 것이라 생각하고 비기 대결로 들어간다. 모용휘와 갈효봉은 각자 필살의 의지를 담아 비기를 날린다. 비기의 충돌로 인해 모용휘는 심한 내상을 입고 쓰러지려 하나 갈효봉은 꿋꿋이 버틴다. 이때 갈효봉의 금제(섭혼술)에 금이 가 폭주한다. 천지쌍살은 다급한 마음에 갈효봉을 데리고 퇴각한다. 염도는 무당파에서의 지원은 없다고 말하고는 대책을 강구한다. 이 시각 류연은 나예린 앞에서 사면초가를 연주한다(이 때문에 천지쌍살이 폭주할 뻔했다).

얼마 후 갈효봉이 다시 폭주하게 되고 천지쌍살은 어쩔 수 없이 다시 쳐들어온다. 결국 모용휘와 갈효봉은 2차 대결을 벌인다.

천살은 검후의 무공을 가진 예린과 대결하게 되는데 그는 붕검을 사용하는 자였다. 예린은 천살과 아슬아슬한 대결을 펼치며 용안을 이용해 그의 공격을 막아낸다. 그러나 아무리 해도 끝이 나지 않자 비기 대결을 펼친다. 이번 비기 대결은 위험을 동반한 것. 이를 눈치 챈 류연은 비기 대결을 막고 직접 천살을 상대한다. 류연은 천살의 섭령술을 '영사심결 비기 절대정신방어 허무도(눈이 번쩍!)'로 튕겨내고는 비뢰도를 사용해 그의 우수를 절단한다. 그때 염도도 지살의 팔을 절단해버린다.

한편 모용휘는 내상 때문에 고전중이었다. 효룡은 갈효봉이 형이라는 사실을 사람들에게 밝히고 류연에게 도움을 청한다. 류연은 갈효봉의 정신이 망가진 것을 알고 '비뢰도 검기 오의 단심무형의 장심뢰'로 바로잡아준다. 제정신으로 돌아온 효봉은 효룡의 손에 죽기 전에 천겹을 조심하라는 말을 남긴다. 형을 자신의 손으로 보낸 효룡은 복수를 다짐한다.

치사한은 이번 일을 지시한 '대공자'에게 실패를 알린다. 그리고 효봉의 아버지인 갈중효(패천도 갈중혁의 아들, 흑천맹주)는 철각비마대를 보내 아들의 복수를 하려 한다. 이에 다급해진 천무학관은 방책을 강구하는데 이때 류연이 맨몸으로 혼자 나선다.

8권 화산규약지회

비류연은 철각비마대의 포위 합격 공격인 기창돌격을 단신으로 돌파한 뒤 흑천맹 최고 고수 중 하나인 철각비마대 대주 질풍묵혼 구천학과 싸운다. 그의 무영창을 어이없을 정도로 사정없이 분지른 비류연은 철각비마대를 가볍게 패퇴시킨다.

흑천맹은 철각비마대가 패배했다는 사실을 믿을 수 없어 갈효봉의 정혼자였던 사중화 은설란을 조사관이라는 명목으로 천무학관으로 보낸다. 그녀는 남창 성내에서 자객들의 습격을 받지만 모용휘와 비류연, 나예린의 도움으로 위기를 넘긴다. 세 사람은 우여곡절 끝에 은설란의 호위를 맡게 된다.

한편 천무학관의 공지게시판에는 앞으로 다가올 화산규약지회 대표후보의 명단이 오르고 이들은 마검자 고약한 노사의 흑검조와 천익검(天翼劍) 늑기한 노사의 백검조로 나뉘어 특별수업에 들어간다 (비류연과 그 친구들은 흑검조).

그리고 두 명의 천고기재들이 폐관수련을 깨고 천무학관으로 돌아온다. 그 중 한 명은 여인이었는데……

과연 비류연에게 '뚱땡이'라 불린 정체불명의 여인은 누구일까? 그리고 늘씬한 몸매의 미녀가 그에게서 뚱땡이라 불린 이유는? 모든 것이 미스테리였다.

9권 옹고집 대 왕고집

8권 마지막에서 비류연에게 '뚱땡이'라는 칭호를 들었던 미녀는 천무학관주 철관 마진가의 무남독녀인 철옥잠 마하령이었다.

이 늘씬한 미녀가 뚱땡이라 불리는 이유는 간단했다.

이 두 사람은 지금 얼굴을 붉히며 마주치기 전날 성안의 객잔에서 마주쳤던 것. 도도한 기세로 사람들을 하인 부리듯 하는 마하령을 본 비류연은 그녀를 골탕 먹일 일이 없을까 궁리하다 그녀의 방으로 몰래 숨어든다. 그리고 보고야 만 것이다. 기공을 수련하던 그녀의 늘씬한 몸이 갑자기 5배 이상 불어나는 모습을!

그녀는 온몸의 살과 근육, 뼈대를 자유자재로 조절할 수 있는 천축유가신공을 익히고 있었던 것이다. 그 모습을 비류연에게 들켰으니 마하령이 그를 가만 놔둘 리 없다. 그러나 비류연은 그녀가 대적할 상대가 아니었다. 구파일방 출신 학생들의 연합세력인 구정회와 쌍벽을 이루는, 팔대세가와 중소방파 출신 학생들의 연합세력인 군웅팔가회의 회주이기도 한 그녀는 자만했던 것이다.

상대를 얕본 대가는 뼈가 시리도록 아팠다. 그녀를 도우러 달려온 신응대(神鷹隊)도 마하령을 방패처럼 휘두르는 비류연에게 손가락 하나 댈 수 없었다. 그녀를 비류연의 손에서 풀어준 사람은 그녀와 함께 폐관을 깨고 나온 구정회주 찬천룡 용천명이었다. 그러나 구정회와 라이벌 관계인 데다가 그에게 복잡한 마음을 품고 있는 마하령은 솔직하게 고맙다고 할 수 없다. 그녀가 비대한 몸집에 콤플렉스를 갖게 된 데는 어릴 적 그도 크게 일조를 했던 것.

한편 사중화 은설란의 호위를 맡게 된 모용휘는 거절하려고 생각하지만 달빛 아래서 우연히 목격한 그녀의 눈물에 그 자리에서 벼락 맞은 듯 부들부들 떨며 멈춰선 이후 호위직을 계속 맡게 된다. 여자에 관심이 없던 모용휘가 최초로 여인에게 마음이 흔들린 사건이었다.

한편 자신의 우상인 나예린이 비류연 때문에 남몰래 고민하는 것을 본 위지천이 질투로 날뛰기 일보 직전, '힘을 원하는가?' 라는 말과 함께 그를 뒤돌아보게 만드는 정체불명의 인물이 있었다. 질투에 꼭지가 돈 위지천은 고개를 끄덕인다.

염도와 동문수학한 무신(武神) 혁월린의 제자인 빙검은 태극의 인재를 찾으라는 사부의 마지막 유언을 잊지 않았다. 때문에 그는 비류연을 찾아가 그의 실력을 알아보기 위해 비무를 신청한다. 비류연은 염도 때와 마찬가지로 자신이 이기면 세 가지 부탁을 들어준다는 조건으로 비무에 임한다.

10권 천무학관을 떠나다

비류연이 입원했다. 빙검 노사와 싸우다가 개박살이 났다고 한다. 학관 남자들은 자신들의 우상의 입술을 빼앗은 천인공노할 비류연의 입원을 쌍수를 들어 환영했다. 그러나 입원한 비류연을 문병 가는 빙검의 태도가 심상치 않다.

그렇다. 그는 실제로 비무에서 비류연에게 패했던 것이다. 염도는 빙검이 자신과 같은 지옥(비류연의 제자라는)에 들어온 것을 열렬히 환영했다.

비류연의 입원은 세인들의 이목을 피하려는 속임수에 불과했던 것이다. 화산규약지회 대표선출시험을 위한 맹훈련을 피하려는 의도가 내포된 전략이었다. 알 수 없는 이유로 안절부절못하며 문병을 온 나예린은 비류연의 멀쩡함에 어리둥절했지만 내심 안도하는 자신을 이해하지 못한다. 입원을 핑계로 지옥 같은 훈련에 몽땅 빠졌던 비류연을 사람들이 고운 시선으로 볼 리 없었으나 그는 당당히 화산규약지회 대표선출시험인 환마동 시험에 참가한다.

우여곡절 끝에 환마동을 돌파하던 비류연과 나예린은 위지천이 던진 질투의 폭탄 염마뢰의 폭발로 동굴 안에 갇히고 만다. 일주일을 폐쇄된 공간에서 살을 붙이고 생활한 두 사람은 마침내 반대편에 공동(空洞)이 있음을 발견한다. 그곳은 동굴의 주인인 천년 묵은 이무기 묵린혈망의 둥지였다. 그러나 묵린혈망은 비류연의 소매에서 뻗어나온 은빛 섬광에 순식간에 식사 대용품이라는 신세로 전락하고 만다. 폐쇄된 공간에다가 생사의 경계에서 44일을 보낸 두 사람의 마음에 변화가 찾아오는 것은 당연한 일.

수로를 뚫고 동굴을 탈출한 두 사람은 자신들의 장례식이 진행되고 있는 황당한 광경을 목격한다. 두 사람, 정확히는 나예린의 생존을 확인한 학관이 축제분위기가 된 것은 당연한 일. 두 사람은 화산지회 대표로 합격해 친구들과 함께 음모가 도사린 화산으로 떠난다.

11권 화산으로의 여정

대공자 비라 불리는 인물의 음모로 포장된 화산으로의 여정이 편할 리 없다. 게다가 비류연과 함께 대표단에 뽑힌 주작단의 인생도 결코 편안하지는 못했다. 화산으로 가는 도중 비류연에게 끊임없는 정신단련과 지속적인 체력신법 강화훈련을 받아야만 했던 것.

첫 번째 트러블은 음모와는 별 관계없지만 구궁산에서 녹림오패

중 하나인 흑랑채와 조우하면서 발생했다. 생긴 것도 전형적인 산적 두목인 녀석이 나예린의 미모에 혹해 강제적 청혼을 한 것. 대표단 사람들이 가만 있을 리 없었다. 나예린을 마음에 두고 있던 비류연은 산적 두목이 뻔뻔하게도 그녀를 원하자 분노해 자신의 대리인으로 남궁상을 내세운다.

  남궁상이 흑랑채주의 목숨을 취하려는 순간 난데없이 날아온 부채 주의 검에 방해를 받는다. 평범하게 생긴 흑랑채 부채주는 놀랍게도 수년 전 행방불명된 하북십검의 일인인 군자소요검 이송학이었다. 염도와 빙검이 이끄는 대표단 일행은 그의 안면을 봐서 흑랑채주를 용서하고 구궁산을 넘지만 대공자의 명에 의해 대표단을 추적하고 있던 십이혈마대의 손에 흑랑채는 몰살을 당한다. 생존자는 상처를 입은 채 도망친 이송학 단 한 명뿐.

  그 사실을 모른 채 화산으로 가는 길목에 위치한 삼양 성내로 들어선 비류연은 극구 개인적 여행을 주장하며 그들을 따라온 은설란과 마주친다. 그리고 은설란에게 찝쩍대던 팔대세가의 뺀질이 자제들과 시비가 붙은 류연은 그곳에서 중앙표국의 국주 장우양과 재회한다. 그리고 그들과 함께 녹림왕이 진을 치고 있다는 대홍산을 함께 넘기로 약조한다.

  그런데 녹림칠십이채의 주인인 녹림왕 광풍마랑도 임억성이 노리는 목표는 중앙표국이 아니라 화산지회 대표단들이었다. 흑랑채 몰살의 누명을 뒤집어쓴 것.

  이천 명이 넘는 산적들에게 포위당해 상황은 일촉즉발의 상태까지 몰렸지만 한 인물이 앞으로 나섬으로 인해 변화가 찾아왔다. 바로 비류연의 선배인 임성진으로, 그는 놀랍게도 녹림왕의 친아들이었던 것이다. 그는 산적질이 싫어 수년 전 집을 가출하여 천무학관에 입관했다. 물론 두 사람은 화기애매한 부자지간이라 웃는 얼굴로는 해결이 불가능했고, 결국 무력을 선택한다. 어쨌든 두 사람이 치고박든 말든 사태는 잘 해결되기에 이른다.

 단 한 명의 피해도 없이 무사히 대흥산을 넘은 대표단은 길을 가던 도중 십이혈마대의 추적을 뚫고 도망친 이송학을 구한다. 그들은 정신을 잃고 혼수상태에 빠진 그를 모종의 장소에 맡기고 갈 길을 재촉한다. 그러나 아직 그들에게는 최후의 고비가 남아 있었다. 그것은 바로 십이혈마대가 심혈을 기울여 함정을 파놓은 낙뢰곡(落雷谷)이라 불리는 곳이었다.

 그리고 십이혈마대의 톱니바퀴같이 정교한 포위공격이 시작되었다.

12권 낙뢰곡의 혈투

 시간이 갈수록 비류연과 나예린의 관계는 미묘한 진전을 보이고, 늘 얼음장 같기만 하던 그녀에게도 어느새 그를 염려하는 마음이 자라난다. 그러나 이는 그녀에 대해 지나칠 정도로 집착을 하고 있는 위지천의 질투에 불을 붙이고, 그는 비류연에 대한 살심을 지우지 못한다.

 천무학관의 일행 앞에 청홍쌍각사를 필두로 한 수천 수만의 독사를 풀고 그들을 막는 비사마군 모사령. 그가 발동시킨 죽음의 비사진은 시시각각 천무학관 일행들의 목을 조인다. 평소 깔끔하고 정련된 도법을 자랑하던 마하령조차 이성을 잃고 미친 듯 도를 휘두르자 용천명은 죽음이 임박한 상황에서도 그녀를 보호하고픈 마음을 느낀다. 뒤늦게 염도와 빙검은 독사를 부리는 자가 비사마군 모사령이라는 사실을 깨닫지만 이미 비사진은 그들을 두껍게 감쌌다.

천무학관의 활로를 뚫기 위해 단신으로 십이혈마대의 철쇄봉혼진을 붕괴시키던 비류연은 문득 혈사전 하나가 나예린을 노리고 날아가는 것을 발견하고 그녀를 구하기 위해 자신 안에 존재하는 또 하나의 벽을 넘는다.

비류연이 청홍쌍각사를 제압하고 모사령의 숨통을 끊으려는 순간 비뢰쌍마가 모습을 드러낸다. 백 년도 넘는 세월 동안 악명을 떨쳐온 마인들이 다시 나타난 것. 효룡은 비뢰쌍마의 공격에 중상을 입고, 염도와 빙검은 사부인 태극신군의 대로부터 이어지는 원한을 상기하며 이를 간다.

그러나 엉뚱하게도 비류연은 비뢰쌍마의 이름에 시비를 건다. '비뢰' 라는 이름은 자격을 가진 자만이 쓸 수 있다는 것. 비류연은 비뢰쌍마의 힘과 속도를 시험, 결국 비뢰쌍마 중 한 명은 죽고 한 명은 중상을 입는다. 위험이 지나간 후 모사령을 심문하지만 딱히 습격의 배후를 알아내지 못한 천무학관 일행은 개운치 않은 가슴을 안고 화산으로 발길을 돌린다.

마침내 화산을 오르는 일행들…, 그들의 앞에 첫 번째 관문이 모습을 드러낸다.

13권 세 개의 관문

　첫 번째 관문을 지키는 종쾌. 그는 비공답운이라는 별호답게 경공에 있어서 타의 추종을 불허하는 인물이었다. 그러나 그런 그도 백년 전의 혈겁령 때 '그'에 의해 비참한 패배를 당하고 두 다리까지 잃어버린다. 그의 시험은 경공을 이용해 협곡을 뛰어넘는 것. 다소 불안해 보이지만 주작단의 남궁상이 이에 성공하고 천무학관 일행은 시험을 통과한다.

　두 번째 관문을 지키는 이는 일도단애 용경의. 그 역시 혈겁령 때 오른팔을 잃었다. 그의 시험은 겁흔벽에 도검을 휘둘러 실력을 증명하는 것. 여기서는 이성을 잃은 채 식물인간처럼 움직이던 효룡이 겁흔벽에 놀라운 흔적을 남김으로써 용경의의 시험을 통과한다.

　세 번째 관문인 108자루의 검들이 부러진 채 땅에 꽂혀 처참하게 보이는 검묘 앞에는 검치 섭운명이 그 자리를 지키고 있었다. 여기서 비류연은 직접 잠자리를 베어 실력을 증명하고 섭운명은 그들을 통과시킨다.

　무난하게(?) 세 개의 관문을 통과한 천무학관 일행들이지만 그들의 가슴속에는 세 명의 노선배들이 들려준 과거 '그'의 행적이 마치 악몽처럼 각인되어 심장을 조인다.

　한편 화산을 오르는 대열에 참가하지 못한 사중화 은설란은 무료함을 참지 못한 채 어쩔 줄 몰라 한다. 한노와 함께 거리를 배회하던 은설란은 풍매객잔에서 과거의 누군가를 연상시키는 젊은 공자를 발견하고 기겁한다. 고민하던 은설란은 결국 밤중에 객잔에 숨어들어 그가 정말 '그'인지 확인하려 하지만 뜻밖에도 붙잡히는 신세가 되고 만다. 한노는 그녀를 구하려 하지만 고수들로 인해 실패하고 결국 화산으로 달려가 천무학관 일행에게 도움을 청한다.

비류연을 비롯한 일행은 그 소식을 듣고 그녀를 구하러 천무봉에서 내려온다. 여러 추리 끝에 그녀의 행방을 알게 된 '미소녀 구출대'가 간신히 그녀를 구한다.

모용휘가 먼저 은설란을 데리고 몸을 피하다 한 사람과 싸우게 되지만 역부족. 그가 목숨을 걸고 그녀를 지키려는 순간 비류연이 나타나는데…….

신인 작가 모집

시작이 반이라고 했습니다.
작가의 길에 대한 보이지 않는 벽을 과감히 깨뜨리십시오!

청어람은 작가 지망생 여러분들의
멋진 방향타가 되어드리겠습니다.

저희 도서출판 청어람에서는 소설 신인 작가분들을 모집합니다.
판타지와 무협을 사랑하시는 분들의 많은 참여를 바랍니다.
소정의 원고를 메일로 보내주시면 검토 후 출판 여부를 알려드리겠습니다.

―

경기도 부천시 부일로 483번길 40(14640)
TEL 032-656-4452 **FAX** 032-656-9496 **e-mail** chungeorambook@hanmail.net
https://blog.naver.com/chungeoram_book